U0947106

魅丽文化
桃天工作室

莫妮打 著

江苏凤凰文艺出版社
JIANGSU PHOENIX LITERATURE AND ART PUBLISHING

图书在版编目（CIP）数据

燃青 / 莫妮打著. -- 南京 : 江苏凤凰文艺出版社,
2025. 2. -- ISBN 978-7-5594-8817-6

Ⅰ. I247.5

中国国家版本馆CIP数据核字第20258D7Y96号

燃青

莫妮打　著

责任编辑　周颖若

出版统筹　曾英姿

特约编辑　刘思月 戴　铮

装帧设计　李　娟

封面绘制　叁野_彭彭

出版发行　江苏凤凰文艺出版社

南京市中央路 165 号，邮编：210009

网　　址　http://www.jswenyi.com

印　　刷　长沙金鹰印务有限公司

开　　本　880mm × 1230mm 1/32

印　　张　9.5

字　　数　283 千字

版　　次　2025 年 2 月第 1 版

印　　次　2025 年 2 月第 1 次印刷

书　　号　ISBN 978-7-5594-8817-6

定　　价　45.00 元

目　录

CONTENTS

第一章
相逢一笑全是仇
001

第二章
平行线交汇的瞬间
038

第三章
不会吃苦怎么进门
074

第四章
她提着刀又回来啦
103

第五章
答案
126

第六章
我们家小姑娘
152

目　录

CONTENTS

第七章
心跳的证明
184

第八章
山有木兮木有枝
210

第九章
跟我约会吧
235

第十章
夏夜的悸动
257

番外
乌川往事
292

第一章

相逢一笑全是仇

舞台之上，驻唱小哥站在聚光灯下，深情款款地唱着 R&B。

舞台之下，梁舒坐在靠近门口的角落里，耳机里主播大哥放着 DJ，直播间每进来一个人，他都要操着一口乌川腔重复地解释说，现在是在带着各位老铁一起去竹林现场的路上，大家千万不要错过。

她往屏幕的右上角一看，观看人数刚到两位数。

她所在的这个地方叫“探海”，是她的发小钟灵秀姐弟俩开的清吧。今天是试营业的最后一天，明天正式开张。

钟灵秀说什么都要她过来：“你来看看热闹，也看看我嘛。一走了之这么多年，难道你对我就一点都不愧疚吗？”

他们几个人从小在同一条街长大，吃饭串门，上下学同行，直到读大学才各奔东西，感情好得跟亲人没什么两样。

大二的时候，梁舒说要出国，撂下话的第二天就走了，都没给这群朋友一点缓冲的时间。

她这一去就是五年。

事出有因，但这个原因，她无法告知。

说她不愧疚，那是假的。

所以梁舒在跑完几家竹刻料子店后，家都没回就直接过来了。

几个人还没来得及寒暄几句，钟灵秀跟钟灵阳这俩老板就得去忙活，主持大局了。

梁舒找了个靠门口的角落坐下，暂时充当一下门卫。

世人常说“因果报应”，梁舒觉得自己现在这种情况，就完全属于咎由自取。

她一直是个挺“碰巧”的人——碰巧小时候对徽州竹刻生出兴趣；碰巧家里有人从事这个行当，可以教她；碰巧被发现在这件事上颇有天赋，一学就是十年，之后参加比赛，又碰巧拿了第一。

只不过，这些“碰巧”在她决定半途而废的时候就失效了。

大概是因为老天也觉得她辜负了这份偏爱，所以等她下定决心重新捡起刻刀的时候，在竹刻路上走的每一步就再没有顺畅过。

她回到乌川整整一个月了，跑竹园也有一个星期了，愣是什么好料子都没见到。

要么是几家店的老板看她年轻想宰一刀，要么就是竹子本身质量不好。更有甚者，听说她是买来做竹刻的，苦口婆心地劝她改行——

“哪有小姑娘做这行的呀？你吃不来那个苦的。”

“男生学这个可以，女孩子学个刺绣，不是更好吗？”

“别看竹刻是方寸功夫，那也是要力气的呀。你一个女孩子，不行的哦。”

鬼晓得她当时有多想现场表演个柴刀砍竹，再拖着竹子狂奔二里地，让他们看看小姑娘到底行不行。

但她没这么做。时间改变了太多，也把她暴躁的性格给压抑住了。

她只不过是心平气和地指着他们的鼻子骂了句“傻 ×”。

梁舒非常后悔当初手艺丢得太过决绝，以至于现在回来，连一个靠谱的供货商都找不到，只能去各大电商平台碰碰运气。

她说服自己——都已经是大数据网络时代了，直播卖竹子肯定也是有的，只不过自己孤陋寡闻，上网看看，说不定还真的可以在直播间选到好料子呢。

可惜事与愿违，大多数名字带“竹”字的直播间，点进去才发现，卖的不是富贵竹就是龟背竹。这好不容易找到一个正儿八经有竹林的，这位大哥光在通往竹林的路上都有半小时了。

就在她的耐心即将消耗殆尽的时候，大哥终于抵达日的地，支起巨大的直播灯，开始侃侃而谈。

“大家看这竹子啊，多结实，春天砍最好了，买回去不管是种植还是做手工，都好得很。”

春天砍最好？

梁舒绷不住了，在屏幕上打出一连串的问号——这不是在胡说八道吗？

她正准备继续打字，清吧大门突然被推开，映入眼帘的是两个硕大的花篮。

跟一般的开业花篮不同，这几个花篮格外“财大气粗”，用的全是玫瑰，乍一看，还以为谁求婚用的花被丢在这里了。

外卖小哥的脸夹在花的缝隙里，声音艰难：“钟灵阳在吗？你的外卖。”

梁舒说：“您给我就行了，什么外卖？”

小哥费力地将花篮放下：“就这个，外边还有，一共八个，您验一下货。”

“这么多？”梁舒有些惊讶。

小哥将单子递给她：“您签收一下，签您自己的名字。”

梁舒接过来一看，总金额都快赶上乌川平均月工资了。

这两人上哪儿发的横财？刚开业就富成这样子了？

她在签收单上签了字，交给小哥拍了张照片留存。

八个巨富贵的花篮在门口摆成两列，不挨得紧一点，都要放到马路牙子上去了，别说，还真的挺有气势。

梁舒凑过去闻了闻，扑鼻的花香，证明这些都是真家伙。

她将底下的红绸子捋直，小声地念上头的贺词：“开业大吉，恭喜发财。魏……”

魏宇澈？

她使劲眨了眨眼，又看了好几遍。

没看错，真的是魏宇澈。

脑海里跟这个名字一起浮现的人影逐渐地清晰起来。

白衬衫，校服裤子短了半截，他从桌子上抬起头，胡乱地揉了把脸，下颌轮廓利落又硬朗，眼下的那颗痣被搓得微微泛红。

他转过头来，眸子剔透得像玻璃弹珠，盯着她的头绳，仿佛是在研究什么武器。过了半晌，他嘴欠地开口：“这是谁送你的，隔壁班体育委员？别戴了，丑死了。”

事实证明，有些“仇”是刻骨铭心的，有些“仇人”也值得记一辈子。

这么久了，这厮欠揍的样子在记忆里还是如此清晰。

花篮署名是他，所以富成这个样子的，不是钟灵秀，而是魏宇澈。

合着从小厮混的四个人，最后只有她混成这副“矬”样了是吧？

梁舒沉默了半晌，略微抬头，生平第一次觉得因果报应什么的，对自己是不是太狠了点。

耳机里，主播大哥仍旧在声嘶力竭地鼓动着在线的寥寥几个人——

现在下单，保证现砍，价格优惠，童叟无欺。

梁舒点开底下的链接一看，比市场价还高了近一倍，堆积在心头的怒火在此刻被彻底点燃。

她手指翻飞着，很快，屏幕正中央飘过一行弹幕——

“这会儿砍竹子不好，虫害太多，要等到三九天。”

主播声音慷慨激昂：“请‘用户 14853’不要乱说哦。”

“我是不是乱说，你百度一下不就知道了。而且这竹子质量也不好，不值这个价。”

弹幕飘上去，主播就说：“‘用户 14853’，你不懂就不要乱带节奏啊。咱们家的竹子可是乌川最好的。”

最好的？

梁舒冷笑一声，就这样也配说是最好？

那她这些天淘汰的货色都是顶级的呗？

“种竹子首选黄土，你这土呈褐色，分明是红土，肥力不足，养茶可以，种竹子不行。

“这边山坡朝南，白天日照时间太长，竹面都分色层了，色都不均匀，怎么能做竹刻呢？

“还有这土坡的坡度，目测得有三十五度了吧，这么陡，怎么留得住水？

“这料子运回去是等着凿两下表演一个裂开吗？

“竹子年限怎么不展示一下？

“种植资格证有没有？

“营业执照上传了吗？

“不懂就别骗消费者，还号称乌川最好，别丢乌川的脸行不行？”

最后一句，她还没来得及发送，屏幕就退回到了 APP 的主界面，上面弹出提醒——“您已被房管踢出房间”。

晕死。

她在心里狠狠地骂了句，立马点开平台反馈，举报这个叫“乌川幸福竹海”的主播虚假宣传，使用广告违禁词。

虽然结果显示成功，可她并没有因此而开心。

屋里越热闹，她就越烦闷，就好像除了她，全天下的人都很快乐，又或者因为大家太快乐了，衬得她灰头土脸的。

今天这种心情跟这个氛围着实是不大匹配的。

梁舒去吧台托伙计给钟灵秀递句话，捞上头盔离开了。

门一开，入目便是那红艳艳的玫瑰。

她垂眸，张开手掌举起来，巴掌即将落下时，动作一顿，变成了轻抚。

算了，要是打坏了，明天开业就不好看了。

送花的人不是个好东西，但花没有错。

到家后，梁舒直接坐到工作台前。她掀开桌边的润喉糖盒子，剥开包装纸，往嘴里扔了一颗，薄荷的清凉感很快充盈口腔，刺激得大脑越发清明。

桌上卡着一截竹筒，光现有的刻画层次便有六七层之多。

峰峦交错之间夹着粉墙黛瓦的民居，封火的马头墙林立。中间一弯小池，由青石围成，掩映在绿树葱茏中，暗自成趣。

梁舒低头弓着腰，手中的弯铏刀尖以一种刁钻的角度插入竹面，刮过竹肌发出闷闷的摩擦声。掏出的镂空与上面一团看不清晰的刀口连在一起，勉强有了树的形状。

接着她换了把更小的刀，一点点刻画着树叶的形状和纹路。

这是一种极需耐心的活，几种刀具换来换去，还必须打起十二分精神。梁舒一坐就是几个小时，一动不动的，脖子连带着后背都僵了。

竹片上的画面变得越发立体精致起来。

大功告成时，她瘫在椅子上，觉得身上都轻盈不少，心想：果然，事业是女人最好的慰藉。

灯光从竹面的缝隙穿过，投出的影子没有多余的肌理纤维，线条利落又干净。

稳扎稳打近一年的练习，她总算是将丢下的手艺又捡了回来，可这还远远不够。

库房里，晾干的竹料占据了一个又一个架子，看上去很是壮观。

梁舒把刻好的笔筒暂时收起来，准备明天再抛光。

转身，她看到那张红木桌，许久没人用过，上头积了一层灰，跟干净的房间有些格格不入。

她犹豫了一下，还是走了过去。

抽屉没有上锁，一拉就从深处滑下一张照片。

梁舒的目光顿住。

照片上的人是她，不过比现在小很多，穿的还是魏宇澈的校服衬衫，有些不合身，手里握着奖杯和证书，站在颁奖的大拿身边，脸上笑容明媚，看向镜头的眼里是未曾掩饰的骄傲。时间已经过去很久，但她还记得奖杯的触感，也记得那天的所有喜悦和后来的崩溃，熟悉得仿佛一切都发生在昨天。

梁舒盯着照片发愣，好久才缓过来，继续翻着抽屉。

终于，她找到一个有些旧的电话本，打开后，扉页上是用行草写的两个字——“梁晟”。

那是她的外公，也是她竹刻路上的老师。只不过后来，他们都让彼此失望了。

好不容易完成了所有单子，正准备下班的时候，外卖小哥猛地想到，夜里那个花篮的大单子还没来得及反馈。他当即在相册里找到签收的单子照片给人家发了过去。

他刚坐上电动车，电话就打过来了。

“喂？”

那头男人说话有些快：“喂，你好，我是下午订花篮的那个人。是这样，我刚才看到你给我发的照片了。”

“是有什么问题吗？”

“没。我就是想问问……”男人顿了顿，迟疑着开口，“签字的那个人是梁舒吗？”

“我不清楚啊，但是她签的是自己的名字。”

这样订单出了什么事的话，也好追责。

“是女生？”

“对。长头发，个子挺高的。”小哥还想说很漂亮，又觉得这样讲有些没必要，所以没说。

“好，我知道了。”电话那头的人缓缓地吐出一口气，声音轻快不少，“谢谢你。”

“应该的，不客气。”小哥挠了挠头——怎么感觉这人莫名其妙的。

下一秒，平台响起提示音。他点开一看，订花篮的客户给他打赏了整整两千块钱。

两千块钱！

飞来的横财啊，这是。

熬夜的代价就是生物钟被全盘打乱。

梁舒一觉直接睡到了傍晚，许久未进食的胃饿得有些疼，她随便对付了两口后便出门去找钟灵秀。

“探海”店面很大，设计上也下了不少功夫，暗含徽州特色。

用钟灵秀的话来说：“旁边就是景区，这热度不蹭，多亏啊。”

梁舒跟在钟灵秀后头参观，随口问：“这店开起来花了不少钱吧？”

“我跟钟灵阳主要是以聪明才智和力气入股的，钱倒是没出太多。”

“怎么？听你这话，是找到天使投资人了？”

钟灵秀跟钟灵阳是龙凤胎，刚毕业还没两年，攒下来的钱约等于没有。钟家父母巴不得他们找个铁饭碗安安稳稳的，哪里会同意他们创业，更加不会出钱支援。要一下子把这么大的店开起来，光靠他们俩是肯定不行的。

钟灵秀顿了顿说：“是找到投资人了，但是吧，你不一定觉得是天使。”

“谁啊？”梁舒突然想到门口那些天价花篮，脱口而出，“魏宇澈？”

钟灵秀用一种崇拜的眼神看着梁舒，竖起大拇指夸道：“要不你能考上蔚大呢，脑子真好使。”

整个朋友圈就魏宇澈人傻钱多。听说他大学没毕业就开始到处投资，就是眼光不大好，人送外号“徽州王多鱼”。

“所以，为什么不早说？”

钟灵秀心虚地笑了两声：“这不是怕你生气嘛。”

谁不知道这两个人不对付啊，三天一小打，五天一大打的。

他们长大懂事后虽然不动手了，但在跟对方作对这件事上还是乐此不疲，迟迟未见改变。

梁舒评价魏宇澈：一无是处街溜子，白瞎了那张脸。

魏宇澈就说梁舒：斤斤计较小心眼，谁喜欢她谁瞎。

他们针锋相对了好多年，直到上大学才暂时消停。

街溜子魏宇澈留守乌川上学，又退学复读；小心眼梁舒则成了镇上的高才生，远赴蔚大，后又突然出国，直到最近才回来。

钟灵秀的内心现在无疑是忐忑的，一方是好朋友，另一方是大金主。两位都是祖宗，她夹在中间很难做人的。

“他也来了？”梁舒问。

“没有，没有，他不来的。”

她哪里敢啊，谁知道这两个祖宗碰到一起会出什么事。

魏宇澈只愿意出钱，那钞票就好像是扔到水里听响的，别说来看看店了，就连乌川，他都没踏足过。清吧开张，他就送几个花篮算参与了事，一点都不怕亏钱。

出乎意料的是，梁舒没什么太大的反应，点点头说：“哦，那也挺好的。”

钟灵秀惊多过喜，试探着说：“你不跟他……跟他……”她一时间找不到什么合适的词来形容他们之间的爱恨情仇。

毕竟在他们看来，这两位当事人在漫长的纠葛岁月里，都有种类似“护犊子”的感觉，也就是大家常说的“只有我能欺负你”。

梁舒淡淡地说：“又不是小孩了，早就过去了。”

她都这么大了，也已经过了意气用事、跟人家针锋相对的年纪了。

她让钟灵秀放心，自己的私人恩怨跟钟灵秀的梦想比起来，明显后者更加重要。

梁舒一整圈逛下来，店里的人也多了起来。

腰间对讲机咔咔地响着，钟灵秀举到耳边。对方的说话声混杂在电流声中，只听见模模糊糊、断断续续的几个字，都连不成串。

钟灵秀提高了音量问有什么事，对方没有应答，估计也不着急。

梁舒的眼睛朝吧台看，问：“花怎么样？满意吗？”

有人财大气粗，送的开业花篮她是比不过了，所以她买了一束花送给钟灵秀，祝贺她梦想成真，正式升级为老板。

“满意，特别好看。”

说着，两个人一起看过去，刚好看见穿工作服的人将那一大束花抱走。

钟灵秀“咦”了一声，把人叫住，询问他拿这花做什么。

伙计说他也不清楚，是二老板让他拿的。

“二老板？”钟灵秀的心肝都颤了颤，飞快地瞥了一眼梁舒，确认道，“你确定是二老板？”

这祖宗不是任谁对他求爷爷告奶奶都不肯回来吗？怎么这会儿又来了？

小伙计点头说：“是二老板啊，现在跟小钟哥在一起呢。”

得，完蛋。

钟灵秀的心一凉，千防万防，这两个祖宗还是都到这儿了。

梁舒笑出声，心想：二老板这个称呼还挺贴合那个狗贼的脸的。

这笑声落在钟灵秀耳朵里如同警铃，她正踌躇着该怎么做，钟灵阳发来一条微信语音。

“你等会儿，我的对讲机好像有些问题，我让魏宇澈过去跟你说。”

钟灵秀心中大骂他脑子里有水。

过来什么啊，都发微信了，有事就不能在微信上说吗？生怕这两个祖宗碰不到是吧？

梁舒说：“没事，让他来吧。”

她又不怕他。

钟灵秀：“哈哈。”

你是不怕，可我怕啊。我怕你们俩再干起来，我都不敢拦啊。

但事已至此，说什么都晚了，她只能祈祷梁舒是真的懒得跟魏宇澈作对。

没过几分钟，从人群里走出来一个人。

钟灵秀紧张起来，小声说：“来了。”

梁舒出于本能地回头看，她想做出个高傲的姿态，轻轻地转过眼，给魏宇澈一个下马威，却又觉得这样做像是躲，于是干脆盯着他，这一下便正对上他的眼睛。

越发锋利的眉眼夹着些散漫，没有惊讶，也没有烦躁，倒有种“果真如此”的了然。曾经瘦削单薄的身体变得结实起来，笔挺得像遗世独立的竹，衣服贴在身上，勾勒出肌肉漂亮的线条。

他在梁舒的身边坐下，却好像没认出她，一边卷着袖口，一边说：“钟灵阳让我告诉你，那边来了个乌大的学生，想借场子追学姐，需要我们配合一下灯光。”

梁舒心想：时间果然神奇，竟让魏宇澈都变得沉稳了不少，让他能耐着性子装到现在。

魏宇澈敛下眸子，骨节分明的手拿过她面前的杯子，递到嘴边。

钟灵秀忙说：“欸，那是……”梁舒的。

然而已经来不及了，他仰着头将杯子里的果汁一饮而尽，汗顺着脸庞滑下，没入他的领口。

男人放下杯子，似乎是被钟灵秀提醒了，缓缓地转过头来。

灯光下，那颗泪痣越发清晰，配着清秀的眼眸，像是一片羽毛，轻轻地挠你一下，痒痒的。

他嘴角一勾，不受控制地发出一声哼笑：“哟，这不是失踪好几年的梁大小姐吗？”

梁舒露出一个微笑，心想：刚才果然是错觉，看这人的眼神就知道，“沉稳”这个词，今生是跟他无缘了。

如果让梁舒仔细回忆为什么会跟魏宇澈走到相看两厌的地步，她是说不出个所以然的。

就好像猫生来就跟狗不对付，可以理解为种类不同的相互排斥。

魏宇澈的手段很幼稚，干得最严重的事也不过是偷拔她自行车的气门芯，然后非要送她去上学，路上不是故意放开车把吓她，就是蹬得很慢，在迟到的边缘徘徊。

梁舒有段时间不想做好学生，干了不少出格的事情，但得益于她一贯的正面形象，做得滴水不漏。

魏宇澈就很看不惯她这便宜占尽的样子，非要跟她作对。

梁舒以学习为借口，出去偷偷上网，魏宇澈就跟网吧老板揭发她没有身份证，让她连机子都开不了，只能在旁边看人玩。

梁舒撒谎生病想逃课，魏宇澈就自告奋勇地送她去医务室，让她白挨一针，挂了一下午的葡萄糖水。

梁舒跟外头人打架，刚拿上棍子挥了两下，魏宇澈就跳出来大喊“老师来了”，看她吓得把棍子一丢，嘲笑她胆子比麻雀还小。

梁舒忍无可忍，开始反击——向他父母举报他考试不及格，跟老师揭发他冒充家长签字，告发他跟社会青年打架。

总而言之，诸多鸡毛蒜皮的小事堆积着，让他们在势不两立这条道路上狂奔着不回头。

原本梁舒觉得时间过去这么久，再次见了面后，这种对立的情绪会消减很多。

但事实证明，并不会，此时此刻，她依旧觉得魏宇澈很欠揍。

梁舒不接话，魏宇澈就也沉默着。

两个人望着彼此，嘴角各自带笑，却并不深情，换句话说，是肉眼可见的假。

最后还是魏宇澈先移开视线，他热得耳朵有些红，拎着领子往里抖风，说：“怎么？洋墨水喝够了，舍得衣锦还乡了？”

梁舒淡淡地道：“怎么？读了这几年的书，还是个用不好成语的文盲？”

“我是在关心你。”魏宇澈将手肘撑在桌面上，肩膀微耸，原本就松垮的领子歪扭得更厉害，露出一截漂亮的锁骨。

梁舒凝视了他这副惺惺作态的表情两秒，毫不留情地说：“别装了，怪硌硬人的。”

这话存疑。

魏宇澈长了一张相当不错的脸，尤其眼边的那一颗泪痣，堪称神来之笔，让人移不开眼。

年少时，他曾因颜值在女生间风靡过。不过很快大家就发现，比起青春期的少年怀春，他更热衷于当个中二的街溜子，也就渐渐地对他失去了兴趣。

钟灵秀干笑着说：“哎哟，别这样嘛，大家都是朋友。”

梁舒跟魏宇澈眉头一拧，异口同声：“谁跟他 / 她是朋友。”

钟灵秀：“……”

她就不该听梁舒瞎扯，这俩祖宗只要一遇上，就不会消停。

方才那句“又不是小孩了”这会儿还在耳边回荡着，在眼前针锋相对的场景衬托下，有些可笑。

按理说，一来，他们之间没什么不能化解的“血海深仇”；二来，就照梁舒所言，分开成长这么多年，那些小事早就该烂没了。结果可好，他们这一见面就“彗星撞地球”了。

她抬手叫店员端来了酒和果汁，准备打感情牌：“你们两位给我个面子行不行？”

梁舒先退让，端起果汁轻轻地抿了一口。

魏宇澈也端起酒一点点地品尝，没等发表意见，手机就振动了一下。

他看清消息，抬手不知冲哪里比了个“OK”的手势，提起胸前的对讲机说：“好了，可以准备关灯了。”

“钟灵阳在那边控场。”没等钟灵秀问，他就立刻解释说，“我跟安保也打过招呼了，他们都会格外注意的。”

他原本不想帮忙的，后来又觉得才开业，弄个活动什么的也挺好，还能帮店子打出点名气来。

现在的学生消息都灵通，这厢表了白，估计到夜里店子就出名了，到时候又是一拨客流量。

梁舒听了这个解释，才觉得他这些年也不算是全无进步，起码能考虑到后期效益了，而不是全凭自己的心意去做事。

舞台上的灯光有限，人影模糊，只隐约看得见魏宇澈嘴里的大学生抱着吉他，在话筒架前坐定，想做什么也一目了然。

“我的乖乖。”钟灵秀惊呼一声，“又来这招？永不过时呗？”

魏宇澈冷声道：“谁知道那个姑娘愿不愿意。”

这种事伤害到的永远都是被动的那一方。

梁舒觉得好笑：“你知道，还去帮忙？”

魏宇澈难得有耐心：“谁让他是顾客呢？顾客就是上帝。”

人家说了，姑娘没回信息，人不一定在场。他就是想整个仪式感，告诉姑娘自己是认真的。虽然在魏宇澈看来，这完全就是自我感动，根本谈不上什么仪式感。

“喂、喂、喂。”台上，男大学生试了试话筒，又弹响几个音，才说，“不好意思，占用大家一点时间。”

顶上的聚光灯亮起，男孩长得很帅，眉眼含笑，唇红齿白。

他朝底下扫视一圈，说：“我今天在这里，想送给我喜欢的女孩一首歌。虽然我们认识的时间不算很长，但是我真的非常确定自己喜欢她。”

几个音符弹起，是徐秉龙的《鸽子》，简单明快，还挺清纯。

“他怎么不抬头啊？眼神不给到女孩子可怎么行？”钟灵秀也忘了刚才的顾虑，俨然一副军师的模样。

魏宇澈一眼看穿：“因为不看弦的话，他按不准。”

得，合着还是个新手。

钟灵秀感叹：“现在没点才艺都找不到女朋友了？”

“土死了。”魏宇澈说。

梁舒瞥了他一眼：“是哦，哪比得上你呢。”

他没听出话外之音，说：“当然比不上我。他连音都没调准，还漏拍子了。”

魏宇澈学过钢琴，虽然没坚持到学成个大牛，却也是正儿八经入了门，考了级的。他要纠正这种错误，简直不要太容易。

男大学生费劲地弹唱到第一遍副歌的地方，就止住了音符。

客人们都还挺给面子的，没人笑他。

钟灵秀带头鼓起了掌，将手搭在梁舒的肩上，语气充满怀念：“咱们以前也这么傻过吗？”

梁舒还没回答，魏宇澈就先开了腔，有些高傲：“别带上我，我可没这样过。”

拉倒吧。梁舒心说。

他现在是人模狗样，还学会端着了，以前嚷嚷着要跟好兄弟“歃血为盟”的黑历史，她可不会忘记。

男大学生给了一个手势，台下热心肠候场的钟灵阳立马递上一大捧玫瑰。

钟灵秀小声说：“我的天，你的花用在这儿啦？”

魏宇澈有些惊讶：“你买的？”

梁舒抬头看他的眼睛，一本正经：“不行吗？”

昏暗的角落里，她的眼睛亮得惊人。

魏宇澈心跳得很快，原本酝酿了满肚子的冷嘲热讽，突然就没了声。

他有些挫败地扭过头，转移话题说：“我倒要看看是谁这么倒霉。”

鲜花、帅哥配上灯光氛围，看起来还挺浪漫。

男大学生铺垫了几句，一边环顾四周，一边说：“虽然我不确定你有没有来，但我还是想说，我喜欢你。”

少年的眼神真挚、赤忱，犹如六月骄阳，声音亦是坚定，重复道：“梁舒学姐，我喜欢你。”

台下响起一片起哄声。

魏宇澈目光一顿，嘴角看戏的笑意渐渐消失，垂眸去看梁舒，抑制不住地冷笑一声。

梁舒，还学姐。

够可以的。

事情的走向出乎了大多数人的意料。

男大学生的声音从坚定变为怀疑，目光依旧在人群中搜索着。

而被他惦念着的当事人，面上一片沉静，好像此事与自己无关。

待看清台上的人是谁的时候，梁舒就有点想走了。

她这几天忙得压根没点开对方发的微信，自然不晓得自己在这里还有场“其他约”。

但是，在这种关头借口走人，拒绝的意味多明显啊。

而且她还抱有一丝侥幸——万一呢？万一沈念铻喜欢的不是自己呢？万一他唱完就下台了呢？

现在，她为自己的侥幸心理付出了代价。

魏宇澈冷冷地说："呵，我都不知道，原来梁大小姐还在乌大上过学。"

梁舒没说话，这会儿骂人会显得她底气不足。于是她挺直腰杆，将沉默进行到底。

魏宇澈看了一眼钟灵秀，说："还愣着干吗？赶紧把人弄下来啊。难不成等着他下来逮人？"

钟灵秀应了几声，赶忙朝台上奔去。

梁舒抓了把柿种，一个一个往嘴里扔，好像这件事跟自己没关系一样。

"你不着急？"魏宇澈说。

梁舒漫不经心道："你一手给'上帝'策划的，我急什么？"

"你少来。"魏宇澈才不上她的当，冷笑一声，"要真是我策划的，怎么着也得把婚纱给你备上，让你在这求爱、求婚、结婚，直接一条龙服务。"

"啧啧。"梁舒用手撑着脑袋看他，"没想到啊，魏宇澈，简简单单的一件事，你都能考虑到我的婚纱，看来你这是对我情根深种了啊。"

魏宇澈一愣，有种"搬起石头砸自己的脚"的感觉。

"你胡说什么呢？"

"干吗这么害羞，你喜欢我也是应该的，我能理解。"梁舒将头发别到耳后，"但婚纱还是缓缓吧，我暂时还没有要结婚的打算。"

她今天图方便，穿的是工装外套，配上乌发、冷脸，本来是很拒人于千里之外的，但故意用这话刺他的时候，她的眉梢略微上扬，配着内勾外翘的眼睛，越发灵动、明媚。

"几年没见，你的脸皮还真是越来越……"魏宇澈绞尽脑汁地想了个不那么刺耳的词，"结实。"

梁舒微微颔首示意："谢谢夸奖，你也一样。"

输人不输阵，就算觉得丢脸，她也要装成不在乎，总之绝对不能被魏宇澈这个小人抓住任何把柄。

沈念铻坚持要找梁舒，钟灵秀和钟灵阳好不容易才把人劝住，安置在二楼，说他们帮忙看看。

要不说年轻人经验不足呢，他根本没考虑过眼前的两个人认不认识梁舒，就一口答应了下来。

四个人正式会面，梁舒也收起了锋芒。

钟灵秀得了空，问梁舒回来以后有什么打算，要去哪里工作。

梁舒说："可能不走了吧。"

魏宇澈举杯子的手一顿，视线落在她身上，嘴唇不受控地抿了抿。

"你要留下来？"钟灵阳惊讶地说。

乌川是个宜居的城市，却并不适合奋斗。像梁舒这种出过国的，在大家印象里如果不是回来求个安稳的铁饭碗，那就应该去北上广横冲直撞地闯一闯才对。

梁舒淡淡地"嗯"了一声："差不多吧。"

钟灵秀："那你找工作了吗？"

梁舒摇摇头又点点头，这个问题有点复杂，她暂时还没想好从哪里说起。

她喝完杯子里最后一点果汁，从凳子上起身，长舒一口气："我先走了。"

"你这就回去了？"钟灵秀挽留道，"还早呢，再玩会儿。"

"不了。"梁舒摇摇头，"我还要去跟人家把话说清楚。"

自己的事，总得好好解决才行。

沈念锫正在房间里独自喝闷酒，微信上满屏的绿色对话框，梁舒已经好几天没有回复过他消息了。

门被敲响，他抬头，眼睛立马亮起来，起身迎上来，欣喜地道："学姐，你一直在这里，是吗？那你刚才听见了吗？我……"

梁舒立在门边，并没进去，直接打断他的话："喝酒了？"

沈念锫缩了缩脖子，没回答，把花递给她，讨好道："送给你的，喜欢吗？"

梁舒心里有些憋屈。这能不喜欢吗？她亲自挑的款。

见她没接，沈念锫眼里的光一点点暗下去，流露出一种脆弱。

他到底还是年轻，一腔热忱付诸东流，很难做到游刃有余地应对眼前的场景。

“好好读书吧。”梁舒说着，淡淡地看他一眼，“我们俩就算了，我不喜欢。”

一锤定音，她转身就走，没有给他任何转圜的余地。

沈念铻年纪小，面子也薄，这种简短的拒绝比起长篇大论更容易让他死心。

魏宇澈神出鬼没地出现在拐角，他刚才跟了上来，梁舒毫不留情的做派当然也落入了他的眼中。

梁舒没管他，拧开水龙头洗手。

魏宇澈又刻意地咳嗽了两声，她仍旧不理。

他说：“喂，人家都快哭了，你怎么这么无动于衷？”

梁舒反问：“我是求着他表白，还是求着你帮他布景了？”

都这种时候了，她要是还吊着人家，才会真的愧疚呢。

魏宇澈发出一声意味不明的笑，话里夹枪带棒的：“你还真是老样子啊。”

梁舒把纸巾扔进篓子里，嘴角微勾，笑了笑，沉闷的衣服也压不住脸庞的明艳，五官被昏黄的氛围灯一照，越发显得立体、有致。

她看向魏宇澈，眼里藏了钩子般，人也走上前来，脚尖几乎要挨着他的脚。

“嗯？我什么样子？”

一种树木的味道和淡淡的酒精味混合，像某种熟透了的水果，随着她的笑一起袭到跟前。

魏宇澈有一瞬间的愣神，等反应过来时，再看到的就是梁舒那双染了恶劣笑意的眼。

她往后退两步，故作为难地叹了口气，一副很苦恼的样子：“唉，我就知道你暗恋我。”

“你胡说。”魏宇澈的耳根毫无预兆地红了起来。

梁舒对着他眨了眨眼，了然道：“欲擒故纵嘛，我懂的。”

比起出去真干架，在打嘴炮这件事上，梁舒有一百种方法打败魏宇澈。

要说魏宇澈也是轴，水平不行又偏要去招惹，就没有哪一回占到过便宜。

梁舒赢了一局后，潇洒地离开，才不管魏宇澈在原地如何气急败坏。

经历惨败，对手又已离开，魏宇澈也没什么好待的了。他刚抬脚，却听闻身后有脚步声，一回头便看见了今晚的主角。

沈念铻的头发有点乱，眼睛也通红，像是哭过。

一个惨败的人碰到另一个更惨的，魏宇澈瞬间觉得自己并不算输。

沈念铻沉默着放水洗了把脸，双手撑着台面从镜子里看他，苦笑着问："我是不是挺丢人的？"

魏宇澈没回答，从兜里摸出糖盒子，拆开糖纸，往嘴里丢了一颗才说："没有。"

沈念铻低下头，兀自说着："其实，今天是我们认识的第三十天。"

魏宇澈嘴里的糖差点卡在嗓子眼里——才三十天就整这么大一出，梁舒是给他下蛊了吧。

他突然觉得自己非常有必要拯救一下这个半路迷失的年轻灵魂。

"喀喀——你今年多大？"

"十八。"

咔嚓。糖块在嘴里被咬成两半，甘甜的橘子味在舌尖漾开，隐隐还有些酸。

魏宇澈不淡定了，表情出现一丝裂痕。

他听见自己底气不足地追问："多大？"

沈念铻乖乖地重复了一遍，又补充说："再过几个月就十九岁了。"

魏宇澈的脸色有些黑，他还真是小瞧梁舒了，竟然对刚成年的男生都下得去"毒手"。

"你年纪太小了，还不成熟，上头太快，可能你都没有分清楚自己对她到底只是单纯的好感，还是喜欢。"

沈念铻否认："不是的，我……"

"别急着证明，喜欢是有迷惑性的。你喜欢的不一定是这个人，可能只是一种跟女生相处的氛围，又或者只是眼红其他人有而自己没有，选择了最好的那个试一试。在没有搞明白这些的时候，贸然开始一段感情是对自己的不负责。”

他一副世外高人的模样，沈念铻也迷茫了：“是这样吗？”

“恋爱这种事啊，有跟没有都不重要，重要的是你自己开心，不然还不如不谈。”魏宇澈拍拍他的肩膀，语重心长道，“回去打两场球，把你这过剩的荷尔蒙消耗一下，就啥事都没了。”

沈念铻脸上竟然真的浮现出几丝犹豫，垂头丧气道：“好吧，我知道了，谢谢哥。”

魏宇澈往后退了一步，跟他拉开距离，客套道：“哪里哪里，你能想清楚最好。”

可千万别在梁舒的身上耗了。

梁舒回家的路上已经没什么人了。剩下几盏路灯孤零零地亮着，与风声做伴。

她住的是家里的老房子，跟魏宇澈家还是邻居。

传统的穿堂式样，中间的天井拓宽过，改成了座小院子，角落里还有小亭子，一个人住，逍遥自在得要命。

屋内，小猫咪迎上前来，“喵”了一声后在地上打起滚来，露出花色中间白色的肚皮。

梁舒蹲下来摸了摸小猫咪的下巴，一副看穿它的样子：“小梨花，今天是不是惹祸了？”

小猫咪眼睛舒服地眯起来，喉咙里发出呼噜声，像辆小摩托。

地毯上，鸡胸肉干的碎屑黏在上头，一片狼藉。

梁舒轻轻地拍了拍它的头，斥责道：“就知道装蒜。”

她给小梨花处理好了现场，又添了水和猫粮，拿出手机，准备联系竹园。

微信界面，不怎么熟悉的头像蹦跶到了前列，是魏宇澈发来的消息。

算起来，这还是自己出国后，两个人第一次联系，感觉有点奇妙。

魏宇澈：“小弟弟我帮你搞定了，不用谢。”

梁舒滑了滑未读消息，确实没看到沈念铻的。

魏宇澈能有这么好心？

梁舒开始有些怀疑他的动机。

像是感受到了她的犹疑，魏宇澈接着说：“别误会，我只是不想让一朵刚成年的花被你辣手摧残了。”

魏宇澈：“是我高估了你的底线，十八岁啊，刚成年。”

梁舒：“几岁？”

魏宇澈：“你再装？”

梁舒：“他没告诉过我。”

魏宇澈眉头稍松，心里那种不舒服的感觉也消散了些——行吧，勉强相信她是真的不知情好了。

梁舒：“你是怎么知道的？”

魏宇澈：“问的。”

梁舒：“你问他干吗？”

魏宇澈：“替你收拾烂摊子。”

半晌，那狸花猫的头像都没动静。

魏宇澈点开她的头像，又点进朋友圈——很好，仅三天可见，空空如也。

他退出又刷新了无数遍，最后确定不是信号问题——梁舒就是没回复。

论没良心这一块，她一直都是可以的。

他在心里骂自己不长记性，干脆把手机倒扣在桌上。

夜生活接近尾声，清吧也冷清下来。

钟灵阳哈欠连天，捏着肩膀道：“赶紧招人吧，再这样下去，我人就要没了。”

钟灵秀核对着账本，头都懒得抬：“那就等你人没了再说。”

钟灵阳悔不当初，他早知道创业艰难，却没料到会难成这个样子。

钟灵秀嗤笑一声：“不好意思，上了我的贼船，现在后悔也是来不及了。你还是好好干活，早日赎身吧。”

魏宇澈一直不说话，仰头喝完杯子里的酒，把杯子放在桌上：“行，我走了。”

钟灵阳问：“欸，你住哪儿啊？”

魏宇澈：“我回上林。”

他来得匆忙，什么也没带，在路上的时候在网上叫了个家政去打扫。

钟灵秀说：“这会儿哪能叫到车啊，实在不行，你跟钟灵阳凑合一晚算了。”

钟灵阳也在一旁点头。

“没事，我吹吹风。”魏宇澈已经决定了，他穿上外套，对两个人摆手，“走了啊。”

离开灯火通明的景区，乌川的夜晚总是别有一番风味。

有一回，梁舒写作文时说“风是甜的”，魏宇澈还嘲笑她不会用修辞手法。

现在他站在夜色里，奇异地发现，风真的是甜的，就像是搅麦芽糖时那些几不可见的糖丝。

魏宇澈被这糖味和酒精蛊惑着，拨通了梁舒的号码，即便他压根不确定她有没有换号码。时至今日，他依旧分不清楚，别扭着不跟她联系的那几年，到底是因为赌气还是害怕。

听筒里传来“正在通话中”的提示音。

他也不坚持，挂断，又走了几步，梁舒的电话拨了回来。

“喂，少爷，找我什么事啊？”梁舒的声音很轻松。

小时候，魏宇澈娇气，这不吃，那不要的，做什么都要人哄着，梁舒就故意叫他少爷——比起夸赞，讥讽意味更足一点。

魏宇澈一开始还有些抗拒，到后来已经习惯，还回馈她一句“梁大小姐”。

方才自己一直拿这个昵称刺她，她却全无反应，他还以为她是已经忘了。

此时，多年前的称呼再次从她的嘴里蹦出来，魏宇澈只觉得亲近。他不敢细想，觉得自己有点变态，不自觉地打了个冷战。

他问：“刚才打电话怎么不接？”

梁舒有些漫不经心：“我这不是得为工作努力吗？”

“哦。”魏宇澈自然地理解为她正在找工作，于是问，“找得怎么样了？”

“还可以。”

历经波折，总算找到了一家有存货的，她心情还不错。

魏宇澈顿了顿，说：“不然我雇你好了。”

“你雇我做什么？”

他沉默了。

他也没想好雇她做什么，他甚至都不明白自己为什么要打这通电话；为什么要马不停蹄地回来；又为什么要去找刚成年的小孩子说那一番长篇大论。

理智挣脱掌控的感觉，魏宇澈不喜欢，却无法控制，好像身体里有某种程序，只要触发关键词，他就会不听使唤地做出很多蠢事来。

相关的关键词有很多，而围绕的核心只有一个——梁舒。

半晌，他挤出一句：“我缺个商学院毕业的帮我管钱。”

“我呸。”梁舒的声音听起来很愤怒，恶狠狠地说，“我就讨厌你们资本家这副嘴脸。”

魏宇澈低笑出声，眼前似乎已经出现了她说这话时的神情——眉梢微挑，水汪汪的眼蒙上一层恼怒，如果在他跟前，她也许还会恶狠狠地给他一拳。

他抬头看向天空，说：“梁舒，今晚的月亮好好看。”

夜幕低垂，悬着好大一个月亮，又圆又亮。

梁舒啧啧两声，语气了然：“喜欢我就直接说，别在这儿跟我整夏目漱石那一套行不行？”

魏宇澈脑袋里的迷糊散去大半，有些生气又有些无奈：“我真是服了你。”

这下换梁舒笑起来。

夜空中，鸟儿的翅膀划破空气，扑棱棱的，有些慌张。

不知道过了多久，梁舒问：“他真的才十八岁吗？”

魏宇澈：“嗯，我骗你做什么？”

梁舒叹了口气。

魏宇澈追问：“是不是觉得羞愧难当？”

梁舒又是一声长叹，话里满是惋惜："亏了。"

魏宇澈醒来，头疼得厉害，怎么说自己也算是宿醉了，会难受也在预料之中。

他冲了个澡，通体舒服不少。擦着头发下楼时，他就看见了大厅中间沙发上坐着的人。

梁舒半瘫在沙发上，俨然一副主人的姿态，将他上下打量一番，视线停留在那条配色大胆的大花裤衩上，眉梢一挑："您这审美，挺别致啊。"

昨天太晚，他只来得及去便利店买几条一次性内裤，洗完澡后翻出旧时的短袖短裤穿上，就这么睡了过去。

原本宽松的短袖，现在局促地绷在身上，勾勒出身上肌肉的线条，尤其是胳膊和腹部，一块块棱角分明地鼓着。

魏宇澈不准备跟她争辩，把毛巾挂在脖子上，去冰箱里拿了瓶水，问道："你怎么进来的？"

"翻墙，钟灵秀说你回上林了。"梁舒朝茶几抬了抬下巴，"喏，乌川烧饼，不用谢。"

魏宇澈不明白她是怎么把"翻墙"二字说得如此自然的。

"私闯民宅属于犯法了，你知道吧？"

梁舒笑："这墙还是你先翻的，你扯这个？"

徽州以前的民居，很多是挨挨挤挤的。进门前厅、天井和厅堂为一进，第二进仍旧如此，称为"断而不断，隔似未隔"，又叫"屋套屋"。

他们两家长辈年轻时翻新房子，就是参考的这种，只不过从首尾改成了左右，以此都可以坐北朝南，倚山面水，风水极好。

两家之间的墙，连梯子都不用搭，一翻就过去了。小时候魏宇澈就是如此在夜里"潜入"，偷偷拔掉她自行车的气门芯的。

魏宇澈别过眼，灌下一大口冰水，问道："你找我什么事？"

梁舒哼笑一声，把手机往茶几上一扔："自己看吧。"

沈念锫首先为自己的冲动道了歉，说自己没有考虑清楚，不应该在这种情况下不尊重她的想法，一意孤行，更不应该让他们陷入如此尴尬的状况里。他还说自己愿意继续跟梁舒以朋友的身份相处。

到这里，一切都很正常，可紧接着的下一条就是话锋一转。

“不管怎样，我都想让你知道我喜欢你的这份心意。有人跟我说过，我们认识的时间太短了，以后的日子，我会跟你多多相处，多多了解你的喜好。

“我不是想逼你做决定，我只希望自己可以努力成为你的备用选项。”

魏宇澈看得头皮发麻。很明显，他的拯救没有起到作用，那小伙子更入魔了。

梁舒冷笑：“这个‘有人’，应该就是你吧。”

魏宇澈沉默不语，任他脑筋转了十八弯，也万万想不到沈念铻会从这个角度去“答题”。

“少爷，你到底是给我收拾烂摊子，还是给我制造烂摊子啊？”梁舒恨不得把烧饼扔在他脸上。

没那个本事，去做什么知心哥哥啊，现在好了，玩砸了。

他握拳咳嗽了两声：“那万一他本来就是这样想的呢。”

梁舒不接话，只是瞧着他。她没化妆，素着一张脸，漆黑的眸子里不知道藏着多少情绪。

魏宇澈心里像是被细密的针扎过一般，伸手去捂她的眼睛：“好，我的错，对不起。”

梁舒哼了一声，扒下他的手：“谁的烂摊子谁负责收拾，沈念铻——你解决。”

“为什么要解决？”魏宇澈的语气有些酸，“你昨晚不是还说亏了吗？”

十八岁的鲜嫩少男，她不是心动得很吗？

梁舒拿过袋子里的烧饼，毫不留情地塞到他的嘴里，道：“吃你的吧，少爷。”

世上没有免费的早餐。

梁舒给魏宇澈上完这一课后就准备回去，还没走到院门口，就被叫住了。

魏宇澈嘴边还残留着烧饼屑，举了举手机："钟灵秀找你。"

钟灵秀是来约饭的，入夜人多不方便，所以约的是中饭。她要派钟灵阳来接梁舒，被梁舒拒绝了。于是她顺势道："那你把魏宇澈也带来。"

钟灵秀思考过了，以现在的这种情况，让两个人完全零交集是不可能的。与其严防死守，不如让他们"以毒攻毒"。既然"大家都不是小孩子了"，那一定都会有自己的社交分寸的。

梁舒看了一眼靠着门啃烧饼的魏宇澈。

乌川烧饼是出了名的，酥皮相当脆，张口一咬，会不可避免地掉下碎屑，落在衣服上。

梁舒说："我们不顺路。"

钟灵秀："你编瞎话也得有个准头吧。你不顺路，那你现在在哪儿呢？"

梁舒脚一伸，跨出门楼，理直气壮道："出他家的门了。"

钟灵秀感叹："精卫填海都要填完了，你还在这儿跟人家闹别扭呢？"

"不是别扭。"梁舒看了一眼他嘴边的饼渣子，淡淡地补刀，"是瞧不上。"

时至今日，魏宇澈人模狗样的，但在梁舒看来，他还是十年前那个戴着耳夹装酷，叼根棒棒糖跟社会青年称兄道弟的街溜子。

他确实是越长越好看了，这一点，她不否认，但脑残指数只增不减，这一点，他本人站在那儿就是证明，也是否认不了的事实。

魏宇澈不知道她们俩具体聊了些什么，但从梁舒的表情分析，不会是什么好事。

"梁舒，你瞧不上谁呢？是不是在说我？"他警惕地问道。

"就这么说定了啊。"钟灵秀察觉到不对劲，立马挂断电话，不给梁舒一点反应时间。

魏宇澈的眼睛滴溜溜地转着，满是戒备："是说我吧？呵，我就知道，你不……"

梁舒没心情听他唠叨，把手机扔回给他，冷淡地道："烧饼五块钱，微信还是支付宝？"

她反悔了，凭什么他花她的钱吃饼，明明她一毛钱都不应该为他花好吗？

“哈？”魏宇澈看了一眼被自己啃得面目全非的烧饼，往前递，“还你。”

梁舒也没废话，直接夺走剩下的那点饼：“四块五，微信还是支付宝？”

“怎么就四块五了？”

“根据现有重量的合理估价。”

魏宇澈着实没想到会有这一遭，半晌，咬牙道：“五块，饼还我。”

梁舒直接摁开手机付款码：“转吧。”

她摆明了不见钱，不还饼。

魏宇澈没想到几年不见，她这抠门的毛病还是一如既往。

转了钱，梁舒痛快地松了手。魏宇澈忙伸手去捞，总算是在饼落地前接住了。

他抬头准备说点什么，只看见梁舒潇洒离开的背影。

摩托车停在门口，跟徽派古香古色的老房子放在一起，显得有些格格不入。

魏宇澈没衣服换，只能穿以前的卫衣，好在版型宽松，乍一看也没什么问题，甚至衬得整个人都眉清目秀不少，比之前花里胡哨的装扮，简直不要顺眼太多。

梁舒递头盔给他，粉色的头盔上画着小猪佩奇。

“看不出来你还是佩奇粉。”魏宇澈垂着眼，揶揄道，“大龄儿童是吧？”

“张老太店里只有这个款。”梁舒懒得跟他辩白。

上林地方小，张老太的春回商店在这儿就是“百事屋”般的存在，货品齐全，就是风格有些不同寻常。

梁舒去买备用头盔的时候，张老太拉着她的手，热情地介绍说：“这个好，这个好，能从六岁戴到六十岁呢。”

梁舒很怀疑，这是张老太为了卖出滞销品而编出的理由。

魏宇澈没接，反而瞄准她头上帅气的黑蓝色头盔：“咱们俩换换？”

“矫情。”梁舒把头盔直接塞到他怀里，握紧车把手，“不戴，自己跑着去。”

从这儿到清吧，抄小路走也有十几里路呢。

昨晚步行那是因为酒精上头，这青天白日的，他可不会再找罪受。

魏宇澈还是屈服了。

马头墙，小青瓦，朱红色窗棂，青石板铺成的巷子狭窄又崎岖。魏宇澈坐在后座，不自觉地将身子缩起来。

摩托车的声音很重，惊起鸦雀扑扇着翅膀飞远。

出巷子便是宽约一丈的石板路，一边靠着封火墙的门楼，一边是没有任何遮拦的上林河。

林杞之下，上善若水。

一句誉地，一句育人。

这便是“上林”二字的由来。

魏宇澈也好久没回来了，现在看到熟悉的牌坊和老民居，心里无可避免地泛起波澜。

徽州村落都讲究风水，几乎每块临山地界都有水口做阻隔，将区域划分清楚。

沿着河，每前进一段，就能瞧见在水边台阶上浣洗衣服和瓜果的阿姨或奶奶，一张张全是熟悉的脸。

这条河养活了上林的大多数人，也包括他们。

没一会儿，他们就到了桥边。

天气回暖，周遭树木抽出嫩芽，绿得各不相同。

水口一边蜿蜒进上林的白墙青瓦，一边连接着远方的大山天空，一切都像是被这水洗过一般，清澈、澄净。

中央的桥叫凤凰桥，前几年翻新了一下，拓宽不少，还加修了一条车道。

魏宇澈感叹：“以前咱们都坐电动小三轮去县城，要是从凤凰桥走，还得下来帮着推车。”

梁舒：“都几年级的事了，你还记得呢？”

上林镇小，十里八乡只有那几种满足日常生活的店铺，但凡是稍微复杂一点的需求，就得去县城。

“那可不。”魏宇澈有些得意，“我还记得你刚来的时候顶着个小光头，一直到上小学，我才知道你是女生。”

梁舒挤对他：“眼睛瞎了，你还挺骄傲。”

他偏头从后视镜里看她，可惜隔着头盔，什么也看不清。

魏宇澈说：“要不是你在少林练过，我青竹巷‘老大’的交椅怎么可能让给你坐？”

梁舒并不是在上林出生长大的，来的时候剃着个小光头，又瘦又小的。

那会儿《旋风小子》电影正火，释小龙是无数小男孩的偶像。

梁舒长得漂亮，又是光头，从外形上来说是最接近释小龙的。她自己说是从少林回来的和尚，耍了套棍术不说，在面对魏宇澈质疑的情况下，隔天就当着大家的面，一脚踩断了竹竿。

她凭借着这种绝对的“实力”，瞬间俘获了一干小朋友，顺利取代魏宇澈，成了“老大”。

魏宇澈虽然不服，但是㞞——他也怕疼的。

“欸，你还记得在少林的日子吗？是不是特别苦啊？”

“哦。”梁舒声音平淡，“那是我骗你的。”

“啥？”魏宇澈怀疑自己听错了。

“那时候我看你在揍隔壁的二胖，怕你也打我，所以吹牛来着。”

魏宇澈傻了眼：“那棍术呢？”

“什么棍术？我没学过，瞎舞的吧。”

“脚踩竹竿呢？”

梁舒仔细想了一下，才记起他说的是哪回事：“我外公锯好了的材料，我上去踩了一脚。”

魏宇澈：“……”

梁舒语气里有些不可思议：“我以为你早就知道了，没想到你到现在还信着呢。”

真不怪她乱说，他是真的笨啊。

乌川好风景，几大奇观闻名遐迩，又因为历史悠久，孕育了独具特色的徽州文化，每年不知道吸引了多少人来参观。

“探海”的位置很好，西边有大学，往来学生多。隔壁就是古建筑群景点，到了六七点准时关门，剩下一些意犹未尽的游客，自然要找地方消遣。只要客流量有保障，赚钱就只是时间问题了。

现在是晌午，还没到清吧正式营业的时间，钟灵秀站在吧台边，用电脑记着账，钟灵阳则在舞台正前方的桌子上换着桌布。

梁舒打了个响指，引得二人抬头。

一旁的魏宇澈见缝插针地吐槽：“轻浮。”

“跟你学的。”梁舒对答如流。

“你们俩过来坐，饭马上就来了。”钟灵阳一副贤惠的模样。

钟灵秀合上电脑，看了一眼魏宇澈手里的头盔：“看不出来，你还挺有童心。”

魏宇澈赶忙把“佩奇”丢在一旁：“遭小人陷害罢了。”

他嘴里的“小人”已经拉着钟灵秀落了座，理所当然地朝旁边一指：“去吧，二位。”

魏宇澈不甘落后地坐到对面，也往旁边一指：“去吧，钟灵阳。”

处于食物链底层的钟灵阳：“……”

“春笋、毛豆腐、火腿、石鸡。”钟灵阳一一介绍着从隔壁餐馆端过来的地道徽菜，“还有最最最重要的——臭鳜鱼。”

徽菜重色重油重火候，臭鳜鱼的肉质细腻鲜嫩，味道堪称绝妙，但臭味会劝退许多人。

梁舒在外漂泊多年，想这一口已经很久，回来后因为各种忙，迟迟未吃上，今天总算是可以一饱口福了。

美食抚慰人心，她也没了要时刻跟魏宇澈针锋相对的意思。面对他几次三番的小挑衅，她都是轻轻地瞥一眼，就揭了过去。

魏宇澈慢慢地也感觉自己这样有跳梁小丑的嫌疑，后边也就老实了下来。

“探海”的营业时间还没到，各路人马倒是陆续提前过来准备了，酒保、保安、服务员，前前后后来了有十几个人。

钟灵秀的创业理念相当明确——酒精不错，但过度就会让人失去理智。而这时候就需要有人使用一定的武力和威慑，帮客人找回理智。

所以“探海”方圆不出一公里就是街道派出所和医院，足以应付大部分的突发事件。

梁舒今天没什么事，于是留下来帮他们一起打打下手什么的。

时间过得很快，转眼“营业中”的灯牌就亮了起来。

“现在乌川的工资大概是个什么水准？”梁舒打听道。

钟灵秀只当她是要为自己考量：“看你做什么吧，但是乌川的消费水平也就在这儿，基本上五千元一个月就算高薪了。”

梁舒点点头，心里大概有了数。

“你准备找什么工作？”钟灵秀问道。

梁舒自觉情况复杂，一时间不知该从何说起。

魏宇澈在里头打短（方言，插话的意思），语气有些欠：“梁大小姐该不会适应不了小地方的人才市场，准备开溜了吧？”

梁舒少见地没跟他计较，而是问他：“您呢，最近在何处高就啊？”

魏宇澈都做好了迎接她嘴炮的准备，谁知道她没按常理出牌。

他脑子快速转动，很快说：“高就谈不上，就是手里有点闲钱，四处做点理财投资什么的。”

“嗯？”梁舒反问。

“就是做投资，支持别人的梦想。”魏宇澈脑子飞快地转动，瞬间找到最高大上的词汇，“简称投资人。”

梁舒“哦”了一声，点点头，一副受教的样子，客气道：“原来是败家子，失敬、失敬。”

魏宇澈家里往上数几辈，在乌川都算是大户人家。魏父和魏母是最早一批搞房地产的，后来感觉市场过于饱和，毅然放弃在这里打下的江山，去中心一带搞上了互联网。

这几年赶上风口，各种类型的公司遍地开花，家里资产翻了好几番，还成立基金会，做起了慈善。

正儿八经来说，魏宇澈是富二代，而且还不属于跟他们一个量级的那种，巨富的二代。

但他厮混惯了，不喜欢所谓圈子里的那一套，更对家里的生意无感，每天就是闲钱在手，随便花花，随便投投。

虽然赔得多，赚得少，但架不住他心态好，不管折进去多少，都自我安慰“破财免灾”。

直到前段时间，他被大学室友忽悠着汇款，最后被卷走小一百万元。

魏父和魏母忍无可忍，让他滚远点好好反思。

魏宇澈反抗无效，纠结着自己应该滚去巴厘岛还是马尔代夫。直到那天看见梁舒签字的单子，脑袋一抽，他选择了回乌川。

所以，梁舒这句随口说的“败家子”，是实实在在地扎到了他的痛处。

“你拉倒。”魏宇澈不自然地移开视线，反驳。

梁舒跟他缠斗多年，早把他看得透透的，乘胜追击道：“不会吧，你不会还跟以前一样，拿着零花钱到处接济街溜子吧？”

魏宇澈想骂回去，但是他没有任何立场，毕竟他以前念书的时候，真的挺街溜子的，经常“装”大款在外面请些狐朋狗友吃饭、上网。

但那是青春期啊，哪个少年没中二过？

偏偏梁舒也没好到哪里去，还嘲笑他们“再不疯狂就老了”。

“费么丝（方言，笨的意思）。”魏宇澈憋了句乌川话出来。

“过希怪（方言，搅屎棍的意思）。”梁舒回他。

“好了，暂停。”钟灵秀硬着头皮出来主持公道，“魏宇澈，你还没说你这次为什么突然回来呢？”

她的话杀得他们好一个措手不及。

魏宇澈耳根一热，有些心虚，不管是被“贬谪”还是为了梁舒，显然都是不能光明正大说出来的理由。

好在他虽然冲动，却也保留了理智，在来的路上就找好了说辞，此时他正色道：“家里人遭骗了，我回来讨个公道。”

这件事属实，算不得扯谎。

钟灵秀相当震惊：“谁这么想不开，骗到你头上了？”

虽然知道她的话跟自己想说的不是一件事，但魏宇澈还是感觉胸口中了一箭，纠正道：“不是我，我有那么容易上当吗？”

梁舒漫不经心道：“那谁知道呢。”

魏宇澈忍着没回嘴，他知道一旦反应过度，就梁舒那个鬼精的脑袋，一定能猜出些什么来。

于是他没接话，继续说："是我爷爷。"

魏庆弘年轻的时候也是风云人物，自己就很能挣钱，后来又跟着儿子儿媳出去打拼，偶尔会回乌川，其他大部分时间则是留在苏杭颐养天年。

去年，魏庆弘回乌川跟旧友们重逢叙旧，还十分干脆地从其中一个朋友那里订了一副屏风，光订金就高达八万元。

钟灵阳的声音都变调了："多少？"

嫉妒使他"质壁分离"。

魏宇澈相当理解他，毕竟自己当时也是这种反应。

钟灵秀则相对淡定地提出了设想："是不是用了什么贵重的原材料啊？"

"不是，既不是玉，也不是翡翠，就是普通的竹子，竹刻。"

钟灵秀摆摆手："那也正常，请的是什么名家吧？"

竹刻就像文学，也分流派，徽州竹刻就是其中之一。乌川作为整个徽州文化的发源地，更是竹刻匠人的主战场。

徽州四雕——砖、石、木、竹，均讲究一个以刀代笔。能在这行里闯荡出名堂的，本身就是有一定的画艺和书法技艺的。

要是正儿八经地请了大拿，这个价格倒也合理。

"问题就出在这儿了。"魏宇澈冷笑一声，"老爷子的这个朋友接单后不久就生病了，且病得还不轻，这屏风的活就搁置了。"

"那不正好，可以退钱了呀。"钟灵阳说。

魏宇澈端着酒杯，姿态放松："要是能退钱就好了，虽然人家干不动了，但是他们家里的后生自告奋勇地顶上了。我爷爷年纪大了，一门心思帮朋友，便答应了下来。"

这缩水程度不用他说，已经相当明显了。

"所以你回乌川，是来兴师问罪的？"钟灵阳总结道。

"没那么严重。"魏宇澈看了梁舒一眼，存了要炫耀自己"狠辣"

手段的心思，说，“他要是识相，我找上门，把订金给要回来，一切都好说。不然我就报警，让他把牢底坐穿。”

梁舒对上他故作深沉的视线，客观地发表意见：“八万元就想让人家把牢底坐穿的话，有点难度。”

魏宇澈认真地思考了一下，改口：“那我就告到他倾家荡产。”

梁舒拍了拍胸脯，敷衍道：“哇，害怕死了呢。”

魏宇澈好不容易积攒的“狠毒”迅速破功，他看向对面，语气不满：“梁舒，你不跟我作对是不是会死啊？”

“没有啊。”她相当坦荡，“我这不是帮你烘托一下气氛吗？”

真难伺候。

魏宇澈：“……”

谢谢了，大可不必。

钟灵阳比较关心实际的问题：“那你找到人了没？”

“没呢。”魏宇澈把空酒杯放下，“我爷爷不肯说，我偷偷来的。”

很好，他完美地遮掩了核心原因，睿智人设立起来了。

“那也不好找吧。”钟灵秀说。

魏宇澈倒是很乐观：“他朋友就那么些，我到时候挨个问问，应该也不难。”

钟灵阳忍不住泼他冷水：“可是，我隐约记得，魏爷爷年轻时候是竹刻协会的赞助人吧？”

那年头会竹刻的人不少，但是把手艺坚持下来的不多。

魏庆弘呢，热心肠，看谁困难都乐意搭一把手，至于搭进去的，除了人，还有钱。

单从这一点来看，魏宇澈的败家还是具有可考性的，属于“隔代遗传”了。

不过败家也是有不同的，一旦败对了就叫投资。

徽州竹刻前几年入选了国家非物质文化遗产，成为得到官方认可的徽州名片。

乌川的竹刻协会从民间组织晋级，魏庆弘当年的仗义也得到了回报——抛开物质，更重要的是那些艺术家的人脉资源。

要说魏庆弘认识的做竹刻的朋友，那可真是没有一百，也有几十。

魏宇澈迟疑了一会儿：“筛选一下应该能筛掉大多数吧？”

钟灵秀却不这么觉得：“不能吧，你看光咱们上林那一片，基本上家家老人都多多少少会一些，梁舒的外公不也是吗？”

梁舒心想：何止啊，现在连我都是干这个的呢。

魏宇澈眼睛一亮：“怎么把你忘了，你小时候不是也天天摆弄那些玩意吗？”

梁舒那个时候，可谓将“清高”二字发挥到了极致。

同龄人狂热追捧的东西，她是一概不爱，天天跟在一群老头子后面学刻竹，还把自己的“作品”强行送给小伙伴。

连魏宇澈这个死对头家里，都有梁舒亲手雕刻的笔筒，是她十岁时的第一个成品，不过丑得有些惨不忍睹。

高中那会儿，她去比赛，拿回来个第一名，可就在这未来风光无限的起点，她却突然把手艺一丢，说什么都不碰了。

之后她更是报复性地开始厌学，瞎混。

最可气的是，都这样了，她的成绩还是数一数二的。

梁舒纠正他：“那不叫摆弄，是学习。”

“好、好、好，学习。”魏宇澈不招惹她一下就不快活，“那不然这样，你把竹刻再捡一捡，等我从骗子那儿把钱讨回来，回头找你定做个屏风怎么样？”

梁舒淡淡地看他一眼：“等你把钱讨回来再说吧。”

他现在连人影都找不到，有理都没地方去说。

魏宇澈不是没想过找家里人问问情况，但是全家都守口如瓶，他爸妈也让他别管这件事，说魏庆弘自有决断。

“那你怎么不让他们去决断？”梁舒问。

魏宇澈瞥了她一眼：“这你都看不出来吗？”

“看出来什么？”

“洗脑战术，这就跟社区免费送鸡蛋让你去开会是一个道理，他们很明显就是上当了。”魏宇澈信誓旦旦。

他就不明白了，能有个什么决断，自己亏的钱是钱，老爷子亏的钱就不是了？

眼看家里其他人都迷迷糊糊的，他必须站出来做那个主持公道的人。

梁舒也不知道这厮哪里来的信心，觉得自己能解决这种事。听他讲完这番豪言壮语，她也只是笑笑，不评价。

钟灵秀在乌川待的时间长，补充道：“这年头，骗子确实多。我听我妈说，前几天小区还有什么净水器的商家搞领鸡蛋的活动呢，有的老头老太就被忽悠着给了钱。”

魏宇澈越听越觉得魏庆弘嘴里的那个老朋友不靠谱，一拍大腿：“不行，我必须管这件事。”

像这种又欺骗感情，又欺骗财产的“朋友”，就得让他吃个教训才行。

“你要怎么管啊？”钟灵阳好奇地问，“一没名字，二没地址的，你上哪里找人去？”

梁舒也在此时开腔：“而且万一人家不是骗子呢？”

钟灵秀咂舌：“这么明显了，还不是骗子呢？”

魏宇澈看了梁舒一眼：“你倒也不用为了跟我呛声，就这么不尊重事实吧？”

“没有啊，我很客观的。”梁舒目不斜视，“从道德上来说，师父不行，给徒弟干，是有些不地道。可从法律上来说，魏爷爷这个当事人都接受了，那就没什么太大的问题了呀。”

“那是因为我爷爷当人家是朋友啊，但他这不就摆明了是欺骗老头感情吗？”魏宇澈说。

钟灵秀姐弟俩也连连点头。

多明了啊，先打感情牌，后又坑钱，魏爷爷这是人财两空了。

梁舒依旧保持淡定：“谁能证明呢？”

这倒是个问题。

魏宇澈沉默了，他一没合同，二不是当事人，除了自己的主观臆断以外，真的是半点证据都没有。

“这件事搞不好还是魏爷爷主动提出的修改方案，如果真的是你们家主动，那又有什么立场说对方是骗子呢？”梁舒三言两语就直击问题核心——什么相关证据都没有，他拿什么把人家绳之以法？

“要我说，这是现实生活，你还是少些行侠的理想主义吧。”

时代变了，这跟社区送鸡蛋完全是两回事。

魏宇澈知道她说得在理，但总觉得有哪里怪怪的：“不是……梁舒，你怎么老是帮着骗子说话啊？”

钟灵秀怕两个人再吵起来，赶忙从中间调停：“怎么会呢？她肯定是想从另外的角度帮你找一下骗子的漏洞，然后精准击破啊。”她看着梁舒，期待肯定的答案，“是吧，梁舒？”

梁舒笑而不语。

不好意思，要让大家失望了。

因为她就是那个“骗子”。

第二章

·平行线交汇的瞬间·

这件事没法委婉又准确地阐述，梁舒思索了片刻，觉得还是开诚布公比较好。她清了清嗓子："其实吧……"

她话刚开了个头，就被铃声打断了。

魏宇澈看清手机屏幕上显示的号码，也顾不上谴责梁舒帮骗子说话了，举起手机在她眼前晃了晃："看到了？可别说我光说话不办事。"

言罢，他站起身，朝门口招了招手："这儿。"

钟灵秀等人不明所以，一边看，一边问："谁啊？谁啊？"

"哥。"

熟悉的声音传来，梁舒没回头，只抬头瞥了一眼魏宇澈，警告道："别把人招过来。"

"这你就不知道了吧，大小姐。"魏宇澈说，"你这个当事人在场，我才好发挥呢。"

"带走。"梁舒不跟他贫嘴，直接表达诉求，"你自己惹的一堆子事，自己解决。"

"什么，什么啊？"钟灵秀简直不要太好奇，低声问，"他什么时候跟那弟弟拜把子了？"

梁舒简单概括："智商不高，没事找事。"

几人言语间，沈念铻已经走了过来。

他对魏宇澈还是挺亲切的，毕竟是鼓励了自己的导师。

之后，他仔细一看，梁舒竟然也在场，他瞬间明白，敢情魏宇澈是在给自己助攻呢。

他朝魏宇澈投去一个感激的眼神，伸出手挥了挥："嘿，学姐，你来了。"

梁舒实在不想掺和这件事，淡淡地点了点头，拿起一旁的头盔，对钟灵秀道："我先回去了。"

"别啊。"魏宇澈出声挽留，想让她一起过去。

梁舒一个眼神丢过来。

他瞬间改口："我的意思是说，你等我一会儿，马上就没车回去了，你得带我不是吗？"

此话一出，沈念铻就蒙了，视线在他们两个人身上不停逡巡着。

梁舒点头让步："快些弄好。"

"得嘞。"魏宇澈搂住沈念铻的脖子，将人往远处带，他这副样子，离二流子就差嘴里叼根牙签了。

钟灵秀跟钟灵阳都巴巴地凑过来："啥情况啊？"

梁舒简单地说了一下。

钟灵阳："那现在是？"

"现在是他必须解决。"

谁横生事端，谁就负责，非常合理。

钟灵秀却并不乐观："你真的觉得魏宇澈能把这件事搞定吗？"

魏宇澈是什么人？用家里长辈的话来说，那就是个混不吝的玩意。他要是真的够聪明，也不至于让人家误会。

梁舒当然考虑过这种可能性，所以一开始她也是要留在现场的，这样在产生误会的时候也能及时解释。

但是吧，在知道魏宇澈以为自己是骗子的时候，她立刻就改变了主意。

如果在跟他坦白之后还得不到认可的话，为什么不先这样让他亏欠着自己呢？

谈好了，解决烂桃花一朵；谈不好，魏宇澈倒欠她一个人情。不管是哪一种结果，对自己都没坏处。

想明白其中的关键，梁舒才会说要走，虽然没走掉，但好歹不用过去了。

她语气平静地说："先看看吧。"

魏宇澈还不知道，这样一件简单的事情已经在梁舒心里拐过了七八个弯。

他在面对沈念铻这朵"小娇花"的时候，还是很慎重的："小……呃，你叫什么来着？"

"沈念铻。"沈念铻接话，眼睛依依不舍地看着梁舒所在的方向。

"小沈，别看了。"魏宇澈拉着他坐下，将酒递给他，顺便挡住他的视线，"喝点？"

沈念铻摇头拒绝："不了，哥，你找我有什么事？"

"我觉得你可能对我昨晚的话有点误解。"魏宇澈单刀直入，"我并不是那个意思。”

“你认识梁舒，对吧？”沈念铻也不是傻子，从刚才两个人的互动里就能看出些端倪来。

魏宇澈点头：“我也不瞒你了。梁舒呢，对你没那个意思，你也不用坚持了，你不是她的菜。”

沈念铻还是头一次在除了当事人以外的人那里，接收到如此直白的消息。

几乎就在魏宇澈说完这句话的一瞬间，沈念铻的眼神就变了，多了些审视和试探：“你是怎么知道的？”

此情此景，像极了电视剧里的情敌互撕戏码。

拿了恶毒男配剧本的魏宇澈过来跟单纯、不做作的沈念铻扯头发，撕得昏天黑地。

但其实吧，在梁舒这个女主角眼里，指不定他们俩都是炮灰。

“我还不知道她吗？”魏宇澈自觉地跟沈念铻比起来，自己跟梁舒的关系是能用“深情厚谊”来形容的，自然是底气十足。

沈念铻没说话，等着他继续说下去。

“我跟梁舒从五岁起就认识了，我带着她翻墙的时候，你可能还在穿纸尿裤。”魏宇澈简直不要太诚恳，“有关她的事，我知道的比你多得多。”

“上次跟你见面匆忙，很多话没有说清楚，我让你好好想想的意思是希望你认认真真来，不要那么快上头。”

“我是认真的。”沈念铻意有所指，“我觉得感情不应该单纯地只用时间去衡量，更何况，如果我一辈子上头的话，也没有什么问题啊。”

“话是这么说，但你也听见了，她拒绝过你了，两次。”

上次在大厅里的不回应就是一次了。

很多人会想当然地将沉默理解成为自己想要的意思，比如害羞，比如身不由己。但绝大多数情况下，沉默的意思就是拒绝。

更别说，她怕表达得不够委婉，又到他面前说了一遍。

“那又有什么关系？感情是要靠自己争取的。”沈念铻远远地看了眼梁舒，“而且我们还很聊得来。”

梁舒正在跟身边人说着话，侧脸清冷又美好。

但拿了恶毒男配剧本的人从不会给他喘息的机会，魏宇澈继续说：“你觉得她跟你聊得来，那不是你们兴趣相投，而是因为她在迁就你。梁舒见识过的东西比你多太多了，所以不管你提起什么，她都能接上话。你认为的志趣相投，不过是她在降低自己的标准罢了。”

换句话来说，这叫降维打击。

让其他人跟自己相处得舒适，是梁舒的拿手好戏。沈念锫不会是唯一一个有这种感觉的人，也不会是最后一个。

“最起码她愿意这样做，不是吗？”这话说出口的时候，沈念锫自己都意识到了荒唐。

他觉得自己像被逼到墙角的困兽，还是快要死的那种。

魏宇澈处理这种事真是太得心应手了，就好像他已经帮梁舒处理过很多像自己这样的追求者，而自己不过是其中微不足道的一个。

“那现在呢？她还愿意这样做吗？”

据魏宇澈所知，梁舒对异性的兴趣很短暂。用她的话来讲，她精力有限，没有办法一直专注在这件事上。

沈念锫连表白当天都不知道她会不会来，由此可见，她对他一定是已经过了新鲜期。

沈念锫没法反驳了。

魏宇澈乘胜追击：“你们之间的差距太大了，你还有几年书要读，但她已经开始工作了，以后接触到的东西不一样，你也没法理解她。”

沈念锫默了一会儿，不死心地说：“她想做竹刻生意，我查过了，做这个要花很多钱。我现在能力有限，但我以后……”

“等等，你说什么？”魏宇澈说，“梁舒她想做什么？”

“竹刻生意，就是徽州竹刻，乌川的特……”

魏宇澈的眉头稍拧：“梁舒跟你说的？”

这个下意识的动作没能逃过沈念锫的眼睛，他瞬间意识到这是一个机会——一个让自己在跟魏宇澈这场对峙中翻盘的机会。

“是，她亲口告诉我的，还有她未来的规划，也统统跟我说了。我考虑过了，等毕业了，我可以留在乌川。她想让我做‘煮夫’，我就安心操持家庭；她想让我出去赚钱，我就出去多试试。”沈念锫信誓旦旦。

这段话说得非常绝对，然而魏宇澈放松了下来，他顺着沈念铻的话反问："所以你准备一切都围着梁舒转，包括以后的生活？"

"对。"

暖黄的灯光落在沈念铻的脸上，他双眸晶亮，还挺天真。

魏宇澈不自觉地笑出声。

沈念铻蹙眉："我是认真的。"

"行啊，认真的。"魏宇澈点点头，语气不痛不痒，明显没有把他这番话放在心上，"那我祝你梦想成真？"

沈念铻不满意魏宇澈的态度，但短时间内又找不到适合反驳的词，半晌没有吭声。

魏宇澈喝了口水，稍稍坐正："你了解梁舒吗，我是说除了竹刻这一点。"

"我可以慢慢了解。"

"谁给你这个慢慢了解的机会？"魏宇澈笑出声，脸上的漫不经心消失，视线直朝沈念铻扫去，"你以为我是因为什么才坐在这里，跟你说让你放弃的？"

沈念铻说出心里早就有的猜测："兴许，你也喜欢她。"

雄性之间互相竞争，以此来获得异性的青睐，这是大自然里极为常见的事情。

"你搞错了主体，不是我想在你们之间横生事端，而是她让我来解决这件事，或者说解决你的。"魏宇澈不想兜圈子。

他大可以跟着沈念铻的猜测，直接坐实自己跟梁舒是情侣，简单又方便，他相信沈念铻现在的感情投入还远不到能突破道德底线的地步。

但魏宇澈不愿意扯谎，尤其这个谎还涉及梁舒，所以不由得更加谨慎。

"不管你们之间的相处让你读到了什么错误的信息，我都可以明确地告诉你——你刚才的肺腑之言，根本不会打动她一丝一毫。"

沈念铻着急地辩驳："你怎么知道不会？到现在为止，我还没来得及跟梁舒说上一句话。"

他急着为自己争取一个机会，却不知道在这场博弈里，谁先破防，谁就输了。

“相信我，如果梁舒是一把刀的话，”魏宇澈放松姿态，悠然道，“能配上她的，绝对不是一个简单的刀鞘。”

尽管魏宇澈非常不想承认，但他明白，不会有人比自己更了解梁舒这个一生之敌。

他们十几年的朝夕相处，不是一两句可以简单概括的。

梁舒这个人从不认输，最看不惯别人拿性别强调能力，更相信所谓的人生信条——要做就做第一。

她欣赏、喜欢的是对人生有清楚规划的人，而不是围着自己转的恋爱脑。

魏宇澈不一定是前者，但很显然，沈念铻是后者。

临走前，他“贴心”地为沈念铻点了几杯酒：“多尝尝，你总会找到跟自己口味相配的。”

他说的是酒，也是人。

吧台前，钟灵秀和钟灵阳两个老板已经各自忙活自己的事去了。

梁舒端坐着，正礼貌地拒绝一个陌生男性请的酒。

只是在某些人眼里，拒绝也很容易被理解为欲拒还迎。

搭讪的男人就是其中之一，他对她的话权当没听见，顺势就要坐下。

“不好意思，这里有人了。”梁舒抢先一步将佩奇头盔放到凳子上，随便补充，“我女儿。”

魏宇澈斗志昂扬地来，就听见了这一句，怒道：“占谁便宜呢，你？”

真的来了人，男人就是再怎么没眼色，也会选择撤退了。

“没占便宜，我真有女儿。”梁舒听见质问，处变不惊，“处理好了？”

魏宇澈没把她的浑话当真，下巴微抬，眸间滑过一丝得意，反问道：“你说呢？”

梁舒点头，将佩奇头盔拿起来递给他：“回吧。”

“你不问我是怎么说服他的？”魏宇澈本想显摆一回，却没有得到机会，跟在她身旁，边走边问，“你不怕我骗你？”

梁舒淡淡地看他一眼：“你敢吗？”

“那谁知道呢？指不定我就告诉那个弟弟，烈女怕缠郎，坚持到底就是胜利。”

“如果真这样的话，你那八万块钱压根别想要回去了。”

魏宇澈看着她：“我就猜到是你。”

在沈念铻说她要做竹刻的时候，他就把前因后果全部连起来过了一遍。

长辈是做竹刻的，现在身体欠佳，被后生顶替了。再想想刚才梁舒一再强调让他搞清楚事实，别乱扣骗子的帽子——真相一点也不出人意料。

梁舒倒有些惊讶：“谁告诉你了？”

自己什么马脚都没露，没道理他会这么聪明啊。

魏宇澈冷笑：“别装了，撩人家小男生的时候倒是什么未来大饼都敢给人家画。现在不认账了？”

梁舒是真的没怎么跟沈念铻说过自己的事，只是现在纠结这个没有任何意义。所以她没有继续问，而是如实阐述：“从法律意义上来说，合同成立。”

“你的意思是？”

梁舒没回答，迈步上车，扣下头盔，发动机很快发出轰鸣。

“这是我应得的。”她丝毫不心虚，“所以其实不管是哪一种情况，钱，你都是要不回去的。”

魏宇澈戴着那顶有些滑稽的佩奇头盔，配着卫衣、运动裤，乍看之下像是被家长逮住泡酒吧而被强制带走的中学生。

这个回答也在他的预料范围之内，只是他有其他更加好奇的东西。

魏宇澈挨着梁舒坐下，手指小心地揪住她的外套，问：“你到底是因为什么又回乌川来的？”

“没什么，就是觉得，应该做点想做的事。”

“竹刻？”

梁舒应了一声。

“可我记得有人说过，这辈子都不会再拿刻刀了。”

风从耳畔呼啸而过，这句用力的话很快消散在噪音里。但魏宇澈知道，她已经听见了。

梁舒在红灯前刹车，脚撑在地上，回过头来看他，一双眼睛隔着头盔亮得惊人，声音懒散地说道：“小时候说的话，不算数的。”

徽州竹刻的传承，以往都是靠着家族血缘，梁舒的外公梁晟就继承了他家几代单传的手艺。一直到梁舒的母亲梁筠这一代，她不爱竹刻，偏好历史，后来更是成了考古队中的一员。

竹刻这一行很苦，不怎么赚钱，对人的心性要求又高，唯有苦练才能出成绩。

梁晟也收过徒弟，但基本吃不了那个苦，每每投入大量的时间和精力，最后都会被辜负。几次下来后，他心灰意冷，干脆把门槛设得高高的。

少时的梁舒回上林后就跟在梁晟身边，耳濡目染，很快便开始自己动手。

整坯勾线，钻孔引路，百余件刀具，她都耍得熟练。

梁晟慢慢地意识到，梁舒或许是个天才。

在他的有意培养下，梁舒的天赋也很快展现。

中学时，在大家只拿出画纸来涂涂抹抹参加各种美术竞赛的时候，梁舒就已经开始上交竹刻作品了。

而那上头的图像，即便是拓到纸上来，也是能拔得头筹的。

十五岁那年，梁舒瞒着家里人报名参加了竹艺比赛。

魏宇澈到现在都记得那场比赛的名字——"第一届竹天下技艺大赛"。

"竹天下"十月正式开赛，赛程长达一个半月，奖品丰厚，还请来了许多知名大家和收藏家，所以报名人数很多，其热度一度盖过了同时间段的老牌比赛"竹工艺"，以至于第二年不得不变动日程，定为隔年五月举办。

整个乌川干竹刻的工作室有两百多家，国家登记在册的竹刻匠人有三百个左右，更别提还有嘉定、金陵这两大徽州之外的主要流派。

总之，那一年的比赛竞争相当激烈，而梁舒闷不吭声地从青少年组捧回了一个金奖。

全程跟踪报道的电视台不遗余力地夸赞她天赋异禀，说她"刀落惊风雨，器成动鬼神"。

鲜花和掌声在那一年朝梁舒纷至沓来。

也是在那一年，她将所有的器具封存，直到从国外归来，再也没有碰过。

钟灵秀等人也试探性地问过她为什么，得到的回答是：“我要做自己想做的事情了。”

可明眼人都能看出来，梁舒对竹刻是真的喜欢，不然也不会在那些日日夜夜里对着灯火钻研技艺，不眠不休。

此后，一直到他们四散分离，梁舒真的再没有拿起过一次刻刀。

魏宇澈其实不止一次望见过她在那些竹刻工艺店的门前驻足，看到过她偷偷打开锁，摩挲着那些刀具。

那时候他就觉得，梁舒总有一天会重新捡起竹刻的。

于是，他想，如果真的到了那一天，自己一定要铆足了劲，好好地嘲笑她不可。

可她一走了之，跟这里几乎断了联系，而他也没了见证那一刻的机会。

驶入水口之后，梁舒将摩托车熄了火。

夜晚时分，街上昏暗，多数人已入睡，她自然也不好再扰人清梦。

这儿距离他们家也不过五百多米，不算远。

摩托车有些重，魏宇澈一只手提着她的领子将她扯远，一只手扶住车头，顺便解释：“别误会，我可不想有人推到一半没了力气，最后车倒了，再吵醒一街的叔叔阿姨。”

有人愿意出力，梁舒也没有拒绝的道理，就随他去了。

拐进青竹巷的几条路都翻新过，只是没安路灯，全靠家家户户门前悬着的灯泡，照亮一截又一截的黑暗。

有的人家里不怎么住人，灯里进了不少飞虫，也没有清理，粘在玻璃罩上，灯光便越发昏暗了。

梁舒把手机解锁，打开手电筒照明。

两个人的影子糊成一团，黏在一起不见缝隙。

“喂，梁舒。”魏宇澈扭头看她，“我们家这个活做完，你就走吗？”

春夜风凉，梁舒双臂环抱，摸了摸单薄的毛衣说：“我有病啊。”

都准备做徽州竹刻了，还能有比徽州更适合发展的地方吗？

魏宇澈“哦”了一声，跟她确认：“这么说，你以后要在乌川扎根了？”

“不止这样。”梁舒略微挑眉，“往后十年，我怎么着也得开一家属于自己的工作室吧。”

“你准备收徒？”就像梁外公一样。

梁舒摇头：“那多没意思啊。”

而且靠着口口相传，一辈子顶多能教出来几个徒弟就不得了了。运气再差一点的，跟她外公一样，这么多年了，连个非遗传承人的名头都没捞着，只称得上是“野路子”。

“那你想要做什么？”

“开学校，录网课。”梁舒也没什么好隐瞒的，“一两个徒弟教到死有什么用，桃李满天下才有成就。”

她一直坚信：要干就干票大的。

徽州有这样得天独厚的条件，遍地修竹，偏偏竹刻比起砖、石、木三类受到的关注都要少，未免也太让人意难平了。

她不在乎什么血脉传承，她只是觉得多些人知道竹刻，就会多些人喜欢上它。

这门手艺，从来就不是简单的指尖功夫，而是从人心中来，往人世间去的艺术。

魏宇澈看着她，灯火在她脸上投下明暗的光影，风卷起鬓边发丝，画出弧线。

他说：“你好像跟以前有些不一样了。”

梁舒拈住发丝在指尖绕着，然后别到耳后，理所当然道：“是吗？以前的我什么样？现在的我又怎么了？”

以前的她骄傲、蛮横，拒绝聊起以后，更不愿意被窥见内心的喜欢。

而现在，她可以从容地讲起这些看似悬在空中的梦。

魏宇澈沉默了半晌，梁舒也没说话。

四周安静，只听到风声和车轮压在青石板上发出的“闷哼”。

“你是不是也把这些告诉沈念铻了？”

那句憋了好久的疑问就这样脱口而出，连魏宇澈自己都吓了一跳。

梁舒顿住脚步，偏头看他，眸中的光明灭不定：“魏宇澈，你不会是在吃醋吧？”

她在一旁插科打诨，语气轻佻又随意。

魏宇澈的嘴角几不可见地抽了一下，移开视线：“你能不能说点正经的？”

“这还不现实啊？”梁舒觉得自己的推理挺正确的，“好好的，是你非要提沈念铻的啊。”

“好、好、好，我不说了。”他退让道，“但是你也注意一点吧，别逮住人家祸害了。你知道吗，人家小沈今天都准备给你当‘家庭煮夫’了，你这收手要是再晚点，指不定人家就要退学重考‘新东方’了。”

“为什么？”

“还能为什么？做一手好菜，方便给你当全职保姆呗。”魏宇澈话里有些阴阳怪气的，“不都是迎合你的职业规划吗？”

梁舒该认的认，不该背的锅也绝对会拒绝：“你别瞎说，我可从来没跟沈念铻说过我回来是做什么的。”

他们认识也不过一个月，她对沈念铻的兴趣也还远没有到要把自己的情况和盘托出的地步。

“那他是怎么知道的？蒙我呢？”

“也不是没这种可能，反正你好蒙。”

“能蒙得这么准，你觉得合理吗？”

梁舒想了想：“可能是我打电话收材料的时候被他听见过？我也不大记得了。”

魏宇澈回想了下，刚才沈念铻说的只是“竹刻生意”，要是梁舒真的跟他讲过自己的以前，绝对不会把竹刻说成“生意”。

这么看，倒真像是沈念铻听到了一点后自己推测的，为了在自己面前显摆，他才说什么关于她的未来啊、规划啊统统都晓得。

这小孩，真是太幼稚了。

魏宇澈心里感慨了一番，又问梁舒：“我真的很费解，你们俩到底是怎么认识的？”

“公交车站，他钱包掉了，我拾金不昧。”

魏宇澈还等着她荡气回肠地展开一下，结果这短短一句话就总结完了。

早知道，他还费那么大劲跟沈念铻说大道理做什么，把人拉过来，看看梁舒这一脸绝情的模样，让沈念铻死心那还不是分分钟的事？

“下次你能擦亮双眼，找个可靠的吗？”魏宇澈忍不住多嘴。

“纠正一下，不是我‘找’。”

男人们自己贴过来，怎么还成女人的不是了？天底下哪有这样的道理。

“那你挑一挑。”

“我挑了啊。”梁舒看他，“你能说沈念铻不够帅？”

还真不能。

沈念铻个子高、长得好，会打篮球，还能来点小情调，放到哪里都是风靡万千这种类型的。

只不过他运气差，碰见的是梁舒，挫败也是自找的。

魏宇澈被堵了个目瞪口呆：“那你能不能别光看脸？”

“没有光看脸啊，这不是觉得不合适，拒绝了吗？”梁舒说，“而且，我拜托你现实一点，这世道渣男踩雷率这么高，帅跟不帅的都差不多，既然如此，那我干吗不挑个看起来顺眼的。”

很好，她方方面面都说到了，魏宇澈完全没有可以反驳的点。

梁舒接过他手里的摩托车，推到屋檐下，之后上台阶进门。

梁舒出国后，梁外公很快也离开了乌川。街坊邻居都一个接一个地在市里买房，帮忙照看小辈的下一代，跟上班似的，偶尔回来落脚。那些小辈也都习惯了城里的高楼大厦，不想回乡与老瓦为伴。

魏宇澈已经不记得这是多少年后再进到这座院子了。

“美人靠”上缠了一圈灯带，小小的，发着黄光，仿佛课本上画着的星星被摘下来，挂在了上边。

这里虽是改的院子，但还是沿用了天井的水笕，跟黛瓦坡顶一起构成徽州讲究的四水归堂。

中央蓄水的太平缸年岁久远，外边的漆面却被擦得锃亮。

屋檐下放着的花盆里不晓得栽了些什么，总之绿绿的，挨挨挤挤地在一起，在夜里也生机勃勃，虫子蛰伏在角落里咕咕叫着。

突然，一道低矮的影子在草丛中跃过，如同鬼魅，撞得枝丫慌张地轻晃。

"什么东西？"魏宇澈低声道。

梁舒眼明手快，上前一把按住流窜作乱的影子，喝道："搞什么呢！"

魏宇澈定睛一看，那是一只颇为肥硕的狸花猫，眼睛好似玻璃弹珠一般，缩着脖子，被梁舒控制在地面上，虚弱地"喵"了声。

他认出来，是她微信头像上的那只猫。

"你再装？"梁舒挠着它的下巴，语气虽然凶狠，但动作极轻。

"原来是你养的。"

"嗯？你见过它？"

魏宇澈眼一低，摇摇头，选择了撒谎："没有。"

"那好吧。"跟小猫说话的时候，她语气都变得异常温柔。

她把小梨花抱起来："给你介绍一下，我女儿，小梨花。"

魏宇澈伸手去摸，小梨花往后一缩，"喵呜"一声，挣扎着从梁舒的怀里跳了下去，一溜烟就跑得没影了。

梁舒瞪他："哎呀，你要温柔点，小猫咪胆子很小的。"

"我都没碰到它。"

"小梨花。"梁舒不理他，一边拍手，一边走到厅堂里，哄道，"出来吃好吃的，鸡胸肉，要不要？"

中堂画是临摹的《山水轴》，两边用竹片雕刻着程瑶田所摹"风度鹤声闻远谷，山横雨色卷浮岚"的楹联。挨着画的底部放了一张条形桌子，中间放钟，两边摆古镜，东置花瓶。条形桌子下面才是摆了茶具、配了椅子的方桌。

小梨花蹲在方桌底下不为所动。

魏宇澈："你给人家取名字也太随便了。"是什么就叫什么，略显草率。

梁舒不乐意听这话，将小梨花抱出来，稍稍抬起前爪："不是狐狸的狸，是鸭梨的梨。看见没有，我们小猫咪的肚子是梨花白。"

忽如一夜春风来，千树万树梨花开。她和小梨花又正好是在这个季节遇见的，一语双关，简直不要太上心好吗？

魏宇澈并不知道有相遇这层渊源，顺着问："那它肚子要是橘色的，你叫它什么？小橘花？"

梁舒有些嫌弃："怎么好端端的话到你嘴里就硌硬人了。"

魏宇澈想去摸小梨花，又想到小梨花刚才的“夺命狂奔”，手抬到一半，又收了回来，问：“它胆子怎么这么小？”

“它是流浪猫，胆子不小的话，你让它怎么活？”

他倒没想到会是这样的答案，又问：“那我怎么做才能让它不害怕？”

梁舒的表情格外放松，用脸蹭了蹭小梨花的头，说：“等它给你‘标’上味道吧，不过你应该没这个机会。”

“为什么？”

“我们小猫咪跟我心意相通。”梁舒摸着小梨花，神色温柔，“都拒绝丑人。”

魏宇澈险些气笑：“你什么时候瞎的？”

他长这么大，除了梁舒，还没有从任何一个人那里得到过“丑”的评价。

梁舒看他。

魏宇澈的眼素来出众，内勾外翘，瞳色分明，平日里一副散漫的样子，现在没了笑意，整个人都显得严肃正经不少，透露出一种别样的认真的性感。

是的，性感。

这个词一跳出来，梁舒自己都吓了一跳。

难道她的审美降级了？

“你才瞎。”梁舒反驳了一句，少了些底气，“快走，我可没地方收留你。”

“谁要你收留啊。”魏宇澈举起刚振动起来的手机，示意道，“看见没有，我也是要处理工作，办正事的。”

这几年他以个人的名义投资，雇了专门的人帮他评估项目，但最后拍板的还是他。

他走回自己家的院子，回拨电话。

风投经理兢兢业业地汇报着最近几次考察的情况，好几家BP（Business Plan，即商业计划书）做得漂亮，前景也可观。

魏宇澈看着对方发来的报告书，询问了一些市场规模痛点、壁垒和解决方式等，最后选了一款开发运动健身的APP——星树。

风投经理有些迟疑：“其实，这家是最近这些项目里相对来讲不是很好的一个。”

他的话尽量委婉，但核心意思还是在劝魏宇澈收手。

“我觉得挺好的。”魏宇澈一目十行地看完报告书，点开软件演示视频，“他们的项目书确实写得不够专业，但是能看出来内容不错。而且这个团队还很年轻，还有华丰大学专业对口的学历做背书。”

“是的，但他们毕竟还在读研，团队的男女比例也不是很平衡。负责人是个女学生，目前初创期创意能力都还不错，但是后劲就不一定能跟上了。我觉得……”

“后续能不能跟上，是他们团队拿了钱之后需要解决的问题，跟负责人是男是女没有任何关系吧。”

“是的，只不过这种后期需要大量走访数据，投入高，战线长，收益却不是很好。相比较起来，其妙工作室的那个手游开发更好一点。负责人在大厂有过同类的成功策划，据我所知，有很多人都想投他们。”

魏宇澈语气冷静：“我看了，但是我并不觉得将女性角色的衣着布料做得很少、角色性格设定成弱智、攻略的男性角色整天上演着性骚扰的剧情、说着土味情话的乙女向游戏能走多远。现在市场竞品够多了，别把女生的钱想得那么好赚。”

他有些疲惫地捏了捏鼻梁，说：“恕我直言，刘经理，我现在对你的专业态度非常怀疑。我想要唯能力论的客观评估，而不是用性别定好坏的封建思想。”

一个个的，难不成真当他的钱是大风刮来的？

“抱歉，魏总，我并不是这个意思。只不过风险评估需要考虑的方面更多一点。”

魏宇澈不想聊了：“谢谢你这段时间的付出，该付的佣金，我不会少，明天麻烦你把手头的东西转给陈经理吧，我记得她已经复职了。”

“但是陈姐刚生完孩子，工作状态可能……”

“这个没关系。”魏宇澈打断道，“我会跟你的领导说清楚的，这次换人是我的问题。”

话到这里，电话那头的人也知道多说无益，体面地道了谢，挂断电话。

干他们这行的人动作很迅速，魏宇澈刚关上电脑，陈姐就发来了信息，内容只有两个字——“谢谢”。

魏宇澈没回复，走到院子里。昨天还没觉得，今天再回到家里，他竟莫名觉得有些冷清。

天井，美人靠，四水归堂。

该有的元素明明一样不少，但就是觉得这里一点人气都没有。

魏宇澈在廊下偏头看，矮墙另一边，院子里已经黑了，梁舒抱着猫，上了拐角楼梯，二楼的灯火一点点亮起。

他的心底涌出一丝向往来，说不清楚是羡慕人，还是羡慕猫。

他晃晃头，赶走那些乱七八糟的骇人想法，眼睛瞄准自家院中央那口历经风霜的太平缸。

一定是因为缸没擦干净。

知道了，明天就重新找个家政来。

必须把外头也擦得锃亮才行。

第二天，魏宇澈在一阵异样的触感中醒来，胸口闷得发慌，像是压了块砖头。

他迷迷糊糊地睁眼，首先看到的就是毛茸茸的“狮子头”，再往下是在他胸前肆虐的一双“山竹”，左腿毛色雪白，右腿布满“文身”。

魏宇澈一下子清醒过来，身子不受控制地抽了一下。

梁舒嘴里那只和她“心意相通”的小梨花，不知从哪里钻进房间，这会儿正低着头专心踩他。被他的动作惊到后，它睁大玻璃珠般的眼睛，长而窄的瞳孔在白天看起来略显威武、强悍。

“喂。”魏宇澈叫它。

小梨花耳朵动了动，眼睛一眯，张嘴打了个哈欠，隐隐透着一种跩，跟昨夜梁舒在场时的尿包样“判若两猫”。

“你这是什么意思？”魏宇澈跟人相处还行，对着猫就是一头雾水，问，“困了？”

迄今为止，还没有一项可靠的研究能够证明，所有猫咪都能听懂人话。

小梨花抬爪蹭了蹭脸，又接着落爪在他的胸前，“山竹”用力一按，露出有些尖的指甲。

“你什么意思，耍流氓啊？”魏宇澈被狠狠地震慑住，不敢轻举妄动，意图走讲道理路线，“我跟你说，你这样是不行的啊，你是个女孩子，男女授受不亲。”

小梨花一双水汪汪的大眼睛看着他，不是很聪明的样子，往前挪了两步。

魏宇澈的胸膛遭受重压，嘟囔道：“梁舒给你吃什么了，怎么把你养得这么重？”

小梨花张嘴哈他，露出尖尖的牙。

魏宇澈乐了，枕着胳膊说：“哟，这句听懂啦？”

但很快他就乐不出来了。

软糯的“山竹”以迅雷不及掩耳之势向他袭来，左右开弓。

本能驱使着魏宇澈快速做出反应——偏头应对。

两秒后，小梨花收回武器，踩着他的锁骨一跃离开，之后迅速跳上窗户，从缝里溜上屋檐，奏响一阵乒乒乓乓。

五分钟后，魏宇澈急匆匆地收拾了一下，就冲到了梁舒的院子里。

刚才威武雄壮的小梨花，现在正乖巧地趴在梁舒的工作桌边。

梁舒将竹筒固定在桌前，沿着画好的轮廓线打坯。

大平刀角度刁钻地在那狭小的竹筒上行走，刮过肌理，露出里面黄红色的纤维。

魏宇澈不敢打扰，他虽然不做这个，但从小耳濡目染，更知道梁舒的习惯。

竹刻讲究心境，比起可以熟能生巧的技艺，快速进入状态才更考验性格。

而梁舒两者皆有，就好像她生下来就该是做这一行当的。

在她捧回奖杯同时决定再不碰竹刻之后，魏庆弘还常常感叹：“老梁家那个外孙，不干竹刻都可惜了。”

她有天赋又努力，魏宇澈也不明白到底是什么促使她头也不回地放弃并离开。

现在他看到她重新捡起刻刀，一直以来那块悬而未决的拼图，终于在这么多年后得以重新填上。

他只觉得放心。

小梨花换了个边晒太阳，看到惨遭自己毒爪的受害者，不仅毫不心虚，还懒洋洋地“喵”了声。

“嘘。”魏宇澈对小猫咪做了个噤声的动作。

梁舒笑了声，放下刀：“你进门这动静，昏迷的人都要被吵醒了，还怕小梨花打搅到我？”

魏宇澈挠了挠头，原本就乱糟糟的头发变得更加奇怪。

“你这是什么打扮？”梁舒抽出一旁的湿巾擦了擦手，“这可都要到中午了，现在来我这儿讨早饭吃，可什么都没有。”

魏宇澈走近，扯开领子，侧着脸，指着“案发现场”说：“你自己看看。”

左边脸颊一截红痕，右边脖子还有三道横着的一直蔓延到喉结的爪痕，锁骨处的伤口更深，不仅破了皮，还在往外冒着血。

“这是怎么了？”梁舒一脸惊讶。

“你问你女儿。”

梁舒立刻反应过来，偏头去看：“小梨花！”

然而凶手早就嗅到了不对，已经以光速溜走，逃亡途中还踢倒了一个花盆。

她来不及追责，看了两眼他的伤口，起身往厅堂走：“你等等，我去拿东西给你处理一下。”

魏宇澈松开衣领，抱着手臂凑到桌边去看竹筒。

她做的是个笔筒，坯子打了一半，墨水钢笔绘的图样还剩一半没完工。

但见峻岭奇松，冷若冰霜，松下僧人面容平和、宁静，手上一只木鱼，木槌似下又上。

魏宇澈在美术上是一块榆木，既看不懂画中意境，也不明白徽州新安画派所推崇的“师法自然”究竟是什么意思。但这不妨碍他从这密密丛丛的线条里评估出这东西有多难做。

多年不见，梁舒做的东西越来越繁复了，而从那利落的刀痕来看，她的功力并没有因为放弃的这几年而倒退，甚至刻得还越发精细，果然是“天生做这个的”。

他正思索着，梁舒已经拎着药箱子出来了。

“愣着干什么？”她将他按在椅子上，接着弯腰托住他的下巴，“让我看看。”

下巴一点点升温，他们之间的距离有些近，近到魏宇澈不由自主地绷紧了身子，手扶在椅子把手上，不停地摩挲着上头的雕花。

太阳将空气里的浮尘都照得发亮，穿过木栏杆落下光影。其中一束，刚好从梁舒眼前穿过，在她垂着的睫毛上轻轻颤动。

梁舒忙着查看伤口，气息都洒在了他的皮肤上：“你怎么也不躲一躲？”

魏宇澈不说话，默认了。他觉得若是坦白自己躲了但没躲过的事实，明显比忘了躲要更丢脸一点。

梁舒先用肥皂水将几处伤口都洗了洗，接着又从药箱里找出一大瓶碘酒，拧开盖子，往瓶盖里倒一点，取棉签浸透。

“我自己……”魏宇澈伸手要去接。

梁舒抬手躲开，打断他说：“怎么，你眼睛能抠出来挂着看啊？”

魏宇澈：“你就不能好好说话吗？”

“我好好说话，你好好配合了吗？”梁舒将他的头往旁边用力一扭，力道大得像是给了他一巴掌，“磨磨叽叽的。”

魏宇澈说：“你轻点行不行？”

“别乱动。”

她说着，手掌又贴过来，虎口钳住他的下巴，温温热热的。

棉签轻轻擦拭着脸颊上的伤口，又湿又凉，却没有想象中那么疼。

梁舒动作轻柔，一边擦，一边观察他的表情，没读出什么异样，也算是放下心来。

他来得匆忙，胡子都没来得及刮，青而短，棉签轻轻擦过，就被钩出几根白絮。

梁舒要去捻，刚碰到，手就被抓住。

魏宇澈的神色不大自然：“你做什么？”

梁舒不说话，伸出手指头来回地搓着他那刺刺的短胡楂。

之后她给他展示了一下指尖的棉絮，有些嫌弃：“你这胡子就不能刮刮吗？”

魏宇澈抿着唇，绷出下巴的伤痕给她看：“你觉得我现在能拿刮胡刀刮来刮去吗？”

“对不起，我替小梨花跟你道歉。”

女不教，母之过。

梁舒从没有要赖账的意思，接着又叮嘱他：“你下次记得关好门窗。”

小梨花闲不住，偏偏胆子又小，出去见人是万万不敢的，跳过矮墙在两边院子撒野，倒是很勇敢。

之前魏宇澈没回来，隔壁没人，梁舒就不知道逮了小梨花多少次，只是问题不大，也就没怎么批评教育，结果今天这下，可算是捅娄子了。

梁舒一边给他擦拭伤口，一边深刻反思自己的教育问题，在心里决定扣掉小梨花两天的鸡胸肉，让它好好长长记性。

他锁骨的伤最深，尤其是扒拉下来的皮半挂着，蹭不下来。

梁舒用酒精洗了手，一只手拿着镊子，另一只手摸上他的锁骨，配合着行动。

魏宇澈觉得她这手法有点像《武林外传》里那个算命师傅的摸骨大法。

柔软的指腹贴在伤口边，酒精的火辣都被这温度冲散了，只剩下微微的麻。

他扯着领子，大气都不敢出，视线不自觉地黏在她认真的神情上，凸起的喉结上下蠕动一番，莫名觉得渴。

这动作落到梁舒的眼里，她抬头，难得安慰说：“没事啊，别怕。”

魏宇澈一顿，脸上升起热意，不自然地别过脸，耳朵微红，说：“我怕什么。”

梁舒的视线落在他攥得发白的指关节上，没拆穿他。

她速战速决，扶着腰站起身说：“好了。”

魏宇澈此刻才放松下来，被拽得变形的领口大开着，靠在椅子上，喘着粗气。

梁舒一边收拾东西，一边嘲笑他：“看你那㞞样，多大了还怕疼。”

“你少造谣。”魏宇澈稍稍坐直，反驳道，“你才怕疼。”

梁舒哂笑一声，没跟他辩驳。

从小到大，他打架受伤，她不知道偷偷伸出过多少次援手，他哪一次不是跟今天一样，又是不敢呼吸又是用力捏东西的？

这如果不是怕，那她真不知道什么才叫怕了。

梁舒将药箱盖起来：“回去换件衣服，等会儿跟我去打针。”

“打什么？”魏宇澈扯了扯领子，想要将其复原，却已不能，“你不至于连疫苗都不给小猫咪打吧？”

“打过了，你也得打，自己没见出血了啊？”梁舒相当负责，“再说了，我这处理手法，出了问题可不会给你善后的啊。”

魏宇澈摸了摸伤口：“没那么严重吧。”

“你少来。”梁舒才不会给他拒绝的机会，“在你眼里有什么伤是严重？”

以前受伤，他也是拖着不肯处理，没想到过去这么长时间了，他在这方面还是一点长进都没有。

魏宇澈被梁舒强制性推搡回院子，换了衣服下了楼。

卫生院在南边，距离不远，走路十几分钟就到了。

魏宇澈走在梁舒身后，她时不时地回头确认一下他跟了上来。

几次下来，魏宇澈也忍不住跟着她的动作，频频地回头看。

梁舒纳闷：“你看什么呢？”

“得问你啊，你老回头看什么呢？”

“看你啊。”

魏宇澈一愣，后脑勺像被刺了一下，麻麻的。

梁舒说：“谁晓得你会不会溜走，别到时候出了什么问题，又叫嚣着让我负责。”

魏宇澈心头滑过几丝异样，但很快消弭。

“谁叫你负责了，你少做梦。” 他表情严肃正经，透露着一种“不会让你得到我”的刚烈。

梁舒拽起他的袖子：“别演了，少爷，再不去看，你那伤口都要结痂了。”

正是午休时间，巷子里的小孩子们都被大人拎了回去强制睡觉。几家人抬出张桌子，放在大树底下，铺上垫子和麻将，准备开启下午的娱乐活动。

卫生院很小，也没什么人，两个人很快就挂好了号。

梁舒敲门，从里头传出个年轻的声音：“进。”

上林卫生院里的医生很少换人，除了门口拿药的护士，坐镇诊室的基本上是他们小时候的那一批人，少见年纪这么轻的。

不过这也不是什么值得关注的大事。

“高医生是吧，您好，这位被猫挠了，您看要不要打狂犬疫苗。”梁舒指了指身后的魏宇澈。

“先让我看看。”那位年轻医生说着抬了头，推了下鼻梁上的银色方框眼镜。

他的视线先是在梁舒身上顿了顿，接着往后看，眉毛轻轻一挑：“魏宇澈？”

魏宇澈眉头蹙起，没说话。

“你竟然回来了？”高医生依旧热情。

相比之下，魏宇澈的表现就冷淡多了。他敷衍地点了下头，不再继续回应了。

梁舒左右看了看，问：“欸，你们认识啊？”

“对，我们是同学。”高医生笑了下，脸颊上露出个酒窝，驱散不少清冷。

“那还真巧。”梁舒将魏宇澈推到前边，微微踮脚就要去扒他的衣领，“您快看看，严重吗？”

魏宇澈被她突然的动作搞得有些手足无措，一把抓住她的手，小声说：“我自己来。”

梁舒往后退了两步，魏宇澈这才坐定。

高医生嘴角始终挂着笑，放下笔，从椅子上起身，离他近了几步：“挠了几下啊？”

“三下。”梁舒在旁边提醒，“你快给医生看看。”

为了方便看伤，魏宇澈将衬衫的领口翻开，上边几颗扣子没系，这会儿将外套拉开就成。

高医生：“伤口怎么处理的？”

梁舒说：“我拿肥皂水冲了一会儿，擦了碘酒。”

"猫呢？打过疫苗了吗？"

"打过了。"

"家养的猫咪？"

"家养的，但是养了没多久。"

梁舒规规矩矩地回答。

"问题不大，伤口有点深，"高医生点点头，夸道，"你处理得很及时。"

"嗐，熟能生巧。"

高医生笑："那看来你家小猫没少挠人啊。"

梁舒："养猫嘛，哪有不受伤的，或大或小而已。"

"也是。我也想养猫，可惜我们工作忙，也没时间照……"

眼看着两个人要聊上了，魏宇澈稍侧身挡在中间，声音有些冷，打断说："我到底需不需要打疫苗？"

"对啊，医生，这儿能打疫苗吗？"

"当然可以。"高医生从桌上取来纸张，弯腰开了张单子，"你去输液大厅的窗口找护士拿一下药，过一会儿就能打了。"

"谢谢医生。"梁舒在旁边，等他签完就将单子抽走，"那我去了。"

魏宇澈将手机从兜里拿出来，给梁舒递过去。

"怎么了？"梁舒问。

"你先帮我去付钱，锁屏跟支付的密码一样，都是……"

"停、停、停。"梁舒伸手打断，说，"一码归一码，小梨花的错，我来承担，理所应当好吧。"

"不用，你……"

"行了，少爷，别摆阔了。"梁舒推门出去，边说，"并且我也不是很想知道你的支付密码，别以后你要是真的遭人骗了，再怀疑到我头上来。"

已经遭人骗过的魏宇澈："……"

最近换季，很多人咳嗽感冒，输液大厅里不少人在挂水。

梁舒随便一看，就没几张生脸，不是该叫叔叔阿姨，就是要叫舅爷姑奶的。

她想了想，决定装没看见，毕竟拿药更紧急一点。

诊室内，魏宇澈偏头从窗户看梁舒进了输液大厅。

高医生坐回椅子上，顺着他的视线看："她就是梁舒吧，比学校公告栏上的照片更漂亮一点，难怪你……"

魏宇澈神色一凛，转头看他，神色平静地陈述："高啸寒，你是不是有病？"

高啸寒方才那种正经、和煦的表情已经不见，取而代之的是玩味和挑衅："我还没做什么呢，你急什么啊？"

魏宇澈双臂环抱："不管你在想什么，我都劝你把你的花花肠子收回去。"

高啸寒摊开厚重的材料书，恢复到刚才清风朗月的模样："欸，那可难说了，毕竟第一眼就合胃口的人，可是相当难得。"

"我看你真的是有病。"魏宇澈冷笑道。

"魏宇澈。"高啸寒抬头看他，语气正经，目光却依旧轻蔑，"我可不是在跟你开玩笑。"

魏宇澈愣了两秒，接着胸膛蹿起一股怒火，倏地站起。

高啸寒气定神闲，甚至捧起茶杯，拧开盖子喝了一口："怎么？又想动手是吗？这可是医院，你动手，就是医闹。"

魏宇澈当然明白，所以即使拳头捏得响，也没有动他一下。

"魏宇澈，快过来打针！"门外，梁舒人未至，声先到。

"好。"魏宇澈应了声，随即压低了声音警告他，"你最好给我安分点。"

高啸寒靠着椅背，眼镜片后的眸中一片沉静："我一直都很安分啊。"

梁舒到了门口，敲了敲门，没好气地嚷道："少爷，刚叫你，你没听见啊？"

"来了。"

魏宇澈像变戏法般，脸上的戾气一扫而空，回头看了高啸寒一眼，暗含警告。

"麻烦帮我关一下门。"高啸寒笑意浅浅，"谢谢。"

狂犬疫苗一共要打四针，魏宇澈过段时间还得再来。

魏宇澈接过护士手上的棉签按住针眼，刚静坐没多久就听见似乎有人在叫梁舒。

“哎哟，舒舒呀，是不是舒舒？”大厅里，正对着注射室门口的张老太刚赶来陪孙女妍妍，隔着玻璃率先认出了梁舒。

“谁呀，哪个舒舒？”大厅里有人问。

张老太一边过来拉住梁舒的手，一边介绍道：“哦哟，北边挨着的那两家，老梁的外孙，刚回来的，我跟你们讲过的呀。”

梁舒在张老太过来的那一瞬间就自动匹配好了笑容，面对诸位街坊邻居，力图看起来足够讨喜。

“都长这么大了呀。”

“舒舒真是越来越漂亮了。”

“舒舒，你还记不记得我呀？你要叫我什么，知不知道的？”

大厅里突然热闹起来，不管是认识的还是不认识的，纷纷看了过来。

梁舒维持微笑不变，凭借记忆一一叫了人，不认识的也按照年纪猜测着糊弄了过去。

“你怎么也到医院里来了呀，是不是也感冒了？没发烧吧，现在发烧不得了哦，大问题。”张老太关心地说。

梁舒连忙摇头否认，余光瞥见魏宇澈环抱手臂，一副看好戏的架势，于是一把将他拽了过来，笑着说：“我陪澈澈来的。”

魏宇澈因为这个肉麻的称呼打了个冷战。

长辈叫小辈总爱唤叠字，显示亲昵的同时还能分清楚长幼，只是这称呼从梁舒嘴里说出来，让他相当不自在。

“哦哟，澈澈呀，老魏家的澈澈！”张老太迅速转移话题中心，“都这么高啦。”

梁舒后退一步，把舞台交给新晋的C位。

他外套还没拉上去，半截胳膊露在外头，不甚熟练地挤出了个僵硬的笑，把这一大圈子的人又叫了一遍。

“你这脸上怎么搞的呀？怎么搞破相了？”

魏宇澈：“被猫挠的。”

“哦哟，那打狂犬疫苗了没呀？这可不是小事哦。”张老太非常热心。

有人开始插嘴：“对哦，对哦，去年樟树头旁边那谁不就是被疯狗咬了，最后人都没了吗？”

“哦哟，还有这种事啊？”

“对呀，对呀，留下两个小丫头。”

“我就晓得他没了，还不晓得是因为这个呢。”

“不重视嘛，谁能想到呢。老子多不会做人呢，老婆没了就出去找了小的。”说到这里，张老太有些鄙夷地叹了口气，“有的男的真是哦，唉。”

“还不是因为生的是两个小丫头，他嫌弃不能传宗接代。”

“我呸，什么传宗接代。”张老太很是激愤，“都什么年代了，怎么还有这种男的，裤裆怎么不烂掉。”

张老太满头银发，平日里总是一副慈祥老太太的样子，突然来这么一句，反差还挺大。

“哎哟，哎哟，不能乱讲，妍妍还在这儿哦。”

张老太这才反应过来，忙捂住小孙女的耳朵，念叨着：“呸、呸、呸，没听着，没听着。”

眼见着话题已经跑偏，魏宇澈从嘴里溢出声音，问梁舒：“我们能走了吗？”

他的脸现在真的很酸。

梁舒眯着眼笑，也没有比他好到哪里去，同样小声地回：“应该可以吧。”

魏宇澈：“那走？”

“走。”她肯定地说。再继续笑下去，她苹果肌都要交待在这里了。

谁知她才迈开步子，刚才还激烈讨论“樟树头那家”的张老太就抬头问：“澈澈呀，你打针了没？”

“打了，打了，刚打完。”魏宇澈忙不迭地点头。

这群长辈，他是一个也不敢得罪，恭恭敬敬的，只能夹着尾巴做人。

“澈澈，你谈对象了没有呀？”没等他回答，张老太猛地反应过来，“哦哟，你跟舒舒不会是在谈……”

梁舒跟魏宇澈不约而同地摇头，摆手。

“不是，不是。”

“没有，没有。”

张老太有些失望：“哦哟，那多可惜的嘞。”

梁舒跟魏宇澈对视一眼，又纷纷别过脸。

“不可惜。”

她简直不要太谢天谢地好吗？

跟魏宇澈谈恋爱，她怕自己智商被拉低好吗？

魏宇澈耳朵有些红，听她说得如此斩钉截铁，也说：“对，一点都不可惜。”

“那你们俩准不准备谈对象呀？”张老太眼睛里闪动着奇异的光，看向梁舒，“哦哟，我认识个男孩子，挺不错的，适合舒舒的呀。”

张老太从撮合到拆对子重组，变得简直不要太快。

梁舒忙不迭地摇头：“不了，不了，谢谢奶奶。”

“别跟我客气呀，你喜欢什么样的，告诉奶奶，奶奶给你留意着。”

张老太在上林也是个人物，其传奇之处除了她年轻时毅然把滥赌的丈夫扫地出门，一个人拉扯大了一堆儿女以外，四通八达的人脉网更是不容小觑。

梁舒有理由相信，整个上林就没有张老太不认识的人。

上了年纪后，她开始热衷于给年轻人牵线搭桥，介绍对象，一双火眼金睛加上“职业操守”，绝对不介绍性情、人品不行的男孩。用她的话来说是，“嫁错人毁一生，不嫁起码平安”。她给人介绍，但不强求，热心但不逾矩，撮合成几对后，她在上林也逐渐声名鹊起。

梁舒知道她是出于好心，但被这么多人瞧着，一时间想不出该怎么回绝。

“奶奶，我们还有事。”魏宇澈突然出声，毫无征兆地拉过梁舒的手腕，“就先走了。”

张老太酝酿的话刚说半截，眼睁睁地看着他们俩匆匆忙忙地打了招呼离开。

二人迈步往前，男的高大，女的纤长，从背影看都觉得般配极了。

“哦哟，什么事情呀，走得这么快。”做媒失败，张老太嘟囔道。

旁边的小孙女妍妍奶声奶气地说："我知道，肯定是大哥哥吃醋了。"

张老太乐了，眼角皱纹几乎要飞出去："你又晓得啦。"

妍妍一抬下巴，羊角辫子朝天冲，得意极了："电视上都是这么演的。"

"作死啊，你妈妈给你看的什么电视哦。"

妍妍缩了缩脖子，大厅里一阵哄笑。

且说梁舒，跟着魏宇澈一路"奔逃"，迎面撞上了高啸寒。

他胸前口袋露出笔盖，正往输液大厅走。看见他们，他顿住脚，挥了挥手，打招呼说："嘿。"

梁舒礼貌地点了点头，回应的右手刚抬到一半，魏宇澈就扯着她的手腕一个用力，将她整个人都带了个踉跄。

"走了。"魏宇澈说着，下颌紧绷着，线条如同刀刻，眼中满是戒备。

梁舒不懂是什么情况，等出了卫生院的门，回头看，高啸寒还站在满是阳光的院子里，冲她扬起一个和煦的笑。

好歹是魏宇澈把她从尴尬里救了出来，知恩图报向来是她的优点之一。

梁舒真心道："谢了。"

谁知道魏宇澈却依旧埋头往前冲，步伐快得几乎跑了起来。他手劲很大，扣住她的手腕不放，逼得她不得不跟上。

"魏宇澈！"梁舒的声音拔高，用另一只手握住他的手腕，"你做什么？逃脱通缉啊？"

他总算停了脚，先朝她的背后看了一眼，确定再看不到人影，才说："谁逃脱，不是你说我磨磨叽叽的吗？"

"那我也没让你八百米冲刺啊。"梁舒拽着他的手借力休整，"你好歹也打个招呼，这么突然一下，是要累死谁？"

魏宇澈将头转到一旁："知道了，我慢点走。"

他转身迈步，才发觉胳膊被她困住，顺着看过去，望见两个人交叠在一起的手。

梁舒先一步松开手，举起胳膊，自证清白："看到了？你先拉的我。"

魏宇澈无语："我又没说什么。"

梁舒冷笑："那你还不松开？"

手腕被捏出一圈红印子，跟她白皙的肤色一对比，尤显触目惊心。

魏宇澈垂眸："对不起。"

"看在你替我解围的分上，原谅你了。"梁舒挥了挥手，"但是你能不能告诉我你跟高医生到底是什么情况？"

"没情况。"魏宇澈不想多说，"就是以前的普通同学。"

拉倒吧，那隔着八百米远都能闻见的不对付，就像是用网罩子罩起来的臭鳜鱼。

这能是普通同学？

"复读时的同学？"

魏宇澈摇摇头："不是。"

"那就奇怪了。你哪个同学不是我的同学？"梁舒望着他，拿出审判的架势，"为什么我对他一点印象都没有？"

"你为什么要对他有印象？高中学校那么多人，难道你每一个都记得吗？"

"当然不是了。"梁舒答得坦荡。

魏宇澈心情稍平静，但很快就被她下一句气死。

"但长得好看的能记得个七七八八吧。"

"梁舒。"魏宇澈叫她。

"干吗？"

"你回去找张老太给你介绍对象得了。"

反正这么喜欢帅哥，她干脆把上林所有合适的男人见个遍算了。

梁舒勉为其难："行吧，那我找她打听一下高医生。"

魏宇澈顿了顿："高啸寒不行。"

"为什么？"

这个问题的答案有点复杂，故事也太过曲折。

魏宇澈觉得她还是不知道比较好，于是只说："他对感情不认真。"

"渣男啊。"梁舒啧了一声，双眸微亮，"这么说，不会让我负责哦。"

光暧昧不恋爱，简直是她的理想状态。

"你敢！"魏宇澈瞪她，难得硬气了一回。

梁舒乐了："这有什么不敢的？"

尽管她对那个什么高啸寒完全没有那方面的意思，但是跟魏宇澈作对，看他一点办法没有的窘样，她是真的很爽啊。

魏宇澈不想说人闲话，却又没办法说服自己看着梁舒跳火坑，干脆说：“反正无论谁都可以，除了他。”

“哦。”梁舒眉毛一抬，故意道，“那你行吗？”

迎面一阵春风，暖意和煦，裹着街边樟树的清香气息，叫人动心。

魏宇澈沉默了两秒，接着把外套拉链拉到顶，双臂环抱，表情严肃，语气真诚：“你还是去找高啸寒吧。”

“呸，狗东西。”梁舒骂道，“刚刚不是要救我于渣男的水深火热中吗？”

“话是这么说，那我也不能让自己陷入水深火热里啊。”他故意说。

在人间清醒这方面，他向来是可以的。

梁舒把手往兜里一插，呵斥他：“没劲。”

魏宇澈跟在她身后：“一码归一码，你要帅哥，我给你介绍，要多少有多少。高啸寒就算了。”

“别给我介绍。”

梁舒也就是过过嘴瘾，自己现在是什么情况，孰轻孰重，她还是分得清的。

“干吗？”魏宇澈很明显误会了，“你不至于吧，他也就那样啊。”

你不至于对他一见钟情，情根深种吧。

“你有毛病吧。”梁舒一向不懂魏宇澈脑回路的具体构造，“我现在的头等大事是恋爱吗？”

魏宇澈哼笑一声：“你看起来像是啊。”

“行，那我跟你说清楚。”梁舒踮脚，伸出胳膊搂住他的头。

魏宇澈怕她站不稳，忙弯腰低头，配合行动——脸蹭过她薄薄的卫衣，竹青的味道争相钻入鼻腔，清冽又好闻。

梁舒的声音在耳边响起：“我现在的头等大事是做竹刻，做好竹刻。男人对我来说不值一提，明白了吗？”

管他是高啸寒，还是高啸热，事业征途道阻且长，谁有心思理儿女情长。

魏宇澈闷闷地“嗯”了一声后，梁舒才将胳膊松开。

他整理了一下被弄乱的头发：“那你现在接到单子了吗？”

做艺术家当然是好的，但精神世界的粮食管不了现实的饱，更别提梁舒还在徽州竹刻圈子里错过了那么多年——名没有，奖没有，人脉也没有，哪里来的门路赚钱。

“有啊。”梁舒答得干脆。

魏宇澈：“除了我这单。”

“严谨一点，是魏爷爷这单。”

“好，除了这单，还有吗？”

梁舒抬了抬头，气定神闲道：“会有的。”

“你一点都不担心吗？”

魏宇澈不怀疑她的能力，但名气在这行当里同样必不可少。而她作为一个新人，在这个已经形成一定闭环的市场上闯荡，少不了要吃苦。

梁舒：“为什么要担心？”

“我出货快，东西好，价格又公道。”她姿态放松，语气理所当然，“他们不找我，是他们的损失。”

魏宇澈沉默了一瞬：“八万元订金的屏风，你管这个叫公道？”

“什么价格匹配什么样的品质。”梁舒睨了他一眼，说，“最后成品值不值这个价格，你看了不就知道了？”

鉴于魏宇澈病号的身份，梁舒非常大方地请他去吃了午饭。

孙记面馆和春回商店称为上林的两大老招牌。

不管上林如何变迁，它们始终伫立在老地方，悬挂着老旧的木头匾额，迎来送往，见证上林的兴衰。

面馆门口放了个木盆，旁边小凳子上坐了个瘦瘦小小的姑娘，系着围裙，戴着帽子，手拿着洗碗布，在泡沫里洗着碗碟。

小姑娘很瘦，看上去像是初中生，袖子挽了好几道，还是松垮垮地悬在纤细的胳膊上。因为瘦，脸上的骨骼感太重，本来就大的眼睛更加挂不住，有种不成比例的违和感。

孙姨在柜台里拨着算盘，一边记账，一边吊着嗓子叫她：“汀汀呀，等会儿叫你叔叔洗就好啦，你回来就歇歇呀。”

“不用，不用，我就快好了。”小姑娘回着话，抬头看到梁舒他们，立刻露出一个笑，“吃饭吗？里面坐。”接着她又冲玻璃门里头喊，“孙奶奶，有客人。”

“孙姨，两碗大排面，两……三个烧饼。”梁舒按照惯例点了单。

她随意地往柜台一瞟，“咦”了一声：“孙姨，你们家换菜单啦？”

新菜单是手绘的，每道菜名后面都跟着简笔画，看起来有趣很多。

“嗐，之前那菜单太旧了，定制的还没好呢，就用这个暂时顶一下。”孙姨的声音从后面厨房传出来。

“挺好的，挺好的，比之前那个好看呢。”梁舒多翻了两页，“谁画的呀？我孙济哥？”

“哪能啊，汀汀画的，就是门口那个小孩。”

梁舒“哦”了一声，缓缓朝门口看去。小姑娘还坐在板凳上，弯着腰，瓷白的碗堆在一起，发出轻响。

“画得挺好的，学过？”

“估计没有，但她喜欢画。”孙姨端着面出来。

“欸，这不是澈澈吗？”她眼睛不大好使，等凑近了才认出来。

“阿姨。”魏宇澈跟她打了招呼。

“你什么时候回来的呀？”

“刚回来。”

“你放假啦？”

魏宇澈以前成绩不算太好，高考那年考上了一所一本院校，读了一个月不到，就觉得学校不行，又退学回来重新参加高考。天时地利外加人努力，他总算考了一所985大学。

但他的聪明劲似乎在复读那次就已经用完了，之后靠着运气，一直在挂科的边缘徘徊，还好有惊无险地顺利毕业。

“我毕业了。”

“什么时候的事情，都没听老魏说过？”

魏宇澈心想，魏庆弘没准连他上没上大学都不清楚。

“就在去年。”

“那你现在不是在工作了？”孙姨露出了然的神色，“我晓得了，你这是回来度假吧？几天假呀？”

被贬黜回家的“败家子”此刻不知道要如何解释，好在又来了人，小姑娘在外面提醒，孙姨立马迎了上去。

魏宇澈松了口气，筷子往饼篓子里伸去，这才发现三个烧饼中有两个都被梁舒泡进了面汤里。

“怎么了？”梁舒疑惑地看着他的动作，“你不吃啊？那我吃。”

嗯，很好，现在三个饼都在她的面汤里了。

她嚼着饼说：“欸，我突然发现，你是不是应该叫我一声学姐啊。”

魏宇澈复读一年考上的正是蔚大，就是梁舒的母校。

“你还真是很爱认学弟啊。”他说话酸不拉几的，“蔚大认你吗，就学姐。”

梁舒：“怎么不认了？毕业证书又不是没寄给我。快，叫学姐。”

魏宇澈不理她，埋头吃面。

梁舒见便宜占不着，也不坚持，吃了几口面，问：“你什么时候走？”

“我干吗要走？”魏宇澈反问。

“你的任务不是已经结束了？”

他回来找骗子，现在知道这是一场误会，当然可以放心地离开了。

但魏宇澈不这么想，他夹着面条送到嘴边，说：“你东西又没做完。”

“瞧你这话说的，难道我还能跑掉吗？”梁舒抽了张纸，“做好后给你验货不就行了。”

魏宇澈没回答，闷头吃面。

“你不会到现在还不相信我吧？”梁舒警惕起来，“我警告你，你可以看我不顺眼，也可以跟我过不去，甚至可以嘲笑我的审美，但是你绝对不能怀疑我东西刻得不好。”

“我当然不怀疑。”魏宇澈想也没想就说。

换句话说，他比任何人都相信梁舒的能力。

她放下刻刀这么多年，重新握起就能精进，他有理由怀疑她这些年一直在偷偷练习。

“那你待在这里干吗？”

“那你总赶我走干吗？”魏宇澈敛着眉，有些怀疑，“你该不会是想等我走了，好跟姓高的搞些有的没的吧。”

“有病，你就去治，我都说多少遍了。”梁舒说，“我怎么感觉你不是在关注屏风，而是在关注我啊？”

“拉倒吧，我关注的就是屏风。”

“怎么？现在资本家连私人生活都要管了？”

魏宇澈冷笑：“还说不是要跟高啸寒发展，都成你的私人生活了。”

梁舒毫不留情：“我跟你说不清楚。”

“我跟你说得清楚。你跟他不合适，硬要发展，受伤害了，只会影响最后的成品。所以我告诉你，你想都别想。”

“我想现在就把你的头按到面汤里，让你好好醒醒。”梁舒实在懒得跟这个榆木脑袋说话，将筷子一放，站起身。

孙姨到后面厨房去了，小姑娘刚洗完碗，正在擦桌子。

梁舒声音缓了缓，跟她说：“记账，青竹巷梁舒。”

小姑娘点点头：“啊，好，好的。”

她刚才听到孙奶奶跟这个姐姐说话了，应该是可以记账的……吧。

魏宇澈措手不及，等放了碗准备追上去的时候，又被出来的孙姨叫住，让他什么时候有空过来吃饭，现在吃烧笋子，时节刚刚好之类的。

魏宇澈客套了两句才出门，等他抬头，路上哪里还有梁舒的影子。

上林经历过改建，保留下来的老徽州建筑并不多。

像梁晟、魏庆弘那辈的人，年轻的时候建新房都是用砖石和水泥，在保留徽州特色的同时也确保跟上时代。

这也是上林虽然有祠堂、牌坊、书院等特色建筑，却没有成为西递、宏村之类景点的原因。

刚过惊蛰，晴天占据了天气预报的大多天数。天空不再是高不可攀，上面的云朵低垂着，仿佛触手可及。

梁舒去摸钥匙，刚准备开门，身后的脚步声惊起一片鸦雀。

魏宇澈一路跑着过来的，鼻尖冒出些汗。他手撑着门，得意地说：“我就知道你在这儿。”

梁舒扭过头，将钥匙插进锁孔，打击他：“废话，这是我家啊。”

门往里头开，魏宇澈被自己的脚绊住，险些一头栽到地上。幸好他眼明手快，胳膊搭在了梁舒的肩膀上。

陡然受力，梁舒也扶了一把门框，才算稳住身形。

两个人现在的姿态相当诡异。

魏宇澈左右脚绊在一起，膝盖微弯，一只胳膊垂在梁舒的胸前，看起来就像是从后头搂住她一般。

魏宇澈也不站起来，急匆匆地说：“我想好了，梁舒。”

“干吗？”

“钱是魏庆弘的，我作为他的直系亲属，在他不方便亲自前来的情况下，代为行使一下监督权利，这不过分吧？”

梁舒扭头看他：“啥？”

魏宇澈的脸近在咫尺，眼下的那颗痣泛着红，鼻尖冒出的细小汗珠像是碎玻璃，闪闪发亮。

他嘴角微微勾起：“我要监工。”

梁舒顿了顿，很快肩膀往下一低，躲过他的借力。

魏宇澈毫无防备，扑通一声跪在了地上，头往前栽，给梁舒十分到位地磕了一个响头。

第三章

· 不会吃苦怎么进门 ·

魏宇澈抬头，满脸震惊："梁舒，你干什么？"

梁舒抱着手，居高临下地看着他，冷冷地说："我看你是真的有病。"

——而且还病得不轻。

魏宇澈站起来，拍了拍裤腿："你撒手能不能提前说一声？"

梁舒："我不跟笨蛋提前说话。"

"有你这么对甲方的吗？"他不满道。

"我是这样对你的。"梁舒拽着他的领子，将他往外推，"别耽误我干活。"

魏宇澈抓着门框不肯走："我不，我合法行使监督权。"

梁舒冷笑："你要怎么监督？在旁边搬张凳子坐着，还是给我递刻刀？"

这话分明是讽刺，魏宇澈却真的思考了起来："我都可以啊，但是刻刀吧，我不一定能分得清。"

梁舒屏息凝神地看了他半晌。

时间过去那么久，魏宇澈除了外形摆脱了稚气以外，骨子里的那股劲一直没有变化。

——天真又莽撞，偶尔却通透。

他念书时跟不良少年混在一起，也不敢真的抽烟、喝酒，叼着根糖，说自己对尼古丁和酒精都过敏。

哦，对尼古丁过敏这一点，他还是来请教的她。

他没经历过社会毒打，也没机会经历毒打。

梁舒偶尔也会羡慕他，因为这种特质实在难得。

但更多时候，她是为他的天真抓狂。

他大多数时候并不能分清好话和坏话，就比如此刻，魏宇澈往后抓了抓头发，嘿嘿两声，为自己点赞："怎么样，是不是从来没见过比我更体贴的甲方了？"

梁舒："……"

可真是谢谢你了。

"我反对。"她态度鲜明地表达自己的立场。

魏宇澈本想辩驳，突然又想起什么，也学她的样子，环抱手臂："反对无效。"

“凭什么无效？”

“我是甲方。”

“你不是。”

“我是。”

“你不是。”

“我就是。”

“你就不是。”

“我……”魏宇澈刚准备继续，突然顿住，极为快速地改口，说出了她常用的台词，“梁舒，你幼不幼稚啊？”

多少年了，终于轮到他说这句话了，原来这种感觉这么爽。

魏宇澈因为这短暂的胜利而表现出了前所未有的得意。

梁舒：究竟是谁比较幼稚啊。

“好吧，你非要监督的话，我也不拦着你，但是有三条。”梁舒伸出手指，“你能做到就行，做不到就别来。”

魏宇澈将她的手指按回原位，也不松开，说：“我傻啊，我才是甲方，为什么要听你约法三章。”

梁舒：“……”

完了，这人真的长大了，不好骗了。

“我不管，你爱干不干。”梁舒永远有办法对付他，比如直接耍赖。

两个人的手绞在一起做着对抗，一个拼命地往外冒头，一个紧紧地攥着。

梁舒几次挣脱不得，站定看着他：“魏宇澈，你是不是就想跟我牵手，在这里找借口，趁机揩油是吧。”

“随便你怎么说。”魏宇澈“破罐子破摔”，顿了顿，手指收紧，“除非我松开，不然你别想躲。”

“你说的？”

“我说的。”

“行。”梁舒点点头。

她的拳头在他的掌心转了转，他没跟她较劲，手掌跟着她的动作收紧又放松，胜券在握：“没用的。”

真当他这几年肌肉白练了？

但梁舒从来只会给他出乎意料的举动。

她并没有往外挣脱，而是一点点张开手掌，在他也跟着放松的时候，稍稍一使劲，将手指嵌到他的指缝里。

纤细的手指柔软得像云朵，温温热热的，蹭着他的手背。指腹因为握刻刀长出的茧，硬硬地落在他的骨节之上，像是烙铁，将热意一直传到他的身体里，心也跟着颤动起来。

她将交握着的手往自己这边带，望着他的眼睛，一丝不苟地较劲。

魏宇澈眼前好像出现了幻觉——在他和梁舒之间的空气里飘浮着一些细小的发光颗粒，正在跟随着自己的心升起又落下。

心里涌现极淡的甜，但很快，一股愠怒就从那些甜丝丝的欣喜里翻腾出来。

狗贼。

还说自己不会上高啸寒的当，现在为了赢，连这事都干得出来。谁知道下次是不是也会经不起高啸寒的激将法，提刀上马，正中对方下怀。

不行。

魏宇澈努力保持清明，强行忽略脸上与心底的燥热。

今天他一定要赢，他一定要让梁舒知道，这招已经对付不了他了，赶紧放弃，别再使了。

梁舒则是铁了心要看到他因坚持不住而松开。

可魏宇澈好像真的是长进了很多，不仅没有恼羞成怒，还收紧了手指，与她的手更加严丝合缝。

他睫毛低垂，澄净的眸子在太阳的映照下，呈现出干净、剔透的褐色。

一股子微麻的感觉从与他紧贴的肌肤处升腾而起，迅速爬上梁舒的脸颊。

——热热的，有些烫。

阳光太烈了。

她想。

咚！

突如其来的声响惊得二人一抖，并不约而同地握紧了对方的手。

花盆堆里的花盆又遭了殃，然而始作俑者已经逃出现场，只留下一排湿漉漉的脚印。

虚惊一场，梁舒放松下来，又意识到自己的手还跟魏宇澈的手牵着。

魏宇澈耳根虽然还是通红的，表情却已经从刚才的情绪里出来了，说："你养着这花不会就是给它打翻玩的吧？"

梁舒瞪他："要你管。"

她用另一只手拍了拍他的手背："松开。"

魏宇澈都有些忘记自己为什么跟她较劲了，接着反应过来，手指刚抬起又很快按了下去："不对，我不能松。"

他要是松开，就要听她说那些什么条约了。

"有病啊，你。"梁舒痛斥他。

魏宇澈"死猪不怕开水烫"，从喉咙挤出"哼哼"声，大有知道她拿自己没办法而得意的意味。

梁舒心底生出些许烦躁，倒不是因为不想被他拉着，恰恰相反，是因为她竟然难得地觉得温暖、安心。

这种想法几乎可以用诡异来形容。

为了消除这种诡异，她决定退步："你松手，我们好好商量。"

魏宇澈眼睛一亮。

多少年了，胜利的天平终于向自己这边倾斜了！

果然，只有用梁舒的办法才能打败梁舒。

他说："你说吧，你说出来，我考虑一下。"

"约法三章，君子之约，一人三章，出口不悔。"

魏宇澈想了下，保险起见，让梁舒先提，这样也好给自己留点后路。

"你先松开我的手。"

"哦。"他应了一声，听话地松开手。

梁舒把手背在身后，在衣服上用力地蹭了蹭手心的汗，像是要将心头的异样也一并擦去。

"第一，不要干预我的审美和作品，做个哑巴。"

"行。"魏宇澈点头，反正他本来就不是很懂这些，"到我了，是吧？"

梁舒示意他说。

“第一，我要求你每一个环节都不能躲着我。”他顿了顿，在看到梁舒蹙起眉头，似乎是要反驳的时候又补充说，“加工的环节。”

竹刻可不是个轻松的活，刚上手就打退堂鼓的人更是不在少数。

他提的这一点，算是正好助力她的计划了。

魏宇澈啊魏宇澈，这么多年了，没想到你还是个笨蛋。

梁舒眉毛稍挑，掩饰心中的喜悦，严肃地说：“第二，你也看到了，我这儿人手可不充足，必要时你得伸出援手亲自上阵，不成问题吧？”

“只要不是太难的都可以。”

“行，那我说第三条。”

“不是，等等，怎么就第三条了？我第二条还没说呢。”

“你刚说了啊，分配给你的东西不要太难。”梁舒不给他挣扎的机会，“第三条，如果你坚持不下来的话，超过三次视为自愿退出，以后不再参与我的任何制作环节。”

魏宇澈是一直斗不过她，但还没到蠢的地步，三条要求提到现在，他要是还不知道她打的是什么算盘，那就是智商有问题了。

“我明白了，你就是要把我踢出去是吧。”

梁舒走到操作桌前坐下：“我可没这么说。”

“你就是这么表达的。”魏宇澈步步紧跟，“你这根本不是君子之约。”

“出口无悔。”梁舒将文字游戏进行到底，“而且这又不是什么很难的条件，你如果对自己的毅力没有任何信心的话，我也可以当这条从来没说过。”

魏宇澈知道，这是梁舒的激将法，同她以前玩过的把戏一样。

人是很少会在同一种错误上一而再地栽跟头的。

但如果对象是梁舒的话，他明知是陷阱，也还是会义无反顾地往里跳——不蒸馒头，争口气。

他偏要她高看自己一眼。

“好，三次就三次。”他说，“是不是到我说第三条了？”

梁舒侧过脸，嘴角不自觉地上扬，除了达到目的，还赖掉了他“一章”，局势已经尽在自己的掌握了。

“我保留第三条。”

“什么？”意料之外的答案。

魏宇澈坐在她对面，拈起掉在桌上的竹青碎屑，缓声道：“你可没说三个条件必须一次性说完，我保留意见，回去好好想想再决定，不行吗？”

梁舒蹙眉：“你耍赖。”

他险些笑出声：“谁先耍赖的？”

梁舒顿了顿，而这短暂的空隙，自然也没能被魏宇澈轻易放过。

“看吧，连你自己都心虚了。”他说，语气不容置喙。

梁舒刚准备同他理论，就又听他开腔。

“这样吧，我答应你，第三条一定不会过分，什么‘再许三条’，或者是‘永远不准踢我出局’这种的，我肯定不会提。”

先提出一个对方无法接受的苛刻条件，再抛出一个“退而求其次”的要求，得到肯定答案的可能性就会大大增加，这叫“拆屋效应”。

这同样是梁舒以前常玩的把戏之一。

魏宇澈自认为学得还不错。

梁舒端详他片刻，却只读出“真诚”两个字。

她又想，凭自己跟他缠斗多年的经验，加上绝对的智商压制，他大抵是翻不出自己掌心的。

于是她点头，后退一步：“好，我就让你去想。”

梁舒没给这个第三条的出炉定时间，按照她的计划，魏宇澈坚持不到屏风开工，就得嚷嚷着太累了，要走人。

魏宇澈心满意足地走了。梁舒关起门来教育小孩，她拍了拍手，很快，接收到信息的小梨花昂首挺胸地走了出来，大眼睛里写满了无辜。当然，要是它的脸上没沾上泥的话，这姿态应该会更让人信服一点。

小梨花淡定地走到她脚边，趴在她的鞋面上，慵懒地打了个哈欠。

“你看你那心虚的样子。”梁舒对着它说，“自作聪明。”

小梨花听不懂，“喵”了一声，张开嘴巴在她的鞋上磨了磨牙，竟有些得意的意味。

梁舒蹲下来抬小梨花的下巴，它的头朝另一边微微昂起，毫无保留地将脸放到她的手掌里。

明明是猫，梁舒却硬是从它的身上看出了几分狗狗的影子。

梁舒动作一顿，语气怀疑："你该不会是抓了魏宇澈，所以被传染成了笨蛋吧。"

"喵呜。"

小梨花抬起头，张嘴冲她叫了一声，有点凶——

你才是笨蛋。

太阳在天边慢慢升起，将白墙染成橘色。

梁舒将该带的东西确认好，在矮墙下搁了张脚凳，直接翻了过去。

两家院子是一比一复制来的，除了细节处的装修以外，几乎没什么差异。

木制楼梯发出嘎吱的声响，尽头处通向环形美人靠。

屋内，晨光已经跃进。床上在被子底下摊开着的人，睡得极其香甜。

梁舒单膝跪在床上，拎起枕头，找好角度，突然撒手。

"啊，谁啊！"

魏宇澈被砸醒，丢开枕头，撑起身子，眯着眼，满脸写着生气。

他有起床气，而且还不轻。

梁舒已经撤退，靠着窗户站立。

她背光站得笔直，长发绑成了马尾，发丝沾着亮光，身后是大片的绿，像是一幅画。

魏宇澈眼睛眯着，睁不开，迷迷糊糊地看了一眼后，又拉着被子重新躺回去，嘟囔道："放过我吧，姐姐，上课还早呢。"

上课？

梁舒反应了一会儿。

得，敢情是睡蒙了，稀里糊涂的，还当现在是在念书呢。

她觉得有趣，便顺着他的话往下说："哪里早了，要上早读课，知不知道？"

"嗯，再睡五分钟，求你了。"魏宇澈将被子拉过头顶，声音很闷。

"行啊，那你回答我几个问题。"

"嗯？"

梁舒走到床边，问道："你是哪个班的？"

“高三（4）班。”

高三啊。

梁舒心思一动，想到一件事。

他们俩的关系一直都很奇妙，势不两立的同时，又在其他人看不到的地方，偶发性地做着朋友。

大概是老天乐意捉弄他们，梁舒十几年的读书生涯都没躲掉跟魏宇澈同班的魔咒，甚至是一路同桌。

高三那年的五月，跟即将参加的高考一起到来的，还有离别情绪的预热。

拍完毕业照后，她发现了一张折起来的粉色信纸，放在她跟魏宇澈桌子的交界处，背面还贴了爱心。

这情形就挺明显了，不是给他的，就是给她的。

钟灵秀在一旁起哄，让她拆开看看。

梁舒还没将信纸完全展开，就在底下的署名处看到了魏宇澈的名字。

所以，这不是他们中任何一个人收到的，而是魏宇澈准备发出的。

这还得了。

少男少女朝夕相处，朦胧之中情愫暗生，也是情理之中。

但梁舒没想到魏宇澈也会是其中之一。

不过，好奇归好奇，她还是选择了尊重魏宇澈的隐私，一个字也不敢多看，匆匆地将信纸折好，放回到他的课本里。在面对钟灵秀好奇目光的时候，她也只是含糊地说：“是魏宇澈的。”她并没有说是他收到的，还是他写的。

之后，魏宇澈回来，梁舒主动跟他交代了事发全过程，并再三保证自己没有告诉其他人。

“虽然快毕业了，但是我拜托你低调一点。”梁舒心有余悸，“这要是被别人看到了，指不定就会告你一状呢。”

魏宇澈并没有如她想象那般对这番忠告表现出感激，而是看着她，眼神既怀疑又期盼：“你没看写了什么？”

梁舒手指天，以人格发誓：“我真没看。”

她虽然看他不顺眼，但也不是没有分寸的人。有些事情能拿来跟他作对，有些事情却必须尊重。

魏宇澈一愣，表情又气又恼，垂下眸子，粗暴地将信纸揉成一团，塞到兜里。

“你什么意思？不相信我？”梁舒没懂他为什么生气，再三强调说，“我是那种人吗？我真没看，我要是看了，我早就嘲笑你了。”

魏宇澈猛地抬起头，死死地瞪着她，像一只奓毛的猫，咬牙切齿地说：“梁舒，你气死我算了！”

时隔多年，梁舒最后悔的就是那天没有突破道德底线，以至于白白承受了怒火和黑锅，却至今都不知道魏宇澈写信的对象是谁。

现在魏宇澈睡得迷糊，梦回十八岁，她当然不能放过这个机会了。

“那你昨天那封情书是给谁的？”

“给了……”关键词差点脱口而出，魏宇澈原本混沌的脑子，就在这毫厘之间清醒过来，心跳快得出奇，那是惊醒后的特征。

他迅速坐起身，懊恼地抓了抓头发：“我刚说什么了？”

墨蓝色的被子从他的身上滑下，露出半截光滑结实的胸膛，抱着被子的胳膊肌肉鼓着，青筋凸起，格外有力。睡了一夜，头发蛮横地翘在脑后，又添了些反差的可爱，不得不说，真的挺吸引人的。

梁舒强迫自己移开视线，说：“你说求求我了。”

“我没问这个。”

“你说自己高三。”

魏宇澈：“……”

她轻笑：“看不出来，你竟然还这么怀念十八岁的时候啊。”

从睡眠中猛然清醒，他的头隐隐作痛，又惊又气，本来想要骂人表达不满，但对着她，话到嘴边又变成了：“你再这样，我下次真的生气了。”

他眸子里的迷蒙已经散尽，清亮的，有些无可奈何。

梁舒不看他，说：“十分钟后楼下集合。”

“做什么啊？”

“你自己请求的，环节全参与。”

魏宇澈有些蒙："现在？"

"是的，五点五十六分。"梁舒抬手看着手表说，"恭喜你又消耗掉一分钟。"

五点多少？！

魏宇澈惊呆了："你不会连早功都要我陪着吧？"

他知道梁外公的训练模式，以前天边还没泛鱼肚白，梁舒就得起床出早功，在竹片子上练习刻字基本功，风雨无阻。

"那倒不至于。不过你自己说了，每一个环节都要参与。"梁舒纠正他。

"当然了，你也可以不来，毕竟你有多余的机会。第一天适应一下，不去也没什么的。"接着她的声音缓和下来，很是善解人意地说，"人嘛，还是慢慢来比较好。"

魏宇澈眼神越发清明，尤其听到她的后半句，便彻底明白过来。

这哪里是安慰，分明是要动摇军心。他要是真的信了，躺倒，那才是上当了。

他掀开被子，光着膀子站了起来，宽肩窄腰，漂亮的肌肉线条毫无遮掩。

梁舒告诉自己要做个有出息的人，但本能还是战胜了理智，视线忍不住往那结实匀称的腹肌投去，然后又往下移。

睡裤微微下坠，露出里面灰色的边。还没等她视线继续移动，T 恤便兜头而下，很快将春色遮掩。骨节分明的手指也跟着下摆落在睡裤边，手背上的青色血管清晰可见。

魏宇澈抓着睡裤正准备往下褪，突然反应过来，停住手，抬头问她："你不走吗？"

梁舒偷看被逮了个正着，心底浮起一丝窘迫，但心里越是慌乱，她面上就越要处变不惊。

她直勾勾地盯着他的眼睛，以此表示自己的坦荡、清白，说："走啊，走着呢。"

大概过了几秒，魏宇澈没忍住，说："那你倒是走啊。"

十分钟后，魏宇澈清清爽爽地下了楼。

梁舒站在院子里，正对着那口缸深刻反思。

食色，性也。

但那是魏宇澈啊，她也不至于吧，可他的身材真的很好啊。

她忍不住回味刚才的画面——眼睛、肩膀、锁骨、手指、裸露的肌肉与灰色的边，还有那颗无法忽略的泪痣。

以前魏宇澈嫌弃过这颗泪痣显得人不够硬气，要去点掉。长辈们觉得没必要，梁舒也觉得可惜，坦白地说，那是难得的好看。

大概是说的人有些多，他竟真的听了劝。

“喂。”魏宇澈伸手在她眼前晃了晃。

刚才还在被回味的人已经出现在她身侧，饶是她心理素质再强，也很难不心虚。

魏宇澈看着太阳升起的方向，眼睛微微眯起，阳光为他的轮廓添上了明媚。

“你看什么呢？”他慵懒地打了个哈欠，挠挠下巴，冒出来的胡楂有些扎手，“首先声明啊，不是我邋遢，而是伤口还没结痂。”

梁舒心底冒出来的酸涩很快消失。

就这货色，她刚才一定是脑子抽了，才会觉得他不错。

“走吧，去长洪竹园。”

魏宇澈：“竹园？你去那里干吗？跟竹子共鸣啊？”

梁舒：“收料子。”

“啥？”

“没竹子，我在哪儿下刀？”

魏宇澈明白了：“这么说你要去进货？”

“不然呢？”

“你能行吗？”他可从来没见过梁舒跟着家里人去挑过竹子，“会不会被骗啊？”

“说什么呢。”梁舒本想解释的，话到嘴边又突然打了个弯，吹捧道，“这不是有你吗？”

魏宇澈恍然大悟：“原来是让我给你撑腰的？”

梁舒眨了眨眼：“说完了吗？”

魏宇澈没懂。

她将背上的包卸下来扔给他，半是命令道：“说完了，就出发。”

魏宇澈严肃地说：“我是监工，不是小工。”

“那你自己出门打车。”

魏宇澈甩着带子将包背上，一抬下巴：“走吧，出发。”

他将“能屈能伸”四个字展现得淋漓尽致。

这次去的竹园有点远，他们到门口的时候，已经七点多了。

老板提早收到的消息，在门口摆了长条凳子，坐在那儿刷着手机。

梁舒将车停好，魏宇澈紧跟在她身后。

“洪老板。”

洪老板收起手机站起来，有些惊讶：“梁师傅是吧？没想到你这么年轻。”

“不用客气，叫我小梁就好。”

洪老板伸出手：“好的，小梁师傅。”

梁舒伸手过去，但身边的人比她更快一步，握住了洪老板的手。

“哎哟，洪老板。”魏宇澈微微弯腰，一副熟稔的样子。

洪老板看向梁舒：“这位是？”

魏宇澈言简意赅：“我是小梁师傅的领导。”

领导个锤子。

梁舒没有反驳，却暗暗在身后伸手掐住了魏宇澈的腰，使劲一拧。

疼痛让他瞳孔放大，偏偏他又要维持表情，只好咬紧牙关强忍着，任凭太阳穴突突地跳着疼。

洪老板仔细地看了看他——费劲地拎着两个头盔，还背了个看起来很沉的包。

灰头土脸的，这能是领导？

就算搁家里，他这样子也不能是个领导啊。

诧异归诧异，该有的礼数，他还是要做到位。

“哦，那您怎么称呼？”

“魏，我姓魏。”魏宇澈从牙缝里挤出话来，另一只手背在后头，抓住梁舒作乱的手。

洪老板双手抱拳，表达欢迎：“魏师傅啊，你好，你好。”

魏宇澈的笑容有点僵硬，手指轻轻地摩挲着梁舒的手背，有种求饶的味道。

梁舒终于肯松开他，跳过寒暄，直入正题，说：“洪老板，带我们去看看园子吧。”

竹林总是幽静，太阳还未到正中，细碎的竹叶间流淌着风声，沙沙作响。

乌川是不缺竹子的，恰恰是因为不缺，魏宇澈才从来没有注意过竹林。

今天他头一回来到这种规模化的林园，看着漫山遍野绿成一片，只觉得壮观，让人惊讶。

魏宇澈：“这所有的竹子，您都卖吗？”

“都卖。”洪老板不知什么时候摸出一张泛黄的纸张，比照着介绍每一块区域，“从那儿到这儿都是三五年的，最大的到今天，满打满算正好五年。”

魏宇澈眼花缭乱，什么“从那儿到这儿”的，这虚虚地一比画，谁知道从哪里到哪里啊？

他点点头，装成懂了，转移话题说：“那您这每年赚不少吧？”

“哪里呢，咱们这都是分竹龄养殖的，卖出去也是分批的。”

梁舒不去参与他们的交谈，照例蹲下看了看土，又抓了一把捻了捻，眸中掠过一丝满意。

“小梁师傅，小心点。”洪老板分神提醒说，“这片挨着六年的竹子，虫可不少呢。”

魏宇澈：“您每根竹子都记着多大了呀？”

“一般新竹底下咱们都标了年份的。”洪老板笑着，五官挤到一起，像个弥勒佛，“这一片一片的，基本上是固定的时间砍的，就跟你们收料子一样，也都有个淡季、旺季不是？”

魏宇澈含糊地应和：“是啊，是啊。”

梁舒站起身，冲身边的人伸手。

魏宇澈立马会意，从包的侧边掏出纸巾，抽出一张放在她的掌心。

梁舒擦着手问洪老板能不能换个方向看看，得到肯定的答复后，目标明确地往北边山坡上走去。

洪老板在后头说："小梁师傅还是懂货啊。"

魏宇澈正在将梁舒用完的纸巾翻好，放兜里，心中暗道这厮使唤人也太顺手了点。这会儿听见老板说话，他没明白，问："啥？"

洪老板依旧乐呵呵的，摆摆手："没什么，没什么。"

哎哟，忘记了，魏师傅不是专业的。

北面的山坡跟这边比起来，算得上荒凉，新竹都没长成，几根高大的混在里面，显得格外凄凉。

梁舒征求了洪老板的意见，进了林子里。

魏宇澈跟在后头有样学样，看看太阳，又摸摸竹子皮，但是摸了半天，除了觉得滑还是觉得滑。

他另辟蹊径，用手指骨节敲了敲。

梁舒："你干吗？"

魏宇澈一脸正色："我听听声音怎么样。"

梁舒："你听得出来？"

怎么可能听得出来。

魏宇澈看了一眼林子外的洪老板，小声说："我觉得刚才那片林子的好一点，这片不大行。"

梁舒一挑眉："你怎么知道的？"

"看出来的。"魏宇澈指着竹子说，"你看这边，要不就是发育不良，要不就是发育太好，感觉弄回去做什么都不行。"

"我查……咯咯——我知道，竹刻原料都要三五年的。"他低声分享着紧急做的功课，"刚才那片才好呢。"

梁舒强行压住嘴角的弧度，耐心听"魏老师"上课，虚心请教："那照你说，咱们要去那边？"

魏宇澈点点头。

梁舒一副受教的表情，说："那我们就跟老板敲定吧。"

意见得到采纳，魏宇澈很得意，大有一种"看吧，要不是我，你要上当了吧"的劲头。

他抬脚往外，同时决定好人当到底，待会儿帮梁舒跟老板好好杀杀价。

“等等。”梁舒拉住他，小声地说，“你说，万一老板不卖给我们怎么办？”

“怎么可能？”

只要价格到位，哪里会有拿不下的东西。

“那万一到位不了呢。”梁舒提出假设，循循善诱，“我们是不是该做两手准备？”

“什么准备？”

梁舒冲他钩钩手指，踮脚在他耳边说了几句。

魏宇澈抬起头，拽着怀里的包带子，面露难色：“这样不大好吧？”

“刚刚你跟老板聊天不是也问了吗？所有的竹子都是出售的。”

“可是……”

“别可是了。”梁舒推着他往外走，“实在谈不拢，他要多少，我们给多少就是了。”

魏宇澈一咬牙：“行。”他看了一眼洪老板，“那你小心。”

梁舒捶了捶他的肩膀：“放心去吧。”

两分钟后，梁舒一个人从林子里钻了出来。

洪老板依旧保持着笑脸：“您看好啦？咦，魏师傅呢？”

“领导嘛，事情多了点。”梁舒搪塞一句，略微正色道，“现在，您可以带我去仓库看货了。”

伐竹讲究天时，但不一定砍了就能全部出手。

用作竹刻的原料竹，不到三年的，太嫩，刻完容易变形开裂；过了五年的，又太老，虫害累积，质地太脆，也容易开裂。

为防止货砸在手里，那些到了年份的竹子大部分会被砍下，等过了梅雨季，通风晾晒再出手，质量也是不差。

竹子跟其他的东西不一样，留下根就能重新长出来。

北边山坡角度合适，多的是刚长出来的竹子，这就意味着种在这里的竹子已经被收过一次了。

再换句话说，洪老板仓库里有符合她要求的。

洪老板也没有废话，脸上笑意更浓，爽快地说："好嘞，小梁师傅，你跟我来。"

沉重的铁门一打开，竹青那种特殊的味道就扑面而来。

"过不了几个月就又到梅雨了，我还跟我家里说，这批竹子也不知道能不能出手呢。"洪老板说。

"是我运气好。"梁舒细细观察着料子，回应说，"我也找了挺长时间了。"

"您往坡上一跑，我就知道您懂行了。"

"谢谢您给机会，之前我还没来得及往坡上跑，就让人忽悠了。"

洪老板保证道："我这儿您放心啊，绝对不会。"

他又不瞎，一瓶不满、半瓶晃荡的人就算了，跟梁舒这种人耍心眼子，那不是自取其辱吗？

梁舒笑着说："真该让之前那些老板跟您学学。"

"您看着年轻，又是个姑娘，不管到哪儿，少不得有人起坏心眼子，觉得您好蒙呢。"

更何况是竹刻这一典型的男多女少的行当。

洪老板养竹子这么多年以来，见过的女师傅屈指可数。

这一行苦，做的虽是细功夫，要卖的力气却不比砸墙砌砖少。

梁舒的笑容淡了几分："那是他们见的人太少了。"

这话就差没把"见识短"三个字直接撂到面上了。

"主要是没安好心的人，做什么生意都不行。"洪老板顺势拉踩了一把同行，又问，"那您看这料子，还满意吗？"

梁舒一边走，一边指了十来根，问："就这些，您给我什么价位？"

洪老板抬眼一看，里头有去年三九刚砍伐的，也有已经过了一年的，顿时对梁舒更不敢小瞧，老老实实地报了个价格。

"给我抹个零头吧。"梁舒笑眯眯地还价，"这以后我少不了再来的。"

洪老板也痛快，将零头抹掉了。

梁舒对着他开好的单子摇了摇头："再抹掉点吧。"

洪老板立马露出为难的表情："那不行，那就有点太多了。"

"老板，我也不是什么行情都不懂。"梁舒态度坚决，"正常情况，我再多砍个半成也是可以的。您现在给我抹了这一点，您不亏。”

“行，我算是看出来了，您啊，是这个。”他竖了个大拇指。

两个人当场签了合同，梁舒给了一半的钱，另外一半等下午竹子送过去，再微信转给他。

洪老板送梁舒出了门，这会儿才后知后觉地想起来：“对了，魏师傅呢？”

梁舒一拍脑门，怎么把他给忘了？

她抬脚往林子里去，洪老板紧随其后。

咚咚咚的声音很闷，从深处飘过来，远远地，就能瞧见其中一根竹子在摇曳着。

那绿竹直入云霄，直径粗略估计也有十三四厘米。

面朝他们这边的伙计候在一旁，抱着衣服，见到他们来了，如蒙大赦，立马迎上来，大声地说：“老板。”

“什么情况啊，小胡？”洪老板捂着耳朵抵挡噪音，扯着嗓子问。

小胡说：“这个人突然找我要东西砍竹子，说是您让的。我哪里敢乱给啊，刚准备给您打电话，他就说自己不会抵赖的。”说着，小胡将手掌摊开，上面放着张身份证，“把证件放我这儿押着，又拉我过来亲自看着他。”

梁舒赶紧伸手将他的身份证拿走揣兜里。

洪老板：“哎哟，那你怎么不拦着他呢？”

小胡哭丧着脸：“我拦不住啊，他把衣服一脱就开始了，那刀挥得太猛了，我怕误伤。”

魏宇澈背对着他们，弯腰挥着柴刀，没有技巧，更谈不上什么手法，保不齐一个不留神，就伤到身边的人。

声音一下又一下，就像台永动机。

洪老板问：“小梁师傅，这是？”

“嗯，年轻人，压力大一点，可以理解的。”

洪老板敷衍地笑了笑，脸上写了两个字——不信。

梁舒清了清喉咙：“魏宇澈！”

声音淹没在刀砍竹子的声音里，她连叫了几声都没有得到回应，干脆抬脚往里走。

“欸，别，危险。”洪师傅在后面说。

梁舒也不傻，绕了个大圈，到了魏宇澈前面。

魏宇澈光着膀子，宽肩窄腰，肌肉紧实，原本麦色的肌肤在幽深竹林中显得有些白。汗顺着那流畅的线条往下，流到裤腰。他高高扬起手中的柴刀，极具力量的背肌显现出轮廓，刀刃落在竹面发出闷响，竹干枝叶随之颤动。

梁舒还没说话，魏宇澈却仿佛心有灵犀一般抬起头来，正对上她的视线。

“咦，你怎么这么快就来了？”说着他直起身，回头看见身后不远处的洪老板和小伙计。

梁舒走到他跟前，天不凉快，他砍了好一会儿，身上湿漉漉的，整个人都往外散发着热气，脸也热得通红。

“怎么回事？”魏宇澈抹了把脸上的汗，压低声音道，“不是说好给我争取时间的吗？”

梁舒不知道该怎么解释。

“你快去周旋一会儿，我马上就好了。”魏宇澈见她不说话，以为自己语气太重，又找补说，“放心吧，有我在，这料子肯定让你用上。”

梁舒本意是要捉弄他的，但是看他这样，又忍不住觉得自己是不是太过分了。

魏宇澈：“快走啊，别等会儿砍到你。”

梁舒摇头：“我来吧。”

“你开什么玩笑？”魏宇澈轻笑。

洪老板也在后头吊着嗓子道：“小梁师傅，你一个女孩子，怎么可能……”

他话还没说完，就见梁舒已经夺过了魏宇澈手里的柴刀。

梁舒转向另外一个方向，对洪老板的劝告充耳不闻，甩了甩手腕，顺便教学：“看好了。”

“喂，很危险的！”魏宇澈连忙上前阻止。

只是人还没到跟前，梁舒已经手起刀落，一下又一下地砍在靠近泥土的竹竿上。

魏宇澈看呆了。

梁舒是个传统意义上的美人，属于弱柳扶风类型的。但那笨重的柴刀被她舞得虎虎生风，就跟……就跟李逵似的。

魏宇澈从自己浅薄的比喻里回过神来，依旧尝试着让她放下：“好了，好了，我知道了，我来，我来。”

多么锋利的刀啊，这要是伤到自己，那可怎么得了？

“闭嘴。”梁舒喝住他，绕着砍了一圈，随后直起身，双手掐住竹竿，往四边转了转。

感受到力度差不多了，她将柴刀一丢，找准角度用力，只听得咔嚓一声脆响，那竹子就这样晃晃悠悠地离开了根。

魏宇澈赶紧上前帮忙扶住，两个人合力将竹子放倒。

梁舒看着他，眼神里有股骄傲的劲：“怎么样，少爷，学到了吗？”

柴刀很沉，她才用几下力就冒出了汗，白皙的脸颊爬上绯红，眼睛里的光晃得他心跳加速，不敢再看。

“学到了，学到了。”他说着，将旁边地上的柴刀捡起来，“但是下次，这种表现的机会还是留给我吧。”

这是真的很危险啊。

刚才躲到远处的洪老板跟伙计眼见着这边的事情结束了，才又一道走过来。

梁舒对他们说：“麻烦您把这根也给我算上。”

“没事，没事。”洪老板摆了摆手，“这根长得不好，本来就是不留的。”

魏宇澈擦汗的动作停下，瞪大了眼：“什么意思？我白砍了？”

料子泡汤了？那梁舒可怎么办？

他神色一凛，视线再度在林子里扫过。

不行，他今天怎么说都要找根能用的竹子出来。

梁舒从伙计怀里拽出衣服扔给他，阻止说：“你还是先穿件衣服吧。”

“所以说，你已经谈好料子了？”魏宇澈弯着腰，抬头时眼神有些蒙。

水流冲掉他手上的尘土，虎口被刀柄磨得红红的，火辣辣地疼。

梁舒低头看着水龙头，一时间不知从何说起。

正巧洪老板这时递了个本子过来："小梁师傅，你给我留个地址，我叫小胡下午给你送过去。"

魏宇澈还处在刚才的震惊里："这到底是什么意思啊？"

不是让他放下面子做流氓，选根好竹子，先把生米煮成熟饭，为还价做基础的吗？

梁舒将笔递还给洪老板，客气地说："麻烦您了。"

"哪里的话，小梁师傅懂行又爽快，以后要料子，还来我这儿啊。"

魏宇澈看看洪老板，又看看梁舒，嘴唇抿得紧紧的。

他已经意识到问题了——流氓白当了，梁舒耍了他。

魏宇澈一言不发地走出了大门，没有生气，也没有呛声。

但梁舒清楚，这是最坏的一种情况。

她叫住洪老板又说了两句，之后才接过小胡递来的头盔和包。

魏宇澈没走远，就靠着梁舒的摩托车，环抱手臂，盯着空气里的浮尘看。

他又不是小孩子了，这里离上林有那么远，又偏僻，他赌气一走了之，还不得走到天黑。

"欸，少爷。"

熟悉的声音传来，魏宇澈不为所动。

他铁了心，一定要让梁舒明白自己的态度。

梁舒站到他跟前，把他觊觎已久的黑蓝头盔递给他："喏。"

他轻轻看了一眼，扭过头去，并不说话。

梁舒哄他："今天我戴佩奇头盔，好吧？"

魏宇澈知道这对于梁舒来说，就是求和、示弱的一种表现了，两个人以前的无数次争端，很多时候都是这样收尾的。

但他现在并不甘心。

魏宇澈抬头，半晌也没见她有别的动作，甚至举着头盔的手都不带抖一下的。

又过了一会儿，他败下阵来，接过头盔，不满地嘟囔说："说句对不起能要你的命吗？"

这真是他见过的最没诚意的道歉了。

“对不起。”

魏宇澈戴头盔的动作一顿：“你说什么？”

梁舒按下头盔上的防风罩，声音闷闷的，不愿意说第二遍：“你已经听见了。”

事实上，话刚出口，梁舒就后悔了。

道什么歉啊，把魏宇澈气走不是正合自己的心意吗？

现在再看他稍扬的嘴角，她只觉得非常碍眼。

事情揭过，魏宇澈心情大好，他摸了摸磋磨许久的手：“就是可惜了。”

“可惜什么？”

“我头一回砍竹子呢。”他的语气有些惋惜。

虽然料子不好，但是意义重大。

梁舒打岔：“你要是想砍，下次我让他们把机会留给你。”

魏宇澈无语。

真是不解风情，那意义能一样吗？

他坐在摩托车后头，还是忍不住问她：“我今天也是发挥了点作用的吧？”

梁舒含糊地“嗯”了一声。

行了。

他眉毛稍挑，嘴角勾着一缕笑。

有作用就行了。

梁舒感受到他变好的心情，暗自吃惊。

都多少年了，怎么这个人都不带变的。

哄小孩还得给点实质性好处呢，哄他怎么几个字就结束了？

洪老板效率很高，他们刚到家没多久，小胡就叩响了门。

“小梁师傅。”小胡年纪不大，长了双讨喜的笑眼，弯弯的，在门外高声叫人。

一进门看到蹲着逗猫的魏宇澈，小胡的声音立刻低了下去，有些胆怯：“啊，魏师傅，您也在。”

魏宇澈点点头：“这么快就来了？”

“啊，是。小梁师傅没让我们怎么处理，就快一点。”

魏宇澈“哦”了一声，趁着小梨花不注意把它按住，强行抱到了怀里。

小胡站在一旁眼观鼻，鼻观心，不吭声，也不动弹。

“小胡，你怎么好像很怕我一样？”

小胡拼命摇头，否认道：“没有的事。”

“是吗？”

小胡看着他的眼睛，极度真诚：“是的，是的。”

魏宇澈摸了摸小梨花的背：“哦，那好吧。”

他怀里抱着猫，看上去甚至有那么点温柔，但在小胡眼里，魏师傅上午的发疯实录可谓是印象深刻，很难忘怀。

正想着，他便见到魏师傅抬起头来，看着自己问：“怎么？非要等梁舒在才能卸货吗？”

小胡一个激灵，急匆匆地奔向门外，拉开小货车的围栏，哼哧哼哧地扛着竹子往里进，无头苍蝇似的环顾一周，问：“这要放在哪儿啊？”

“放这儿。”

梁舒终于姗姗来迟，她刚从前街阿姨家拿了包花椒回来，顺势就去打开右手边仓库的门。

小梨花看到主人，立马挣脱了魏宇澈的怀抱，撒着欢地朝她这边过来，只不过是虚晃一枪，并没有表示亲昵，而是很快找个地方躲了起来。

小胡是生人，要不是魏宇澈手段强硬地将小梨花按在怀里，估计它早跑了。

梁舒将花椒丢给魏宇澈，使唤道：“做饭去吧。”

魏宇澈把东西放在桌上，跟出去扛竹子，看到满车的货时有些惊讶：“这么多？”

“这不多了，工作室里三四个师傅的，生意好点，都不一定能用到三个月。”小胡解释说。

显然，他并不晓得梁舒的作坊里至今未有单子，并且就只有她一个竹刻师傅。

梁舒没说话，将竹子扛到肩膀上，步子迈得很稳。

“我来吧，这竹子太重了，女孩……”小胡上前准备接过，却被魏宇澈拦住。

魏宇澈缓声道："别怪我没提醒你，我们家小梁师傅可不愿意听到你说什么'女孩子干不了'之类的话。"

梁舒装作没听见，扛着碗口粗的竹子，也不带喘粗气地说："小事，我干得了。"

三个人来回几趟，总算是将竹子全部卸了下来。

魏宇澈手叉腰喘了一会儿气，这运动量都快赶上他去健身房一周了。他隔着衣服摸了摸自己的腹肌，很好，感觉又结实不少。

小小地自恋了一把，他转身又到了车边。

车里还剩下两截料子，小胡从车上拿过发票单子核对着。魏宇澈眼尖，一眼看到其中一根上凌乱的刀口："怎么回事？"

小胡听到这猛然一声质问，险些没拿住单子，伸头过来看："怎么了，魏师傅？"

魏宇澈神色严肃："别以为我不知道，这明明是我砍的那根。"

就这乱七八糟的刀痕，他绝对不会认错，都是他的血汗泪。

"是。"小胡挠挠头，"但小梁师傅加了两百块钱要了。"

"胡扯。"魏宇澈才不信。

梁舒又不是脑子有问题，加两百块钱要这种竹子干吗？做慈善啊？

小胡顿时有些慌："我……我也不知道。"

魏宇澈十分警惕："你们不会是以次充好吧？"

"绝对不会！"小胡急得脸都红了。

"小梁师傅心善，好糊弄。"他决意解决此事，甩了脸色，道，"我可是很刻薄的。"

小胡将单子拿给他看："真的是小梁师傅要的，你看。"小胡指着发票底下的签名，"她自己签的订货的单子。"

魏宇澈不为所动："这手写的单子，难保不在上头加一笔。"

小胡快哭了，他这哪里是刻薄，这分明是油盐不进啊，这跟上午强行拿柴刀的架势一模一样。

"又吵什么呢？"梁舒在库房里码货，等了半天也不见小胡拿单子来，一出门就看到两个人正对峙着。

魏宇澈理直气壮，邀功道：“他们糊弄人，被我抓了个现行。”说完，他神气地看了她一眼，露出一种“快来夸我”的表情。

小胡如同看见救星一般：“小梁师傅，您可算出来了。您快跟魏师傅解释一下，这竹子真不是我们糊弄着拉来的。”

梁舒没解释，接过签收单，签上了名，用行动说明一切。

魏宇澈十分诧异：“梁舒？”

“不好意思啊，我没提前跟他说，误会一场。”她抱歉地笑笑。

小胡这下可算是扬眉吐气了，看了魏宇澈一眼，声音也轻快许多：“没事的，小梁师傅。”

魏宇澈非常不理解：“你花这个冤枉钱干什么？”

梁舒搬竹子的动作稍顿，冷哼一声，冲他道：“我做慈善不行吗？”

无语！到底是谁之前一脸遗憾地说可惜的？

她走回到库房，砰的一声关了门，懒得再搭理外头那个蠢货。

魏宇澈费解地挠了挠头。

他这也没说什么啊，她怎么就生气了？

她人走了，留下两截竹子安静地躺在院子中央，绿得像是颜料调出来的一样。

魏宇澈蹲下去仔细地看了看，好歹是他第一次的劳动成果，虽然不实用，但意义……呃，等等。

魏宇澈看着紧闭的库房门，又看了看这根耗费“心血”的废料。

他可能知道梁舒为什么要买它了。

魏宇澈又一次被梁舒从被子里叫起来。

这次她人没亲自到，直接远程电话唤醒的，电话里说“十分钟下楼，不然扣一次”。

魏宇澈反应了好一会儿，才想到跟她的三次之约。

他着急忙慌地下楼，结果就是接过菜篮子，跟着梁舒一起去赶集。

魏宇澈：“你能不能提前跟我说几点起床，我自己定闹钟行吗？”

“那谁能保证早上不会有突发情况呢？”梁舒说，“我们艺术家都是很随性的，就比如今天，我就是想吃根上带泥的蔬菜，就得早起赶集。”

各式大卡车拉着成堆的水果和蔬菜，用大喇叭叫卖着。高压锅蒸汽顶着气阀，钻出糯玉米的香味，三轮车上的玻璃单柜里，盐水菠萝橙黄、明亮。

魏宇澈挎着与身形不相符的菜篮子，篮子里有一大把长势极好的芦笋，冒着开了花的绿头。

“有什么科学依据能说明早上六点的菜市场就一定比九点的超市新鲜吗？”

梁舒：“没有科学依据，但我觉得你应该也能从带泥巴的菜梗子上判断出它比大 × 发超市九点的新鲜。”

魏宇澈打了个大大的哈欠，看着梁舒又一次被菜摊子上熟悉的摊主阿姨叫住，寒暄几句后，篮子里又多了把小青菜。

他扒拉了两下篮子，说：“行了，不用买了，今天的菜够了。”

梁舒不为所动，从篮子里翻出小布包，拿了零钱，给阿姨结账。

一码归一码，该给的钱还是要给。

梁舒不会做饭，平日里也就心血来潮时煮个粥什么的，现在有了魏宇澈就不一样了。

会做饭，是她眼里魏宇澈为数不多的优点之一，而且还是大写加粗的那种。

既然他自己硬要参与每一个环节，那厨房不交给他，就有点辜负他的热情了。

从大米、面粉到油盐酱醋，梁舒跟扫货一样，在春回商店里狠狠地消费了一笔。

张老太年纪大了，店面给了女儿，只有店里忙的时候才过来帮帮忙。见到梁舒，张老太又拉着她的手，要给她介绍对象。

梁舒嘴角始终挂着笑：“不了，我现在开店太忙了，还是缓缓再说吧。”

“开店，你开的什么店呀？市口好不好的啊？”

“我自己开个小工作室，不怎么看市口的。”

“哦哟，那个词怎么说来着，创业是吧？”张老太潮得很，“那你还是以事业为重的。”

转头看到正在研究酱油成分表的魏宇澈，张老太又改变对象：“澈澈不创业吧？”

暂时是无业游民的魏宇澈：“我的事业也挺重要的。”

“你是做什么的呀？”

他不自觉地挠了下耳垂，答道：“我做投资。”

说完，他本能地看了眼梁舒。从上次被她猜中“败家子”的真相后，他再说这话时就有点心虚。

“哦哟，也不得了哦。”张老太笑眯眯的，“不错的，不错的，你们现在都有出息了哦。”

梁舒并不晓得他的心思，顺着张老太的话又聊了几句，拎着几大袋厨房用品出门去。

有了魏宇澈这个免费的厨子，意味着她可以跟孙姨家的面馆暂时告别一段时间了。

回乌川这段时间，孙姨家菜单上所有的菜都被她吃了个遍。事实证明，再好吃的东西，也经不住天天吃。

清晨，孙姨面馆正是生意火爆的时候。

要念书的小朋友、准备做工的泥瓦匠、刚刚开张的店老板，形形色色的人挤挤攘攘地坐了一堂。煮面的锅被推到了门口，高汤的香味直往外飘，勾起更多人的食欲。

梁舒跟门口煮面的孙姨的儿子打了个招呼，要了两碗面打包。

“算你还有点良心，知道给我打包早饭。”魏宇澈说。

孙济抓了两把面放在竹编漏勺里，挂在锅的边缘，在沸腾的高汤里浮沉。

“孙姨呢？我来结一下账。”梁舒问。

孙济：“哦，我妈啊，在后头备菜呢。”

梁舒“哦”了一声，把袋子放到魏宇澈手里，嘱咐说：“你在这儿等我，我去结个账。”

大厅里，各类交谈声撞在一起，吵吵嚷嚷地叫醒上林。

梁舒又看见了那个帮工的小姑娘。

她系了条白围裙，头发全包在帽子里，口罩绳子绕了两圈挂在耳后，只露出一双大得有些过分的眼睛。

梁舒不自觉地顿住脚，多看了两眼，这视线却很快被她捕捉。

很快，小姑娘就走了过来，问：“姐姐，你找孙奶奶吗？”

梁舒倒有些意外，小姑娘竟然还记得自己。

小姑娘好像笑了，眼睛微微眯了眯，抬手指向帘子说：“她在那儿呢，在后边。”

梁舒往前走了两步又折回来，低头缓声问道：“你叫什么名字呀？”

她愣了一下，突然局促起来：“程……程招娣。”

梁舒什么话都没说，点点头，进去跟孙姨说明来意。

孙姨擦了擦手，带她又回到前头找账本。

梁舒倚着柜台，看程招娣继续穿行着干活。

“舒舒，你看看啊，这是你这段时间的账单，你仔细看一下啊。”

梁舒应了一声，低头看着，又问：“孙姨，这小姑娘多大呀？我看着还在念书吧。”

“你说汀汀呀。”孙姨说到小姑娘，语气立刻同情起来，“她不是镇上的，住樟树头那边。”

梁舒想到先前在医院听到的那个没打疫苗的女人，说：“我好像听过，她妈妈是不是……”

“对、对、对，就是那个。她妈去年被狗咬了，她爸爸说没什么大不了，不会那么倒霉，不让去打针，结果就是那么倒霉，去年年底都没熬过去。那男的真不是个东西，嫌弃她跟小妹是女孩，老早就在外头胡作非为了。老婆死了，他干脆就把房子卖掉，一走了之，拿了钱出去找能给他生儿子的去了。

“她老子走了之后，村里几个人拿了钱帮她，她给人家都打了欠条，处理完后事，就领着妹妹从那边搬到镇上来了，在小学附近租了间房子。她自己呢，高中也不读了，就在上林这边东打打工，西打打工的，供小妹妹念书。

“前段时间，妇女主任说她老子还在户口本上，申请什么补贴，程序上有问题，申请不下来。但是内部人员都愿意帮忙，主任上门时带了一万多的募捐款。这孩子没要，说自己能挣。”孙姨叹了口气，“咱们上林的街坊邻居都愿意帮她，招她来做工，多给个十块、二十块钱的也无所谓。但她犟，说什么都不要，说不是自己的，不能要。大家赚钱都不容易，她不能不劳而获。”

梁舒看向程招娣。

她正艰难地穿梭在店面里，收拾餐桌，端醋、递纸、舀辣子，虽然眼神有些慌里慌张，但手脚麻利。

梁舒很难想象她甚至还不到十七岁。

梁舒将账本递还给孙姨，扫码将钱转了过去：“孙姨，您收一下款。”

“欸，好、好、好。”孙姨按了下蓝牙音箱，里面传来支付宝到账的播报声。她在单子后头画了个“×”，算是销了账。

“对了，孙姨，我还想问一下，您知不知道上林还有哪儿可以招工的？”梁舒问。

“招工？”

“对，招工。”梁舒解释说，“我那儿最近有点缺人手。”

第四章

・她提着刀又回来啦・

入夜，菜市场所在的巷子已经安静下来。

魏宇澈怀里抱着桶糨糊，盖子上放了把刷子，手上拿着张 A4 打印纸，犹豫再三。

梁舒在他身后优哉游哉，催促道：“愣着做什么？快贴啊。”

这糨糊还是找对面烧烤店的刘姨借的，用完了还回去，还能顺道吃一顿。

“不是，为什么这个活也归我干啊？”魏宇澈说。

他实在不明白是哪里出了差错，自己的定位不应该是“大杀四方”的苛刻甲方吗？为什么突然就变成梁舒的“小弟”了？

梁舒：“你说的全部环节啊，招人不算其中的一环吗？”

从孙姨那里大致了解了一下上林现在的“人才市场”后，梁舒很快就写好了一份招聘启事。

他们印了三张，在孙姨和张老太那儿各放了一张，然后就是菜市场的公告栏。

魏宇澈头一回干这活，虽然知道在这里贴东西正规、合法，但还是有种贴小广告的做贼的感觉。

魏宇澈嘟囔：“还没赚钱呢，这都往外掏多少了。”

“亏你还是投资人呢。”梁舒说，“上来就挣钱的项目那叫骗局，傻子才上当呢。”

上过当的“傻子”魏宇澈：“……”

速战速决贴完了招聘启事，魏宇澈贴到她身边：“行了，走吧。”

他拽着梁舒的胳膊闷头往烧烤店里走，一刻也不想在这里多待。

天气回暖，烧烤店也人满为患。梁舒选了张外面的桌子，将糨糊抱进去，还给了刘姨。

“谢谢刘姨。”

“哎哟，小事情。你们就坐在外边是吧，等等啊，我给你们端过去。”刘姨端着烤好的串，又问，“你们要喝点什么？啤酒行不行？阿姨送你们两瓶。”

“好嘞，那拿两瓶吧。”梁舒也不客气，应了下来。

回到桌前，魏宇澈正拿纸巾擦着餐具，见状忙接过盘子，道了谢。

梁舒将啤酒放到桌边，拍开盖子，倒了一杯递到他手边。

啤酒泡沫发出声响，在嘈杂的人声交谈里不值一提。

梁舒存心逗他：“刚刚那么着急跑做什么，不会是觉得丢人吧？我告诉你，时代进步，可不带鄙视任何劳动的。”

牛油烤得焦黄，在唇齿间留下油香。魏宇澈说：“你还好意思说？谁家招聘条件上写‘仅限十五岁以上少女’的？知道的明白你在招聘，不知道的还以为你‘钓鱼’从事什么非法交易呢！”

他也怕被当成奇怪的人查处好吗？

“所以我找了孙姨和张老太啊，有她们俩帮我解释清楚，做我的担保人，这还不够吗？”

“她们能解释清楚吗？你都没告诉她们你要干什么吧。”

“魏宇澈，我发觉你真的笨得可以。”梁舒叹气说，“我就算掰碎了、揉烂了跟孙姨她们讲清楚我是做什么的，她们帮我解释的时候就一定能把同样的信息传递给其他人吗？重点不是我是做什么的，重点是通过她们让其他人知道，我这个人给出的这份工作，合理并且可靠。”

这个逻辑并不难理解，却也不能完全解开他的疑惑。

“那你也不说工作内容，就写个‘面试详谈’，谁愿意来谈啊？”

梁舒啃着鸡翅说：“我招人当然是做竹刻了。那么多成品都要刷油，洪老板送来的货到现在都没来得及杀青，这么多活，光我跟你能干完？”

“那为什么非得要求是少女呢？”魏宇澈是真的不理解，“又不是所有的女孩子都能跟你一样，她们又不是从小学的，怎么会搞得来这些。”

这份招聘启事给人透露出的信息就两个字——别来。

梁舒放下钎子说：“纠正你一下，不管男女，没学过都搞不来这些。我既然可以，那其他女孩也可以。换句话来说，你之所以觉得她们可能会做不好，是因为她们没有机会做。”

“我没有男女区别对待的意思，我只是针对你的招聘条件来说。”魏宇澈敏锐地解释道。

“我知道，我也不是针对你。”梁舒平日里爱找他麻烦，但在这种事情上还是拎得清的，“但是吧，你不觉得这是一个非常奇怪的逻辑悖论吗？”

绝大多数的行当更偏好于要男的，因为他们理所当然地觉得男的拥有先天的优势，无论是体力还是心理素质方面。

他们从一开始就把女性排除在外，却又以此为理由来证明女生确实不如男生。

这是不对的。

就好比你只给女生十块钱去买东西，就不能因为她们买不到黄金而去责怪她们没有拿了一万块钱的男生有用。

不是女生吃不了苦，而是根本没人觉得女生在吃苦。做家务，生育，这些被划定为女生的分内之事，成为说服她们放弃更光明未来的理由。

因为你是女孩子，所以你比不过男生。

因为你是女孩子，所以你要生孩子。

因为你是女孩子，所以你要顾家、贤惠。

是这些一句又一句伪装成真理的谬论，在一遍又一遍的重复里，植入了很多人的脑子里。于是，有人觉得，女孩子是不行的，女孩子就是天生的弱势群体。事实上，她们的弱从来都是在对女性的刻板定义上，不在于能力，更不在于她们本身。

“从来没有人会跟你说，你比不过男生的，因为你天生就比他们笨；也不会有人告诉你，你一定要生小孩，因为那是你人生价值的体现；更不会有人跟你说，不要再努力、要强了，因为这样的女生是不会有男生喜欢的。”梁舒说，“所以你无法理解，要强、聪明、野心这些词放在女生身上，就成了一种罪过。”

女性的价值从来不应该被规定为一个特定的结果，而是应该由她们自主地做出选择。

“更要命的是，这些话的来源不是陌生的甲乙丙丁，而是亲人，是朋友，是伙伴。”她稍稍抬头，说，“而我，我要证明，他们错了。”

这些话是梁舒第一次说。

她从前不说，是因为没必要；今天说，是因为她想说。

生为女性，她很骄傲。

魏宇澈偏头看她，灯光在她身上洒下光影，眼神清冷又坚定。

“对不起，刚才说的话表述不清，我道歉。”

梁舒摇摇头。

有一些念头和想法，是自己本身都没有意识到的一种“厌女”。她就曾经困顿在这样的逻辑怪圈里，兜兜转转好些年，才发觉自己在浪费时间。

魏宇澈怕自己不够诚恳，顿了顿，又说：“梁舒，虽然我觉得你大多数时候很难搞、不讲理、爱告状、假清高……”

梁舒没忍住，翻了个白眼警告他：“魏宇澈，你后面的‘但是’要是‘但’不出什么好听的话来的话，你的狗头今天真的会很难保住。”

魏宇澈赶紧跳过冗长的铺垫，看着她的眼神无比认真：“但是我从来没觉得我是男生就要让着你，或者因为你是女生，所以你的价值就会比我的低。

“我觉得你很厉害，这种感觉不是因为你以一个女生的身份做得比我、比大多数男性更好才产生的，只是因为你是你，你是一个人，一个跟我一样的人。”

在用性别定义你我之前，我们都是独立的，被称为人的个体。

这么简单的道理，却还是有那么多人不明白。

烧烤摊子永远是越晚越热闹，炭火气熏人，又吃得发汗，梁舒脱了外套，只穿着里面宽松的运动背心。

魏宇澈借口去洗手间，去找刘姨结账。

梁舒看破不说破——这种小事用不着跟他客气。

吃饱喝足是件挺舒服的事，但很快她就笑不出来了。

距离她两米多的桌上，一个男的喝得满脸通红，举着手机对着这边，一会儿直勾勾地盯着她，一会儿又看着手机，手指在屏幕上点个不停，还时不时跟身边的两个同伴说话。

几个人都看过来，对视一眼，笑得有些下流。

身后烧烤店的玻璃门上映出那个人手机的影子，上头的界面分明是“拍照”。

梁舒的嘴角拉平，犀利的眼神直直地对上他们，接着站了起来。

直至她到了跟前，醉酒的男人才慢悠悠地收起手机。

“删了。”梁舒懒得跟他废话，直入主题。

“什么东西？”男人装作听不懂，扭头问同伴，“她说什么啊？”

“照片。”梁舒个子高，五官又冷，居高临下地看着他们，毫不退让。

“小妹妹，你是不是喝多了？我们可不知道什么照片。”几个人摆明了要无赖。

梁舒点头：“行。”她打开手机，“那我报警让警察来删。”

三个人嘻嘻哈哈的，根本不信，直到听见她清晰地在电话里报出了地址和情况。

“你这个小姑娘怎么无理取闹呢。”醉酒的男人站起来，挥手去打她的手机。

梁舒才不给他这个机会，往旁边一躲，顺便对着电话补上一句：“他们现在准备打人了。”

“说谁打人呢？说谁呢？”醉酒的男人嚷嚷着，“你这个女的怎么谎话连篇。”

争端一起，周边听到风声也安静下来，有围观群众打开手机对准了他们。

梁舒说：“谁说谎谁清楚，你偷拍还有理了？”

“不是偷拍，而是你挡着我们拍夜景了才对啊？”穿牛仔外套的男的站起来给同伴撑腰。

醉汉像是找到了借口般，重重地点头：“对，是你挡着我们了。”

梁舒不想跟这种人辩论，淡淡地说道：“那行，那就等着警察来处理吧。”

醉汉眼神躲闪，抓着手机，骂骂咧咧道：“真晦气。”

梁舒抓住他的手腕，强硬地说道：“我说了，等警察来，你着急删什么？”她顿了顿，“不会是你还偷拍了别人吧。”

醉汉一愣，突然发起疯来，猛地将她一推：“你是傻子吧！”

事发突然，梁舒被推得往地上一摔，但同时从他这心虚的表现来看，手机里肯定是有猫腻的。

醉汉似乎是气极，撸起袖子冲她走过来，嘴里不停地说着脏话。

梁舒顺手捞过地上的空啤酒瓶子，砰地往地面一砸，举着碎掉一块的酒瓶子喝道："来！你动我一下试试！"

醉汉被喝退了半步，但很快窃窃私语的动静又让他觉得没面子，把心一横，骂道："我今天非给你个教训，让……"

他污言秽语还没说完，就冲出来一个人，结结实实地对着他的脸来了一拳。

醉汉被打了个踉跄，眼前一片模糊，刚抬起头又觉得颈间一紧，整个人都被拽了过去。

一个高大沉稳的男人站在梁舒身前，影子将她完全罩住。

魏宇澈铁青着脸，一只手揪住那人的衣领，一只手握拳高高举起，随时都会落下。

他的眼神锋利得像刀子，声音里不复往日的调笑，冷若冰霜："你再说一遍，你要教训谁？"

"成年人，三十多岁了，跟人家刚毕业的学生打架，你丢不丢人啊？"

"什么？喝多了酒啊。别人喝酒睡觉，你喝酒打人是吧？"

"你受伤重？你们三个人打他们两个人欸，其中一个还是女孩子，你好意思讲这种话啊？"

"给我看一眼身份证，游客啊，别人旅游放松心情，你旅游就是到处找人打架？"

年纪大的成警官连问几句，撑得三个醉汉哑口无言。几个人都被铐在了长椅上，再不复刚才的嚣张。

"还有你们。"他掉转枪口，语气却温和不少，"出了事情要等我们来处理的呀，你这动手打人，有理也变得没理了。"

魏宇澈嘴角破了道口子，冒出点血。

他确实能打，但那是在对面一个一个送上门的情况下。事实上，双拳难敌四手，更何况他对上的还是三个人，加起来有六只手，他只受这么点轻伤，已经很不错了。

梁舒一边点头，一边诚恳地认错："我们知道了，下次不会了。"

"你别说了，还拿酒瓶子，知不知道要是扎伤了人，那就是犯罪啊？"

梁舒的头一低到底，乖乖受训："对不起，给您添麻烦了。"

“你们现在打算怎么做？互相道歉和解一下，还是要追究责任？”

魏宇澈态度坚决：“我们不道歉。”

是那几个人先推人的，他们这顶多算是正当防卫。

“看来你对法律还挺了解的嘛。”成警官说，“那你知不知道什么是防卫过当啊？”

“可是我……”

魏宇澈还想再说，梁舒拍了拍他的腿，示意他闭嘴。

“我们可以为动手的事情道歉，但是他偷拍我们，这已经构成犯罪了吧？”梁舒说。

成警官刚把人拉回来，光顾着教育了，这会儿想起梁舒的报案电话：“偷拍是吧，哪个拍的？”

梁舒指着中间的醉汉说：“他。”

“老子没偷拍。”醉汉一脸愤恨，忍不住想站起来，就跟被冤枉了一样。

“你别‘老子’‘老子’的，当这里是什么地方啊？给我坐下！”成警官一句话将人喝住，对身边的年轻警察使了个眼色，“小于，把他的手机拿过来。”

真的要交出手机的时候，醉汉着急了，顾不上先前的否认，忙说：“照片我都删了。”

“这不是你说删了就删了的事情。”小于警官从他手里拿过手机，态度强硬地说，“密码。”

醉汉耍赖不成，期期艾艾地报了几串数字都不对，手机屏幕被锁了。

“耍花样是吧？”成警官冷笑一声，“小于，带到审讯室去。”

醉汉额头上直冒汗，仍在狡辩：“我真的不记得了，我喝多了。”

“审讯室。”成警官重复道。

小于应了一声，招呼其他同事将人架走了。

梁舒跟魏宇澈作为报案人，跟着小于警官进了调解室。

魏宇澈是主力输出，但其实并不晓得具体发生了什么，现在听梁舒讲出前因后果，心里的怒气更加翻涌。

小于警官做好笔录：“嗯，没什么问题。你们先在这里等一下吧，等那边核实了，会告诉你们的。”

“好的，谢谢您。”梁舒再次道谢。

小于警官留下了酒精、棉签后走了，屋子里只剩下他们两个人。

“你都多大了，还打架。”梁舒扳过魏宇澈的脸，拿棉签在他的嘴角摁了摁。

魏宇澈吃痛，不由得倒吸一口凉气，嘟囔道：“你怎么跟成叔说一样的话。”

“你还好意思。”梁舒说，“你没看见成叔那个脸，马上都要掉到地板上了，多少年了，你又被他逮到了。”

魏宇澈以前犯浑的时候可没少来这里，无非都是些鸡毛蒜皮的小事，被批评教育后就又放回去了。

“纠正你一下，是我们俩又被逮到了。”魏宇澈说，“你也没少惹事好吗？”

只不过是她做得隐蔽些，没被发现罢了。

“你还有脸说，当年要不是你跟别人约架，我能被连累着过来？”

她说的是魏宇澈“改邪归正”前最后一次犯浑。

高考在即，他不晓得抽什么风，非要应下那些小混混的“战帖”，单枪匹马地去了。结果对面乌泱泱的一群人在路边摊坐着，那架势活像古惑仔。

梁舒一早就察觉到了魏宇澈的异常，在他编借口逃晚自习的时候就跟了出来。

反派一般死于话多，但对面的头子显然不知道这一点，先叽里呱啦地跟魏宇澈对喷了一番，这才给了梁舒机会，摔酒瓶子唬人，举起来跟他们对峙。

“那你去找我干吗？担心我啊？”魏宇澈学着她的语气说。

梁舒戳了下他的伤口：“我看你刚才被打坏脑子了吧，你要是真惹事进去了，我怎么跟阿姨交代？”

魏宇澈说：“你别说我，刚才你拿酒瓶子那架势，跟你上学那会儿有得一拼。”

“你拉倒吧，以前是，现在也是，人都要被我吓住了，你突然给了一拳。”梁舒说，“对面人那么多，你动手能占到什么便宜？之前那次挨打不记得了？这回要不是警察来得快，你又要被摁在地上了。”

魏宇澈盯着她的眼睛：“你有没有良心啊，我这是为了谁？”

梁舒轻轻扇了下他的脸，训斥道：“别乱动！”

魏宇澈屏住呼吸，不敢再多说一句，只是嘴唇抿得死死的，明显是觉得委屈。

梁舒自知刚才的态度不好，叹了口气，哄道：“我知道，但是，少爷，下次千万别拎‘刀’就上，行不行？”

这次他尚且可以应付，谁知道下一次他还能不能？或者再严重一点，对面上来个不要命的，真捅人怎么办？

魏宇澈摸了摸脸颊说：“这话你自己也记住，别上去跟他们硬碰硬，那么多人在，你找个人求助有多难？”

“这不是特殊情况吗？”梁舒刚说完，就对上他怨念的眼神，顿了顿，还是妥协了，“行、行、行，咱们俩‘共勉’好吧。”

事实正如梁舒所预料那般，醉汉的手机里还有很多其他偷拍的私密照片，多摄于地铁、公园、餐馆等公共场合，因为性质恶劣，他要被行政处罚了。

小于警官过来通知梁舒他们可以走了。

他们出来的时候，审讯室的门也刚巧被打开，醉汉狡辩的声音从里面传出来：“是她穿得那么少的，不检点，肯定是故意勾引我的。”

梁舒冷笑了一声，正准备说些难听的话，却听到身边的魏宇澈骂道：“有病！”

他说完看着她，眼神诚恳，语气真诚：“你别听他瞎说，你爱穿什么穿什么，跟谁都没关系。这衣服你穿就特别好看，真的。”

刚才还满肚子的火气，不知怎的就像被剪了引线的炮仗，突然就没动静了。

梁舒不自然地转移视线，眼角眉梢还是流露出了些许得意，小声说：“废话，那是当然了。”

成警官本来都到门口了，听到那醉汉嚷嚷，又转身说：“你能不能看看自己什么样子？三十多岁，喝得烂醉。人家小姑娘的男朋友帅成那个样子，能看得上你？”

梁舒蒙了：啥？

魏宇澈嘴上不自觉地上扬，心中暗爽，“帅成那个样子的男朋友”说的应该是他吧？

事情告一段落，成警官送他们两个人到了门口，还不忘叮嘱，说：“可千万别再让我看见你们俩了。”

别的情侣夜晚散步，这两人夜进派出所，还从高中进到现在，真是够了。

梁舒的外套刚在一片混乱中没来得及拿，现在只穿了一件背心，被夜风一吹就打了个寒战。

魏宇澈将衣服脱下来，罩在她身上。

梁舒抬头看他，他眉毛一挑：“别误会，我是怕你被冻死，我要负责。”

“我真是谢谢你。”梁舒将外套拉链拉到顶，顿了顿，语气也变得真诚一些，“谢谢。”

魏宇澈夸张地摸了摸耳朵：“天哪，我没听错吧？刚刚是梁大小姐跟我说谢谢吗？”

“不是。”梁舒心里那点感激立马消散，“她说狗男人没一个好东西。”

“你骗人，她明明就说谢谢了。”

“她没说。”

“她说了。”

“哎哟，魏宇澈，你烦不烦啊。”

“哎哟，梁舒，我就要烦你，烦死你。”

街角昏黄的路灯在路上投下暖暖的光，他们的影子被拉得好长好长。

梁舒拎起煮得咕嘟冒泡的玻璃茶壶，将茶倒在茶盏里，看魏宇澈将仓库里的存料搬出来，一一码好。

新材料得处理，她抽空把烧火炉子收拾了一遍，推到院子里晾了一天，现在烧了点火，试试看效果。

她将茶杯送到鼻尖闻了闻，从这茶来看，这炉子还是挺管用的。

招聘启事贴了两天，孙姨跟张老太也没传来一个信。

魏宇澈清早去买菜的时候还看了一眼，巷子口的那张招聘启事已经被交通饭店招服务员的启事给盖住了。

他跟梁舒抱怨：“这也太不厚道了，还街坊邻居呢，都不看看位置的。”

她语气平淡：“这东西强求不来的。”

魏宇澈：“你真的不考虑改一下招聘内容吗？”说完，他立马接上，“你别误会，我说的可不是让你改掉招聘对象。我的意思是工作详情，怎么着都得改得靠谱一点吧。”

“不用。”梁舒摇头，“要是来的人多了，难选。”

魏宇澈“呵呵”了。

现在根本不是她做不做选择的问题，是根本就没人来让她选择好吗？

梁舒抬头：“我有一个大胆的想法。”

“做什么？”

“我们吃火锅吧。”

“啥？”魏宇澈跟不上她这跳跃的思维，接着看了看竹材摆得满满当当的院子，问道，“现在？”

“冰箱里有我上次买的肥牛，你去买盒火锅底料回来就行。”她安排着，“顺便叫上钟灵秀他们。”

她都回来这么长时间了，还没告诉他们自己到底在做什么，今天正好是个机会。

“那炉子呢？”

“换个锅烧水，火不用灭。”

他有些担心：“你一个人可以吗？”

梁舒：“你如果现在立马出发的话，就可以早点回来接替我。”

魏宇澈觉得在理，小跑着出了门。他一路跑到商店门口停下，胸膛起伏着，有些喘。

商店门口张老太的牌局刚解散，看他满头大汗，麻将也来不及收拾。

“哦哟，这是怎么搞的？这么着急做什么呢？”

魏宇澈：“没……没事。奶奶，我要火锅底料，您这儿有吗？”

“有的，有的。”张老太钻到店里，在铁货架上翻翻找找，“喏，你看看，大牌子，那个什么捞的。”

魏宇澈接过来："谢谢奶奶。"

"晚上就吃这个呀？"张老太问。

"对，我们准备煮火锅呢。"魏宇澈答道。

张老太闻到了一丝不寻常的气息："你跟舒舒哦？"

"还有钟灵秀跟她弟。"

"哦哟。"张老太语气明显失望了不少，"我还以为就你们俩呢，这么着急。"

魏宇澈听得出来其中的意思，不好表态，只是笑笑，之后付了钱、道了谢，就准备走。

"哦哟，你等一下哦。"张老太从柜台里追出来，"我熬了梨膏呀，你带点回去。"

魏宇澈不爱吃那玩意，正准备摇头，让她不用客气，又听张老太说："再带点给舒舒，她前几天还说想吃的呀。"

他将拒绝的话吞回去，点点头，笑道："那就谢谢奶奶了。"

两个玻璃罐子被一起递到他的手上，他小心地放进袋子里，用火锅底料隔开，怕把它们碰碎了。

"对了，舒舒那边是不是已经招到人啦？"张老太问。

魏宇澈说："还没呢。她说不急。"

"啊？那她昨天来这儿把那个什么招聘单子拿走是做啥？"

魏宇澈一愣："她把单子拿走了？"

"是啊，我当时忙着，没来得及问呢，我还以为人招好了。"张老太怀疑道，"她不会是准备走了吧？"

魏宇澈没说话，张老太又继续讲："澈澈，你不要怪我多嘴啊，实在是你也晓得的，上林这个地方小，留不住什么人。"

何况梁舒在大家眼里还算个有"前科"的。

当年她考上了蔚大，街坊邻居也都为她高兴，梁晟就不用讲了，虽然嘴上谦虚，但眼睛里简直不要太得意。结果大学才读一年，她说走就走了，把梁晟气得够呛。

魏宇澈抿了抿嘴唇，心里也开始有些拿不准，但面上不显："奶奶，你放心吧，我问过了，她说不走的。"

“哦哟，那就好啦。”张老太接着说，“你们年轻人啊，创业难是肯定的，吃点苦是好事。这话，你也帮我跟舒舒讲讲，让她千万不要有思想负担，也不要觉得念了书还待在家里是件丢脸的事情。这里的事，你们家里晓得吗？家里人是不会嫌弃你们的。”

魏宇澈点头：“您放心，这些我都会跟她讲的。”

张老太笑：“你们俩小时候天天打架，没想到现在长大了，关系还变好了。”

“我没呢，都是她打我。那会儿梁舒有我爸妈撑腰呢，我哪里敢跟她作对啊。”

“哦哟，舒舒乖得哦，以前管你那是在拉你呀。你小时候，小浑蛋一个呀。”

玩游戏，打架，夜不归宿，学习成绩烂，光知道花钱——这样一想，他是挺浑蛋的。

魏宇澈笑了，点点头说：“我知道的。”

他跟梁舒虽然是对头，但架不住家里长辈关系好。

梁舒的父母都在各自领域忙得到处跑，把她丢在乌川，每个月回来看看。

魏宇澈比她好一点，他爸妈几乎每天都回，就是作息跟他对不上，但周末也会抽时间陪他。

梁舒总是会在魏宇澈妈妈的邀请下过来打打牙祭，顺便在魏叔叔批评教育魏宇澈的时候做一下正面表率，成为“你看看人家梁舒”这种句式的组成成分。

后来魏宇澈家的生意越做越大，魏爸魏妈在家的时间也越来越少。

等到上了高中，他们俩就一起成了“留守儿童”。

梁舒跟魏宇澈不一样，在长辈们面前永远乖巧听话，成绩又一骑绝尘。

得益于如此正面的印象，魏宇澈妈妈授予梁舒很大的“权利”，其中的意思用一种夸张的手法可以概括为“即使打死魏宇澈也没关系”。

梁舒吃了人家那么多年的饭，不好意思不管。尽管有“尚方宝剑”在，她也不轻易动手，大部分时间会选择一种“柔和”的方式——动嘴。

她小小地告上一状，魏宇澈这个星期的零花钱就会被削减一半，妥妥地拿捏住命门了。

在魏宇澈看来，这还不如动手呢。毕竟梁舒的击打能力，还是在自己的可承受范围之内的。这不能“摆阔”了，影响他在“朋友”中的威望，才是真的要命。

他那个时候每天被叫起来，满脸都写着“烦死了”，却只敢发发牢骚，不敢真枪实弹地跟梁舒过不去。

好不容易熬到高中毕业，“尚方宝剑”过了有效期，他退学重新高考也上了蔚大。没等他亲自到梁舒面前嘚瑟一回，她这个“谏言大臣”就没影了。

他真的特别特别生气，比零花钱被扣没了都要生气。

有一年，有一部英剧特别出圈。

魏宇澈看见里边的男主角笨拙地跟女主抱怨说：“你不能亲了一个人，又对他不好，这样会让人摸不着头脑的。”

他突然就明白了，这个句式也能用在自己身上。

梁舒不能管了他又突然跑掉，这样会让他摸不着头脑的。

而现在，魏宇澈有种刑侦剧终于又看到凶手的感觉。

他形容得不大好，反正就是觉得好几年摸不着的头脑，这次又回到掌心了。

所以……

他提着的袋子里，两罐梨膏还是不可避免地碰在一起，当啷当啷的。

魏宇澈就在这响声里下定了决心。

所以他现在说什么都要把自己这颗脑袋焊在她的掌心不可。

钟灵秀他们还要看店，来不来另说。

梁舒也想到了这一点，在炉子上换了锅以后，就给钟灵秀打了电话，说自己有大事宣布，如果她不是很忙的话，最好过来一趟。

今天是工作日，酒馆的人本来就不是很多，加上她语气严肃又神秘，钟灵秀当场就答应过来。

一路上，她还在跟钟灵阳猜测到底是发生了什么事情。

她推开院门，满地竹子，系着碎花围裙的魏宇澈端了两盘肉，挑空处落脚，姿态有些芭蕾的味道。

钟灵秀姐弟俩忍了又忍，最后不约而同地握拳掩唇咳了咳。

“快进来。”魏宇澈说完，想到白天不请自来的高啸寒，补上一句，“把门带上。”

“你这是什么打扮，家庭煮夫？”钟灵阳扯了扯他的围裙边。

魏宇澈放好盘子，拍掉他的手：“你懂什么，这叫田园风。”

梁舒拎着四把竹椅从厅堂里出来：“哎哟，来了啊。”

夜幕降临，小院里的灯亮起，炉子里木料烧得噼啪作响，煮了好久的火锅在揭盖的那一瞬间，唤醒院子里坐着的人的味蕾。

魏宇澈脱下围裙，折好后搭在椅子背上，提前开始下菜。

钟灵阳眼尖，看到他脖子上还未完全好的红痕，问：“你那是怎么回事？打架他们还挠你？”

两个人打架进局子的事没瞒着他们，钟灵秀还嚷嚷着要蹲守着再给那三个败类打一顿，不过被梁舒驳回了。

魏宇澈忙着下菜，朝旁边一抬下巴：“还不是梁舒，喀喀——”教唆女儿行凶。

他离得太近，被辣椒呛到近乎失声。

“哈？”钟灵秀大惊失色。

这是梁舒抓的？

她跟钟灵阳对了个眼神，从彼此眼里都看出了惊疑。

梁舒跟魏宇澈，他们俩好了？

梁舒喂完小梨花回到桌边，明显感觉气氛有些不一样了，但具体哪里奇怪，她又说不上来。

火锅是全辣的，几口下去，大家纷纷撸起袖子。

钟灵阳带了酒过来，倒到梁舒面前的时候，她只要了半杯。

钟灵秀说：“在自己家抠抠搜搜的像什么话？”

梁舒往杯子里掺了些柠檬水：“我现在喝不了多少了，没保持住。”

酒精可实在算不上什么太好的东西，尤其是对她来讲。

她曾经沉溺于酒精带来的状态里，但很快又觉得厌倦，宿醉后留下的巨大的空虚无法填补，那种失去控制的感觉让她觉得惶恐。

但是不管哪一个阶段，她是如何选择的，她都不允许自己满身酒气地拿起刻刀。对她而言，那是对这份工作的不上心，更是对徽派竹刻这门手艺的不尊重。

魏宇澈从中打岔："她不懂，我们喝就好了。"

几个人吵吵嚷嚷地一起碰杯，梁舒脸上的笑就没停过。

酒过三巡，到底还是钟灵秀按捺不住。

钟灵阳在自家亲姐的示意下，清了清喉咙问："对了，梁舒，你不是说有事要跟我们讲吗？什么事啊？"

梁舒刚从魏宇澈筷下夺过一片烫好的毛肚，迅速塞进嘴里，边嚼边得意地冲他扬眉。

钟灵秀在一边帮腔："是啊，是啊，我们都做好准备了，你们俩就说吧。"

梁舒嘴里还在嚼着东西，含糊道："你们也都看到了。"

钟灵秀心一揪，跟钟灵阳对视一眼——还真是这件事。

果然，书上说的都是对的。

越是死对头的两人，越容易成一对。

钟灵秀靠着椅背，老神在在："你们俩可真行。"

"我是真的一点都没看出来。"钟灵阳同样语气唏嘘。

梁舒转了转头，四处打量一番："没有啊，我觉得挺明显的。"

"那不问，谁能知道呢？"钟灵秀说。

梁舒看向魏宇澈："你跟他们说了？"

魏宇澈摊了摊手："我没有啊，这几天我都快被你压榨干净了，哪里有时间跟他们说啊。"

梁舒鄙夷道："那是你自己不中用。"

钟灵秀剧烈地咳嗽起来。

救命啊，她听见了什么？！压榨干净？不中用？

这两人聊起这种事情的时候，语气能不能不要这么自然？

梁舒还没有意识到自己刚才话里的歧义，而是给她顺了顺背，才说："不就是做竹刻吗？你至于这么激动吗？"

钟灵秀点点头："我就说你们俩不对劲，我早就……啥？"

马后炮的话还没说完，她就意识到了不对，刚才听到耳朵里的，跟自己想的，好像不是一回事。

“竹刻，你是说竹刻啊，不是你们俩谈恋爱了？”钟灵阳在旁边再三确定。

魏宇澈觉得这个“俩”里应该包括了自己。

“啊？”这下换成梁舒蒙了，“什么恋爱？”

“就是你们俩啊。”钟灵秀嗓子哑着，依旧活跃在吃瓜一线，“你们不是在谈吗？”

“谁脑子抽了，跟他谈恋爱啊。”梁舒瞪大了眼睛。

魏宇澈同样反应激烈，只不过重点有些偏：“梁舒，你什么意思啊，什么叫脑子抽了，跟我谈恋爱怎么了？很丢人吗？”

梁舒：“我没说丢人。”

“你没说，但你就是这个意思好吗？”

“我的意思是我不会跟你谈恋爱。”

魏宇澈冷笑一声，没头没脑地说：“渣女。”

“谁渣了，你人身攻击要负法律责任的。”梁舒被这个家伙刺激得上头了，跟他杠起来。

魏宇澈把自己知道的名字全抖了出来，从青春期开始一个不落，数完得意扬扬地说道：“我哪个名字记错了吗？”

“记得这么清楚，干吗？他们是你情敌啊？”

“你少自恋了。”

“拜托，明明是你更自恋好吧。”

魏宇澈耳朵都憋红了：“你自恋，收到情书还要在我面前晃两圈。”

“你不自恋？你发现自己没收到，还去我外公面前告状说我早恋。”

“哈，你还敢说告状。小学三年级，你打架输给我，转头就到我妈面前假哭。”

“哇，魏宇澈，你马上三十岁了，还惦记着三年级时的事呢。”

“谁三十岁了！我今年明明才二十五岁好吗？”

“这又不记得自己三年级学过四舍五入了？”

局势远远地超出了钟灵秀跟钟灵阳的可控范围，两个人愣是一句话都插不上，只能看着他们争得面红耳赤。

在梁舒撸起袖子，疑似准备动手的时候，为了防止事态进一步不可控制，他们俩只能硬着头皮入场。

一人按倒一个，让他们冷静一点。

钟灵秀做了个抓脖子的手势："这个呢，这个，不是说都是梁舒的原因吗？"

魏宇澈满脸通红："我话没说完，是梁舒的女儿——她的猫。"

梁舒立刻反应过来："原来是你刚才说话含混不清，诬陷我。"

"我诬陷你什么了，是他们俩没听清楚好吗？"

梁舒冷笑："谁知道你是不是故意的。"

钟灵秀再次匆忙叫停："啊，我们的错，我们的错。"

钟灵阳："误会，一场误会。"

魏宇澈跟梁舒对视一眼，纷纷气愤地转过头去，相看两厌。

"还没详细说呢，竹刻，竹刻到底是什么情况？"钟灵秀赶紧转移话题。

谈到这里，梁舒的心情稍稍平静了些，将来龙去脉都讲了一遍。

钟灵阳恍然大悟："所以，那个骗……咯咯，那个人就是你哦。"

魏宇澈冷哼："没错，而我现在是甲方，是她的金主。"

梁舒一脸无语的表情，他也就只有这点东西可以拿出来炫耀了。可实际上呢？三次机会的生杀大权还不是掌握在她手里？

吃到最后，食材都已光盘，小梨花也吃饱喝足，大着胆子出来了。

魏宇澈起身将它抱在怀里，刚坐下，小梨花一蹬腿就降落在了梁舒身上。

"看见没，这才是亲母女。"梁舒得意道。

魏宇澈很失望："小梨花，谁天天给你铲屎的？"

小梨花窝在梁舒的怀里，谁也不理。

钟灵秀摸着肚子，蹙眉道："要死了，减肥半个月，一顿就吃回来了。"

"别那么乐观。"梁舒说，"也许要再半个月才能偿还。"

钟灵秀给她一拳："你好狠的心。"

梁舒捂着肩膀：“哎哟，家暴。”

钟灵秀也学她，捂着手叫起来：“哎哟，碰瓷。”

他们嘻嘻哈哈了一阵，刚才的争端就像云烟，转眼消散。

几个人背靠在椅子上，仰着头看向同一弯月亮。

“好舒服啊。”钟灵阳闭上眼，深深地吸了一口气。

钟灵秀深以为然，炫耀一般道：“怎么样，还是不上班好吧？”

“哪有啊，我现在不还是在给你打工？”

“我不比其他资本家好多了？再说了，你当的是老板欸，怎么能算打工呢？”

“那你给我涨工资。”

“梁舒啊，你竹刻做得怎样了？”钟灵秀只当没听见。

钟灵阳一脸“我就知道”的表情，敢怒不敢言。

“我呀？还行吧，工作室注册下来了。”梁舒说。

钟灵秀：“叫什么呀？”

梁舒眸子亮亮的：“就叫青竹，青竹工作室。”

她在这街巷里长大，如今便用这街巷的名字将竹刻再发扬光大。

“真好。咱们现在是不是都算梦想成真了？”钟灵秀说。

“明明是只有你梦想成真了吧。”钟灵阳说，“我当年可是做梦都想去做电竞选手。”

“那只能说明你不够坚持，我当年做梦都想开酒吧。”钟灵秀撩了一下刘海，“多酷啊。”

梁舒帮忙反驳：“还有我，我当年做梦都想做竹刻，现在也算实现了。”

钟灵阳推了推魏宇澈：“你呢，你当年做什么梦？”

“我啊。”魏宇澈摩挲着酒杯，想了一会儿，摇摇头，“我没什么梦。”

钟灵秀说：“原来你活得这么理智呢？”

钟灵阳也惊讶：“你以前不是点子最多的那个吗？”想一出是一出的那种。

魏宇澈不说话，心里觉得好笑。

明明他才是几个人之中活得最不理智的那一个。

——为梁舒打抱不平，强装大人行侠仗义。

但要是真说到有什么想做的，他没有。

他好像天生少了那根筋，从来都是走一步算一步，谈不上什么喜欢。

梁舒觉得魏宇澈对这个问题的感受并不是很好，虽然不知道为什么，但他透露出来的感觉就是拘谨的。

好歹也算个甲方，而且她很大度的，就原谅一下他刚才的无礼行为吧。

这样想着，她问：“钟灵阳呢？以前的梦怎么放弃了？”

“怪我姐。”钟灵阳说，“我偷偷去黑网吧，她就跟我爸告状。每次我爸一来，根本不管我什么面子的，直接上手。我们家笤帚都被薅秃了。最重要的是，那会儿我都多大了啊，他还给我从网吧打到家门口。一起上网的朋友们觉得我丢脸，都不找我组队了。”

“你还好意思说，你那帮朋友哪一个不是蹭的你的钱？他们都成年了，还占你一个小孩的便宜，你呢，屁颠屁颠地上去送钱。”

钟灵阳涨红了脸：“你瞎说，我那是跟人家正常社交，那他们不也给我花钱，礼尚往来了吗？”

“给你花的什么钱？”钟灵秀毫不留情，“十二块五一包的黄鹤楼还是二十一块钱一包的利群？你收了吗？”

“那也是人家一片心意。你呢？你间接地扼杀了我的梦想，现在还绑架我来帮你完成你的梦想。”

钟灵秀一把薅住他的头发，恶狠狠地道：“我是不是最近没打你，你皮痒了？！”

争执吵架的组合转眼就换了人，梁舒跟魏宇澈谁也插不上嘴，并且谁也没打算插手。

哪有姐姐不打弟弟的？

果然，没挨两下，钟灵阳就老实了，连连说自己错了。

“你要是不想干，明天收拾行李走人，天高任你飞，你爱去哪儿去哪儿。”

钟灵阳也就是过过嘴瘾，实际上对酒吧比钟灵秀还要上心一点，忙前忙后的。他说：“我不收拾，我现在的梦想就是把店做大做强，不行吗？”

一顿火锅吃得还挺热闹，架都是轮着来吵，四个人你看看我，我看看你，突然都不由自主地笑了起来。

火锅沸腾的烟火气，一起长大的二三好友，清新湿润的徐徐晚风，一切的一切都是这样恰到好处——微小，却足以让人热泪盈眶。

“梁舒。”魏宇澈漫不经心地问，“你当年又是为什么不做竹刻的？”

梁舒疑惑：“这很重要吗？”

“这不重要吗？”魏宇澈这个问题不知道憋了多久。

“就像能上清华的人突然去学美容美发了，还不够重要？”

梁舒对他表示肯定：“说得还挺生动。”

魏宇澈说：“你得告诉我，不然我不放心。”

“你有什么不放心的？”

“万一你又临阵脱逃呢？”

魏宇澈的眸子深沉而水润，折射出星点的光，衬得那颗泪痣的颜色也越发深了。

“你上次将它一丢就是七年，我怎么知道你不会再丢七年。”他声音干涩，那是对未来不确定的无力感。

从张老太那里回来后，他就开始拿不准。他发现这次重逢后，就再也没看懂过梁舒，更不知道她到底想做什么。

她从来就像风一样，说什么就做什么，从不拖泥带水，从来没有半点犹豫。

“又或者你再一走了之，那到时候谁给我完工，谁给我交货？”

空气有一瞬间的凝滞，魏宇澈认真地看着她，势必要听到一个答案。

梁舒却一直没有说话，只是低头摸着怀里的小梨花。

钟灵秀说：“哎哟，什么丢不丢的。我们都不是小孩子了，怎么可能说话不算数呢？”

魏宇澈很想冷笑。

他想问钟灵秀是不是忘记了，这个人当初一走了之，之后好几年都没回来。

钟灵秀、钟灵阳，甚至她本人，所有人都不在乎这一点。

明明是她一声不吭，就把这里的一切抛下的。

竹刻，朋友们。

为什么只要她回来了，所有人都可以轻易地原谅她，就当什么事都没发生过一样。

为什么只有他始终在意这件事情呢？

可是，这件事明明就很重要啊。

“没有七年。”梁舒语气淡淡地纠正道，“是六年零两个月。”

她记得那些跟竹子相伴的日子，记得指腹间的竹青触感，更记得雨声点滴与艳阳高照里用刻刀小心雕刻肌理的岁岁年年。

离开后，梁舒想念乌川，想念以前，却强迫自己不去想。

学习，写论文，做研究，她将空余时间全部留给了派对和其他的社交。

想念的情绪被一再压缩，最后彻底消弭。

日子一天又一天地过去。

在觥筹交错间，厌恶来得如此汹涌。

喧嚣，繁华。

她不再喜欢这样的生活了，并且不得不直视一个问题。从十五岁放下刻刀以来，她就再也没有拥有过平静。

而现在，她曾眷恋的那种感觉终于又回到了身体里。这一次，她不会再放弃了。

梁舒指了指院子里的竹料，郑重得像是发表宣言：“我，梁舒，现在重新做竹刻了。”

十五岁那年放下的刀，她又拿起来了。

第五章

答案

如果有“世界上最憋屈的甲方”评选的话，魏宇澈觉得自己一定可以在其中拔得头筹。

他不仅需要帮忙砍料、卸货，还需要负责梁舒的日常饮食，活脱脱的一个家政人员。

梁大小姐挑食，每天点的菜也是不带重复的。在她的调教之下，短短几天，魏宇澈就觉得自己可以升级为厨子了。

他不是没有过困惑——做饭难道也属于竹刻的环节吗？

梁舒随手劈了截竹条子，绕了几下，将脑后的头发悉数盘起，两边不长的几缕垂在腮边，偶尔跟随微风晃动。

“不吃饭就没力气，没力气怎么处理得了竹子呢？”

魏宇澈心想，少来了，这种逻辑，他从三岁开始就不上当了。

她抬头给出最后一击：“你如果不想参与，也可以选择退出的。”

魏宇澈立刻收敛、反驳，冷笑着丢下一句“退出是绝对不可能的”，便转身进了厨房。

梁舒看着他将碎花围裙抖出了超人斗篷的感觉。

他干职责范围以外的活还能这么得意，她其实也挺费解的。

开了一个小差，梁舒重新将注意力放回手中的刻刀上。

竹片厚度不过二三厘米，要在里面铲出高浮雕要求的七八个层次，对匠人的要求甚高。

梁舒屏息凝神，所有的意志都浓缩成团，落在那狭窄的刀尖上。

竹刻不容改笔，所落下的每一刀都需提前在脑子里谨慎规划，过上许多遍。下刀时又要快、准、稳，不容有任何闪失。

月下梅树疏影，一盏残烛，友人对弈，童子抚琴。新安画派的山水画卷，从纸张搬到竹片上，也依旧保留本色。

日上三竿，竹片狭缝里透着光，将不平整的纤维都照得清清楚楚。

她保持一个姿势不动，用斜口刀在镂空狭缝里继续修补、完善。

阳光，翠竹，雀语，风吟。

刀下竹面是画，刀外人亦是。

高啸寒进门的时候也不忍打扰，预备打招呼的话就这样咽回了嗓子里。

院子里多了一个大活人，原本老实趴着的小梨花率先受了惊吓，几步就溜了，还顺便蹬掉了一把刻刀。

梁舒坚持刻完最后一笔，这才放下竹筒，扶着桌边欲弯腰捡刀，却有一只手将刀递了过来。

她抬头看，有些惊讶："高医生，您怎么来了？"

高啸寒笑了一下，镜片之后的眸子温润："梁老板。"

恰在此时，魏宇澈也端着托盘闪亮登场："梁舒，家里甜面酱……"

他话说到一半，情绪急转直下，快步走到亭子里，脸上是毫不掩饰的冷淡："你来做什么？"

梁舒保险起见，钩着椅子的脚往旁边挪了挪。

高啸寒权当听不出好赖话，兀自打着招呼："嘿，魏宇澈，你也在这里啊。"

魏宇澈将饭菜放在旁边的石桌上，压低声音命令道："出去。"

高啸寒脸色依旧温和，看不出半点愠怒，只说："我来找梁老板。"

他刻意强调了后面三个字。

梁舒眉梢稍挑。

被这种语气对待也不生气，不是脾气太好，就是另有所图。

再想起魏宇澈说高啸寒不是个好人时的样子，她猜这两个人之间的过节恐怕不小。

毕竟是被提到的当事人，她断然没有当透明人的道理，开口问："您找我什么事？"

高啸寒："你先吃饭，我等一会儿也没什么。"

魏宇澈冷笑："你还是先说吧，不然我们也吃不好饭。"

梁舒微笑，默认了魏宇澈的说法。

"是这样的，我听说梁老板在做竹刻的生意，刚好家里有长辈过生日，我想来想去觉得送竹刻挺合适的。不知道梁老板可不可以帮我出出主意。"

送上门的生意，不做不是她的风格，她几乎不用思考就应了下来。

"梁舒。"魏宇澈克制着叫了她一声。

梁舒不想横生事端，只给他一个"放宽心"的眼神："不知道你想买什么呢？”

高啸寒打量了一番工作台，问：“不知道您这儿有没有什么样品之类的？”

“有的。”

梁舒引着他去后面，魏宇澈用防尘罩扣住菜，也跟了上去。

右后厢房的墙被梁舒拆了，跟客厅重新规划，用玻璃幕墙隔出了一个大的工作室，里面展览的都是成品。

大至屏风，小到发簪，无一不精妙绝伦。

“没想到梁老板的工作室还别有洞天呢。”高啸寒边走，边感叹道。

“不敢当。”梁舒客气地寒暄。

魏宇澈被这假假的画面影响了心情。

高啸寒：“这全是你亲手做的？”

梁舒：“大部分是家里人做的。”

高啸寒语气里带着浅浅的仰慕：“原来竹刻有这么多种类型，看来以后逢年过节都有东西可以送了。”

魏宇澈冷不丁插嘴：“高医生都不问问价格吗？”

订金八万元的屏风还逢年过节送，什么家庭啊？

“我们的价格是根据工时来定的。”梁舒并不想错过这单生意，解释说，“高医生可以告诉我想要的东西和预算，我会提前把图给你。”

“梁老板有什么推荐的吗？”

“送长辈的话，笔筒、臂搁、扇骨、根雕印章都是可以的。”

魏宇澈在一旁故意补充道：“屏风也不错。”

梁舒看了他一眼，大致意思是“你要是再多说，小心狗命”之类的。

魏宇澈的逆反心理一下子就上来了，但是碍于还有高啸寒在场，自己跟她反着来的话，很可能会被压制，到时候脸上挂不住，得不偿失。

有外人在场，给她面子吧。关了门，再算账。

这样一想，他就按捺住了。

梁舒见他识相，这才放下心，说：“屏风不大适合你。”

“那就做这个吧。”高啸寒指着架子上的一件样品说。

四方印章通体呈现出一种红色，侧面几行小字，上头戏球狮子张嘴仰天而望，虽小，神态却栩栩如生，连狮口牙齿都能看得清清楚楚。

魏宇澈有点难以想象，这么小的东西是如何雕刻出这么多细节的。他将视线移到印章下方，底下架子上写着“狮子戏球钮印·梁舒”。

达成了初步的合作意向，三个人又回到了前厅。

魏宇澈盯死了两个人，绝对不给他们任何单独相处的机会。

但小梨花是个猪队友，看到他们出来，再次落荒而逃，原本罩菜的防尘罩被它用爪子钩着掀了起来，跟着风到处滚，魏宇澈只能去捡。

高啸寒：“打扰你吃饭了，真是抱歉。”

“不碍事，高医生也还没吃饭吧。”

高啸寒立刻接下话茬，点点头。

“那高医生快些回去吧，可别饿着了。”梁舒笑眯眯地领先他两步，做了个“请”的手势。

高啸寒没想到会是这样一个回答——一般这种情况，不都应该说点客气话吗？

梁舒是想赚钱，但她不傻。

谁乐意留不熟悉的人一起吃饭啊。

更何况，这个人还明摆着是“魏大厨 AKA 大甲方”的对头。

高啸寒跟魏宇澈，让她选一个去维护关系，她一定想也不想就踹开姓高的啊。

高啸寒很快调整好情绪，重新露出笑脸说：“不用总叫我高医生，叫我名字就好，高啸寒。”

梁舒点头：“好的，高医生，我送您。”

高啸寒脸上的笑有些僵了：“梁老板客气了，今天谢谢你。”

“哪儿的话，您照顾我的生意，我应该谢谢您。我都不晓得，竟然有人能找到我做竹刻。”

她语气谦虚，试探意味也十足。

高啸寒从善如流：“说来也巧，我也是偶然间听到的，原本还以为是重名，没想到还真是。”

“那确实巧。”梁舒看着他，“在上林住着的，除了魏宇澈，还没几个人知道我具体是做什么的，高医生又是从哪里听到的呢？”

“我也不记得了，医院天天来往那么多人，也不知道是谁提了一嘴，我就记下了。”

“不、不、不。”梁舒脸上虽然挂着笑，眸中却是一片冰冷，“除非你有其他的办法发现。”

高啸寒抬起头，颇有些玩味地反问：“比如呢？”

“比如输入一下我的名字，现在查企业的软件有很多，不需要付费，也不需要注册，只要名字和地点对得上，要锁定一家工作室很容易。”

被猜出了操作方式的高啸寒丝毫未见异样：“梁老板说笑了。”

梁舒语气轻快：“是不是说笑，我想高医生心里比我更清楚。”

“这么说，梁老板是不打算做我这单生意了。”

“当然不是，这是我的工作。”有钱不赚王八蛋。

高啸寒笑起来，比之前的礼貌温润多了些真实。

梁舒真是个有意思的人。

他说：“谢谢梁老板，以后，我相信我们还有更多机会打交道的。”

“是我该谢谢高医生，谢谢你照顾了我的生意。”

敷衍又官方的回应。

高啸寒并不介意，之前他比不过魏宇澈，此后却未必。

“梁老板，再见。”

“等等。”

高啸寒转身。

梁舒仍站在门楼台阶上，脑后的竹条子陷在乌发里，翠色欲滴，人背靠着门框，姿态慵懒十足。

“怎么了？”他问。

她纤细的眉毛一挑，将手机屏幕亮给他看，上头的二维码分外显眼。

“印章订金二百五十元。”

梁舒收了一个这么“漂亮”的订金，最开心的莫过于魏宇澈了。

他很后悔当时没在现场，没能看到高啸寒的表情。

“没那么夸张。”

魏宇澈摇头：“你不懂，他那个人一向自负，跩得跟二五八万似的，总觉得无论什么人都能拿下。”

梁舒睨他，漫不经心地问：“吃过亏啊？”

魏宇澈一脚刹车，立马闭嘴：“吃饭，吃饭。”扒了两口，他又不甘心地试探，“但是，这生意不能不做吗？”

“是谁之前嘲笑我，说我除了屏风，没有别的生意？”

魏宇澈：“我那是嘲笑吗？”

“不然呢？关心啊。”梁舒反问，“你关心我做什么？”

魏宇澈被问住了。

他觉得自己挺犯傻的。

明明知道不管自己做什么，她都不会领情，他却还是不死心地要去试一试。

有时候他真的很想把梁舒的脑子敲开，看一看里面塞的到底是什么。

为什么在她看来，自己就不能有好心了？

梁舒继续说：“你只是甲方，不是我老板。”

魏宇澈不死心：“我建议一下都不行吗？”

梁舒微笑：“不行，除非……”

“除非什么？”

梁舒直打三寸：“你跟我说清楚，你们之间到底有什么过节，让我衡量一下。”

别以为她看不出来。高啸寒明面上是冲自己来的，实际是要跟魏宇澈“设坛斗法”，用她做了借口而已。

魏宇澈点点头：“我觉得你说得对，有钱不赚白不赚。”

他越是这样说，梁舒就越是好奇。

“不说算了。”她夹起一筷子菜。

时间早晚而已，反正她总会知道的。

趁着阳光正好，梁舒将库房里那批竹子挪到了院子里。

每一根竹子在成为原料之前，都必须经过道道工序——切割、剖形、浸煮、杀青。

梁舒在院子中央支起煮锅，放半锅水，将炉子烧得通红。

新助理魏宇澈在一旁，将切割机摆好。

梁舒："看到上面画的线了吗？把线跟割片对准。"

"然后呢？"

梁舒按下开关，立起来的刀片很快往下，沿着对准的地方下去，很快分出一个竹筒掉到底下的垫子上。

她拿起竹筒码在旁边的空桌上："然后等水烧开了，把这些都扔到锅里。"

这个过程利用机器完成，并不算难，交给魏宇澈单独处理，也完全没问题。唯一需要注意的是，这些材料并不都是要切割成一致的大小。

梁舒这两天按照需要已经标记了不少，剩下一些情况特殊的，还是更适合用简单的方法。

魏宇澈正纳闷梁舒去哪里的时候，她拎着钢锯和柴刀出来了。

两样东西都有点年头了，把手处缠绕的布条已经褪色，几乎看不出本来的颜色，但薄薄的刀刃还泛着森森寒光。

魏宇澈觉得这玩意要是手起刀落，可不是闹着玩的。

"看我干吗？干活啊。"她说，"这要是有一节没对准，后面的可就都对不上了啊。"

她将袖子挽起，捡起旁边孤零零的料子，踩在长条凳子上。柴刀弯钩处对准筒口，她转动手腕用力，顿时出现一条裂痕，之后便是钢锯登场。

蒸、煮、晒后，再搁置在仓库自然晾干，之后根据需要，将竹子分割成竹片。若不是梁晟囤货的习惯保持得好，梁舒这会儿指不定要耽搁多长时间才能正式上手。

从烈日当空到日暮西沉，最后一批料子扔到沸锅里，预告着此阶段即将结束。

院子里，形状各异的竹子大小排开，挨挨挤挤，几乎没有下脚的地方。

一贯淘气的小梨花也极有眼色地不敢再撒野，乖乖地在走廊里趴着。

魏宇澈扶着腰跌坐在垫子上，抬了抬脖子。

梁舒站在齐腰高的锅前，用一把火钳搅动着竹片。夕阳从门外照进来，宽松的衣服被照出虚影，隐约可见她纤细的腰身。

魏宇澈在那个瞬间突然就明白了国画里工笔白描讲究的"精谨细腻，

神韵生动”是什么意思。

他匆匆地将视线移开，一丝不苟地盯着炉火，问：“这样就可以了吗？”

“还要再晒几天。”梁舒的声音里透着疲惫。

魏宇澈站起来，接过她手里的铁钳，说：“我来吧，你去看看火。”

梁舒本就累极，也不推托，顺理成章地盘腿坐下，将旁边刨出的木皮子塞到炉火里。

“这么多料子够用很长时间了吧？”

梁舒点点头又摇摇头：“要看我的状态吧。”

她决定重新拿刀那会儿，大门不出，二门不迈，每天一睁眼，除了刻刀就是刻刀，好不容易找来的一墙存货，也不过只用了两个月。

做竹刻就是这样，工匠状态好，一天进度飞快，若是心不静，一切白扯。

很多匠人为了保持状态会选择隐居，与自然为伴。这不仅仅是为了远离喧嚣，更是想放慢生活节奏，寻求自己内心最好的状态。

梁舒有意地训练过一段时间。

国外没有竹刻，她就自己做了一套刀具，之后带着工具箱出入各种派对，社交结束，就往舞池边缘一坐，点一盏台灯，开始精雕细琢。效率虽不及一人静思，却也能做到保持水准。

“我很好奇，竹片这么小，你要怎么弄成屏风那样的一大块呢？”魏宇澈问道。

梁舒说：“那我就给你普及一下知识。竹刻屏风常见的有两种，一种是镶嵌式，也叫插屏，尺寸不大，以老红木做主体，镶嵌竹刻屏芯；另外一种是拼接式，足以落地的，尺寸也大，用竹料连接而成。这两种都叫翻黄，简单来说，就是把竹筒去节、去青，刨去青皮和竹肉，直到留两毫米厚的竹黄，再把圆筒篾破开一个口，煮、晒、压平、胶合或镶嵌在木胎、竹片之类的原芯上，然后打磨、磨光，再行雕刻。至于技法就更多了，看每个竹刻人的手艺选择，最常见的是阴线纹刻与薄浮雕。”

她说了一大通，从“翻黄”开始，魏宇澈听得云里雾里。他问：“所以我们家的那个屏风是什么款式呢？”

梁舒说："还没想好，我得斟酌斟酌。"

虽然价格不是她跟魏爷爷商定的，但钱确实进了自己腰包。于情于理，她都会想办法让这东西物超所值的。

魏宇澈将竹子夹出来，放在厚厚的毛巾上："行了，封灶口吧。"

梁舒将灶口封上，拿一柄长瓢，舀了热水到桶里，跟魏宇澈一起将锅搬到了后天井。

热气蒸腾着，将她的脸熏得红红的。

魏宇澈说："梁舒，要是没我的话，你说你可怎么办呢？"

他本意是讨句夸奖的，但梁舒没给面子。

她说："没你，我就多舀两桶水，这锅不就搬动了？"

重点在锅重吗？重点是里面的水烫啊。

真笨。

魏宇澈没显摆上不说，在梁舒心里的智商值又降下了一点点。

梁舒将锅丢给了魏宇澈收拾，自己去前面看炉子。

炉火没完全灭，不大不小地烧着，梁舒搬起一旁的炉盖将上头盖住，又将凳子倒过来压上，勉强算是大功告成。

魏宇澈从后天井走了过来，问："今晚吃什么啊？"

梁舒想了想："烤肉吧。"

"姑奶奶，这个点，我上哪儿给你弄烤肉去？"魏宇澈说。

"菜市场汪叔那儿，我跟他说好了，五花肉跟瘦肉各给我留一斤。"

魏宇澈疑惑："你什么时候说好的？"

"马上。你去了，就是说好了。"

魏宇澈："……"

梁舒："这么多竹子都弄完了，我吃点好的还不行了？"

"那锅呢？"

梁舒将锅上的凳子拎起来，说："喏，没封死呢，扔根火柴，火绝对一下就起来了。"

魏宇澈拿她没办法："行、行、行，那我去拿点零钱。"

"条桌抽屉里就有。羊肉跟牛肉也买一点，牛眼肉最好，没有的话，牛胸口也行，问汪叔要点牛油。羊肉要肋排那儿的，要是阿姨在家的话，你让她直接帮你切了吧，她知道我爱吃什么样的。顺便再买点金针菇……”

魏宇澈打断她：“你别太过分，我是甲方，不是厨子。”

“啊，我知道了。”梁舒点了点头，露出些许歉意的表情。

魏宇澈见了，又忍不住反思，是不是自己刚才的语气太不好了。

没一会儿，梁舒犹犹豫豫地开口：“那你能不能再买点干碟，要有芝麻和花生碎的那种。”

魏宇澈实在是没忍住，冒着被她嘲笑丑的风险，翻了个白眼：“谁伺候你啊。”

说着，他拿了钱，走到她旁边，又顿住脚步，没好气地问：“还有什么要吃的，快点说。”

梁舒笑了下，摸着下巴正思考着，大门就被叩响了。

“谁啊？”她问。

“那个……您好。”有些稚嫩的女声传来，语气里透着些拘谨，“请问，您这里是要招工吗？”

“对、对、对。”梁舒答着，走去开门，魏宇澈跟在她旁边。

门外，一大一小两个身影站在那里，小的还背着书包，手被旁边的姐姐紧紧地攥着。

两个人都昂首挺胸，垂在身侧的手紧紧地贴着裤边，板正得像是学校宣传片里的升旗队员。

大的那个眨巴着眼，嘴唇有些颤抖，忐忑道：“您……您好，我是来应聘的。”

四方瓦片包围呈现出一块橘红色的漂亮锦缎，镶着的柔软白云飘浮着缓慢流淌。

没有汽车鸣笛，没有人声熙攘，这里的空气透着一种宁静、祥和。

魏宇澈拎着茶壶，倒了杯茶，又缓了声，蹲下来问：“小朋友，你要喝什么呀？”

小朋友有些慌张，摇摇头：“不用了，谢谢叔叔。”

魏宇澈也没坚持，他看得出来这两个姑娘都拘谨：“行，那你要是有什么想喝的，再跟我说，好吗？”

他直起身，将茶壶放回桌上，跟梁舒说：“那我先去买东西了。”

梁舒点点头，叮嘱他多买一点。

“我晓得的。”

院门被关上。

梁舒靠在椅子上，姿态放松地问：“你还记得我吗？”

程招娣端着茶杯，点了点头，挤出的笑容有点僵。

“没事，别紧张。你是从孙姨那儿知道我的吧。”梁舒声音平缓。

程招娣点了点头。

“知道我这儿是做什么的吗？”

她摇头。

“那你也敢过来？”

程招娣：“孙奶奶说你是个好人。”

梁舒：“所以你就信了？”

程招娣抬起头，夕阳洒下柔和的橘光，将梁舒的脸照得朦胧又梦幻，像是电影海报上的明星。

程招娣思考了半晌，老老实实地说：“因为你长得好看，我觉得你应该不是坏人。”

梁舒没想到会是这样一个答案，她笑起来，漆黑的眸子里泛着光：“以貌取人可是很容易上当的。”

程招娣脸上显露出窘迫，不知道该如何回答。

“这是你妹妹？”梁舒看出她的紧张，转移话题。

“对，溪溪，叫人。”

程溪抬起头，脆生生地叫了声：“姐姐。”

梁舒纠正她：“你应该叫我阿姨。”

程溪摇头，依旧说：“姐姐。”

程招娣：“对不起，我妹妹她年纪小，不是很懂事。”

“没事。”梁舒笑着，示意她不用紧张，“妹妹叫什么啊？”

“程溪，溪水的溪。”程招娣说。

“很好听。”

“是，这是我妈取的。”程招娣摸了摸程溪的脑袋。

梁舒拍了拍手掌，神出鬼没的小梨花钻了出来，见到生人又立马跑走。

“啊，小猫。”程溪惊讶地叫出声。

“去找它玩吧。”梁舒笑着说。

程溪看了眼程招娣，得到姐姐的允许后，才放下包，去走廊里追小梨花了。

梁舒说：“我听孙姨一直叫你汀汀。”

程招娣愣了一下，点点头：“对，我的小名，也是我妈取的，本来我是要叫程汀的，但是……”

她话没说完，但理由并不难猜，尤其是她现在的名字还这么特殊。

梁舒：“那我也叫你汀汀好了。我先跟你自我介绍一下，我叫梁舒。至于工作，你也看到了，是做竹刻的，你应该对这个不算陌生吧。”

程招娣点了点头。上林有不少人家做这个，她见过，只不过大部分店面在景区里，很少有人会留在这里做。

“好，我招人的主要目的，就是给我打打下手。当然，这只是一个笼统的说法，严格意义上来说，我想要收徒弟。”梁舒正色道，“我想收你做学生。”

这件事显然超出了程招娣的认知范围，她顿时局促起来：“可是我什么都不会。”

“这不是问题，汀汀。”梁舒咬字很慢，“学生本来就是要跟着老师学的。你不会，是应该的，不然也没必要认我做老师了。”

程招娣垂着头，不知道在想些什么。

梁舒继续说：“相信你也看了不少人做这个，你应该知道这一行比起天赋，更要能下苦功夫。我也不是什么慈悲的大善人，你做得不好，我一样不会留你。”

“我……我真的可以吗？”

“是什么可以呢？如果是你可不可以来，那当然，因为你现在就在这里了。如果是问你可不可以做竹刻，”梁舒顿了顿，“我都可以，你又为什么不行呢？”

程招娣抬起头：“姐姐，您能跟我说说我需要做什么吗？”

“就是做学生的那些事。准点上课，完成作业。”梁舒说，“另外，我希望你能住过来。”

“什么？”程招娣有些惊讶。

“怎么？做不到吗？”梁舒故意蹙眉，“竹刻必须出早功，每天早上五点二十分开始。住在这里，我才方便带你一起。”

“我五点二十分准时到也不可以吗？”

梁舒按照自己的计划继续提问：“为什么？你是有不能在这儿住的理由吗？”

程招娣犹豫了一会儿，老实说：“我妹妹还小，我如果走了，她一个人弄不来的。”

“我还以为是什么事，那就把她一起带来吧。”

程招娣“啊”了一声。

“你一个人住一间房，跟你们俩住一间房，没有任何区别。”

程招娣的眼睛一点点地亮了起来。

梁舒气定神闲地端起凉掉的茶，啜了一口，遮住嘴角得逞的笑意。

啧啧，怎么说都还是小朋友啦，真好摆平。

“当然了，伙食费、住宿费这些，我会从你的学徒工资里扣。”她放下茶杯，继续补充道，“毕竟我是收学生，不是做善事。”

程招娣不仅没有感觉失望，相反眼里光芒更盛。

梁舒乘胜追击：“试用期半年，每个月工资四千五百元，扣掉房租和伙食费，每个月三千元。这个价格你能接受吗？”

“三……三千元？”程招娣有些迟疑。

“嫌少了？”梁舒说，“中间有考核的，做出的成品只要过关，就可以放上货架出售，赚的钱归你自己。如果表现得好，会给你涨工资。”她语重心长，“现在钱是不多……”

“不是，是您给的钱太多了。”

梁舒愣住：“啥？”

程招娣认真地说：“像我在孙奶奶那里，一个月大概是八百块钱，这都是中上水平了。我有同学在理发店当学徒，一个月才二百元。还有房租，我们现在租的房子就在小学边上，一个月平均下来也才不到五百块钱。”

梁舒不知道说什么好，一方面她震惊于上林的物价，这么多年过去居然没涨多少；另一方面，她震撼于这姑娘的实诚。

从来都是要提高薪水的，这种反向还价，她还真是头一回见。

她咳了咳：“哦，我这也是听说的。”

程招娣小脸严肃，略一思索后，点了点头，断定道：“嗯，那您应该是被骗了。”

梁舒：“……”

“谁啊？谁被骗了？”对“骗”有特殊识别技巧的魏宇澈，拎着大小袋子问。

梁舒：“没你的事，回厨房去。”

“哦。”魏宇澈慢吞吞地应了一声，从袋子里摸出一根棒棒糖递给蹲着的程溪，笑着说，“喏，小朋友，给你。”

程溪跟小梨花相处融洽得很，这会儿也不像刚来时那般戒备了，脸上扬起笑，接过糖：“谢谢叔叔。”

“不用谢。”魏宇澈起身往前走，又递给程招娣一根。

程招娣慌忙摇头拒绝：“我不要，谢……”

魏宇澈将糖塞到她的手里：“拿着吧。”

他眸子很亮，散漫的样子有种说不出的温柔，语气随意：“糖果本来就是给小朋友的。”

“我去做饭了。”他跟梁舒打了个招呼。

“腌肉的时候少放点辣椒。”

“知道了。”

梁舒扭过头来看程招娣，她正盯着手里的糖发呆，不知道在想什么。

梁舒清了清喉咙说：“那这样吧，一个月两千元，鉴于你现在年纪还小，我每个月帮你存起来一千元，剩下的一千元由你自己支配，这样行吗？”

跟四处打零工来比，这种待遇已经足够叫人惊喜了。

程招娣感觉自己被幸运之神选中了，像是中了一百万元一样。而不同的是，这比一百万元更真实。

但很快，她又冷静下来："我能问问，您为什么选我呢？"

是听说了她的故事而同情她，想要拉她们一把吗？

程招娣觉得难过，她并不想这样。

因为自己的事浪费别人的金钱和时间，给别人添麻烦，这是不好的。

梁舒说："我也不瞒着你，这招聘启事贴出去好多天了，一直没人敢来。所以我就告诉自己，第一个来应聘的，不管好赖，我都一定收下，而你就是第一个。"

"如果你真的要我给出一个选你的理由的话，"梁舒将声音放缓，笑起来，"那大概是因为你运气好吧。"

明明她没有说什么煽情的话，但程招娣突然感觉鼻子酸涩起来，眸中笼罩了一层薄雾，视线模模糊糊的，不确定地问道："我运气好吗？"

"当然。"梁舒肯定地说道，"难道做我的学生不算一件好事吗？"

程招娣赶忙摇头："不是，不是，呃，不对……呃，我的意思是，不是不算好事。"

"行，那我们就这么定下来了。"梁舒摸了摸肚子，"我都饿了，你们留下来一起吃饭吧。"

程招娣的第一反应就是拒绝："不了，我们……"

"行了，别客气了。"梁舒走到炉子旁，转身问，"烧炉子你会吗？"

"啊？"程招娣有些摸不着头脑。

"怎么？你以为来这儿是做客的？"梁舒掀开盖子，深处炭火还泛着些火光。

她拿把火钳在炉子里搅了搅，头也不抬地说："等明天帮你们搬了东西过来，这儿以后就是你们的家了。"

程招娣愣在原地，感觉心底有一根针带着细细的线，若隐若现，似乎将什么东西缝了起来。

她环顾院子，有种恍惚的不真实感。

以后，这里会是她们的家吗？

夜色覆盖院落，中间炉火旺盛，锅上的五花肉滋滋地往外冒油。

魏宇澈拿生菜卷了肉，放在程溪的盘子里，轻声说："尝尝？"

"谢谢叔叔。"程溪道了谢，拿起来有样学样地往嘴里塞。一口下去，她的眼睛就更亮了一点，脸上明晃晃地写着"好吃"两个字。

魏宇澈看了眼梁舒："你不介绍一下？"

梁舒夹着肉，蘸了干料，说："面试成功了，以后她就是我的学生。明天我帮她们搬家，以后这边的房间就给她们住了。"

魏宇澈："你真收徒啊？"

"那不然呢。"梁舒嘴里嚼着肉，"我可是很认真的。"

魏宇澈看向姐妹俩："你们叫什么名字啊？"

程招娣连忙放下筷子，说："她是我妹妹，叫程溪，溪水的溪。我……我叫程……"

"她叫程汀。"

程招娣愣了一下，但见梁舒伸出手，点了点她和妹妹，说："程汀，我的徒弟。程溪，我徒弟的妹妹。"接着，她又转回到魏宇澈这儿，"魏宇澈，我的助理。"

"是领导。"魏宇澈纠正道，"我是她的甲方，老板。"

"你要脸吗？对着小朋友还吹牛。"梁舒说，"程汀，你可千万别被他唬住。"

程招娣，不，程汀。

程汀觉得耳朵热热的，眼睛也热热的，大着胆子点了点头。

"你讲话真难听，什么就是我吹牛唬人了。我好歹还是你的甲方呢。"魏宇澈强调道。

梁舒丝毫不为所动，淡淡地说："肉要焦了。"

魏宇澈赶紧拿夹子给肉翻面，转眼就忘了自己甲方的身份，在烟火里忙活着。

吃完饭，程汀帮魏宇澈收拾桌子。

魏宇澈伸出胳膊拦住她："我来就行了，你去歇着吧。"

"不、不、不。"程汀拒绝道，"我不是客人，我是……是……"她有些羞于启齿。

"我知道，她让你把这儿当家是吧？"魏宇澈笑了一声，朝她身后抬了抬下巴，“那你看她。”

程汀看去。

梁舒抱着小梨花，正躺在院里的摇椅上，旁边的程溪咯咯地笑，帮她摇着躺椅。

小梨花受了惊吓想跑，却被梁舒死死抱住，从挣扎到放弃，干脆死死地贴在她的胸口。

“溪溪，你慢点，小猫咪没晕，我都快吐了。”

程溪的脸蛋红扑扑的，眼里跃动着兴奋的光：“好的，大姐姐。”

魏宇澈身上系着围裙，从上次的田园风被嘲笑后，他强烈抗议，梁舒又给他重新配了条美少女战士的粉色款，穿他这大高个身上，颇为割裂。他端起装了碗筷的盆说：“行了，把这儿当家，你就一起过去玩，那样她才会更开心一点。”

明天是周五，程溪还要上学。梁舒眼看着时间差不多了，叫了魏宇澈一起送她们俩回去。

“不用了，我们住得不远。”程汀怕给他们俩添麻烦。

梁舒：“再跟你说一条，在这个家里，我是绝对的领导者。跟我作对，结果可是不怎么好的哦。”

程溪小朋友不懂大人之间的话，脆生生道：“什么是绝对的领导者？”

梁舒蹲下身子：“就是说呢，我是你跟姐姐的领导，我说的话就是最管用的。”

程溪眨巴眨巴眼睛：“比老师还管用吗？”

“嗯，你可以这么理解吧。在学校呢，老师最管用。出了学校，我最管用。”

“我知道了，我要听姐姐的，姐姐要听大姐姐的。”程溪懵懂地点了点头。

“真聪明。”梁舒摸了摸她的头发，“好啦，现在大姐姐要送你们回去啦。”

程溪重重地点头，抓住程汀的手：“回家咯。”

三个人并排走着，魏宇澈落在了后面。

程汀看了一眼魏宇澈，压低声音问：“梁老师，他是……是……”

她憋了半天，找到一个合适的词，“是师公吗？”

“啥？”词语有些陌生，梁舒反应了一会儿，哭笑不得道，“不是，他住隔壁院子的，我们是甲乙方。”

看程汀没怎么明白的样子，梁舒又解释说：“简单来说，他在我这里定了竹刻，我呢，要把东西交付给他。”

程汀点点头——原来刚才他没吹牛，他真的是老板。

但是，她又想到刚才魏宇澈系着美少女战士的围裙端盆洗碗的样子。

这个老板好像更怕梁老师。

目送两个小孩进了门，梁舒也跟魏宇澈放心地回去了。

“明天把仓库对门的那个房间收拾一下，正好给她们俩住。”梁舒说。

魏宇澈点点头，又顿住：“谁收拾啊。”

梁舒轻飘飘地看他一眼，答案不言而喻。

“又是我？”

梁舒拍拍他的肩膀：“以后程汀也会为你的屏风出一份力的。”

意思是，这也是他应该参与的部分。

魏宇澈已经被这种逻辑洗脑了，这次很快地就说服了自己。

“梁舒，你是从什么时候开始的？”

“什么什么时候开始的？”

“别装了。”魏宇澈说，“我还不知道你为什么招程汀吗？”

梁舒理由充分：“没人呀。多少天了，就她一个胆子大的。她运气好，凑巧了。”

“你别扯了。”魏宇澈看着她，“从第一次带我去吃面那次，是不是？”

梁舒装糊涂，摇头说：“听不懂。”

魏宇澈快跑两步追上她：“从那次，你就想帮她了，之后拽着我去赶集，给孙姨结账，也是去了解情况的吧？招人也是这样决定的，那些奇奇怪怪的招聘条件不是不会写，也不是故意刁难，而是每一条根本就是照着程汀写的。

“菜市场里招聘启事被盖掉是常事，尤其你这写得还这么莫名其妙，就算不被盖掉，也会被城管撕掉。之后你在孙姨跟张老太那里各放一份，说是让她们俩都给你做担保，实际上你又悄悄去把张老太的那份给收回了。这样一来，能看到那张纸的人就只剩下面馆的。普通人来吃饭，肯定不会注意这毫不相干的东西，但程汀不一样。”

所以梁舒不着急，甚至感觉根本不想招人——她就是提前计划好了。

至于程汀，她需要钱，看到自己刚好够得上条件，又有孙姨做担保，一定会大着胆子来试试。

“这根本不是什么凑巧，而是你故意的。”

不是什么高明的技巧，他相信，要不是因为程汀还是个未成年的小孩，一定不会上她的“当”。

梁舒并没有流露出什么恼怒的神色，而是淡淡地反驳道：“你想多了，别瞎说。”

“我知道。”魏宇澈从她的反应里更加肯定了自己的猜测，“我不会乱说。”

——尤其是在程汀面前。

尽管才打了几个照面，但他已经能够看出来，程汀这姑娘不爱给人添麻烦。

要是让程汀知道，梁舒为了她大费周章，指不定要羞愧、内疚成什么样子。

梁舒摸出钥匙开了门，转身对魏宇澈说：“我回去了啊，记得明天来收拾房间。”

“等一下。”

“怎么了？”

魏宇澈走到她跟前，摊开手掌，上面躺着个花里胡哨的小袋子。

梁舒没看清，问：“这什么？”

“糖。”魏宇澈的耳朵有些红，视线移到一旁，嘴上漫不经心，“买的时候多拿的。我又不是小朋友了，给你吧。”

夜深了，整个街巷都已入睡，空气中响起几声犬吠，隔空对垒一般。

梁舒笑出声：“多新鲜哪，我不也不是小朋友了吗？”

魏宇澈看着她，脸上露出很多年前的那种表情——恼怒，窘迫。

他将糖果狠狠地塞回兜里，动作有种泄愤的意味。

梁舒一头雾水，不明白发生了什么。

魏宇澈抬起头，耳朵绯红，气急败坏："梁舒，你把我气死算了！"

梁舒梦到了以前。

可能是因为回来了，磁场契合了，那些曾经因为时间而变得模糊的记忆，虽在梦里被打乱，却越发清晰。

尽管依依不舍，她还是按照生物钟，在熹微的晨光里睁开了眼。

屋内昏暗，窗帘被吹得贴在窗沿上，铁撑子撑着的木头窗，在风里发出嘎吱的声响。

小梨花用爪子盖着眼睛，睡在她的枕侧，发出轻微的呼声。

梁舒洗漱完下了楼，按照每天的日程，练习早功，喝茶，看书。

六点钟，隔壁院子传来声响。

梁舒坐在椅子上，端起茶杯喝着茶，翻过一页纸。

十分钟后，茶杯见了底，魏宇澈也跨上了矮墙。

梁舒说："你就不能正经地走大门吗？"

魏宇澈打了个哈欠，慢悠悠地下来，有种遛鸟老大爷的松弛感："那多麻烦啊，出门转弯再进门的。"

梁舒看他："哟，新衣服啊。"

魏宇澈穿了件深灰色衬衫，款式依旧宽松，却没了花里胡哨的图案和 V 领，只在胸前口袋处镶着一小片白色的细花纹真丝。

"前几天买的，怎么样？够低调了吧。"

魏宇澈已经穿了很长时间的旧衣服，闲下来后，打电话远程指挥家里的阿姨寄了大包小包过来。

梁舒忍了好几天他的时尚潮男风，最后忍无可忍地告诉他，过来帮工，大可不必穿成 T 台走秀的样子。那些高调限量版的衣着适合待在秀场和三里屯，而不是充斥着油烟的厨房。

魏宇澈深以为然，前几天又下单了好多件他认为低调的服饰。

梁舒勾了勾嘴角，将书合上，吩咐他说："去买早饭吧。多买点，别忘了今天要打扫房间，还得帮程汀收拾东西。"

"这你放心。"魏宇澈得意扬扬，"我有超能力。"

梁舒敷衍地笑——

都什么年纪了，还搞这一套。

七点钟，春回商店隔壁的启东姨拎着一整套工具上了门，声音洪亮：“舒舒，是哪间房要打扫啊？”

梁舒这才明白过来，原来魏少爷嘴里说的是“钞能力”。

下午四点，上林小学，程汀姗姗来迟。

程溪正乖乖地蹲在小卖铺门口的长凳子前写着铅笔字。她今天刚学会写自己的名字，“溪”字笔画多又复杂，写着写着就变了形，她每写一笔，都要翻回到老师写的例字那儿看看。

程汀跟面馆辞了工作，又同房东奶奶打好招呼说自己要搬走，把事情处理好，就立刻赶过来了。

“对不起啊，溪溪。”她喘着粗气道歉。

“没关系。”程溪将铅笔和橡皮收起来，跟本子一起放到书包里。

程汀抓住程溪的手：“走吧，我们回去。”

程溪睁着大大的眼睛问她：“我们明天就要搬家了吗？”

程汀拿起书包，让程溪自己背上：“是啊，我们要去跟昨天那个大姐姐一起住了。”

程溪脸上露出笑来：“好，我喜欢大姐姐。”紧接着她又补上，“但我最喜欢姐姐了。”

“就你精。”程汀拍了拍她的头。

依然是熟悉的街道和樟树，枯燥得一成不变。程汀却清楚地感觉到有些东西不一样了。

一辆陌生而奇怪的车停在院门口，程汀带着妹妹绕过去，就听见一阵吵架声。

“你是不是有病，你这车能装什么？”

“可我就开了这一辆车回来啊。”

“还不如我骑摩托呢。”

“你别吹牛了，就你那两人座，两个小孩都带不走，还带什么行李啊？”

“你这不是两人座？”

“双门四座，你懂不懂啊？”

“魏宇澈，那你告诉我，行李放哪儿，啊？”

“塞一塞肯定可以的。”

梁舒还想骂人，余光瞥见程汀，神情一顿，语气陡然缓和：“你们回来啦？”

程汀走上前叫了人：“梁老师、魏老师。”

程溪则更干脆一点：“大姐姐、叔叔。”

魏宇澈本来心里还因自己也能得到一句“老师”而美美的，结果发觉自己在程溪那里竟然差着辈，便得意不起来了。

“溪溪，你叫她姐姐，怎么叫我叔叔呢？”

程溪一双大眼睛里满是迷茫：“就是姐姐跟叔叔啊。”

梁舒：“行了，魏宇澈，你都快三十岁了，还不服老呢？”

魏宇澈：“我再澄清一次，我才二十五岁，没有三十岁。”

梁舒：“我也再说一次，四舍五入，小学数学。”

“那你怎么不四舍五入？”

“傻了吧？我今年二十四岁，得舍。”

魏宇澈：“……”

“好了，不跟你贫嘴了。”梁舒及时打住，“汀汀，你们的东西收拾好了吗？”

程汀点点头：“其实我们可以自己搬过去的。”

她们俩刚搬到这边来没多久，东西本来就不多，也没什么好收拾的。

“我们顺便。”梁舒将袋子里的雪糕拿出来分给她们俩，不给她质疑的机会，使唤道，“魏宇澈，快去帮忙。”

魏宇澈走到程汀身边：“走吧，你梁老师都发话了。”

程汀点点头，将雪糕拿给程溪，自己跟魏宇澈一起进了屋子。

“魏老师，梁老师她很能赚钱吗？”

魏宇澈说：“怎么了？怕跟着她挣不到钱啊？”

程汀连忙摇头：“不是，不是，我是怕我会让梁老师失望。”

“难不成你怕梁老师饿死啊？”魏宇澈笑，“你放心吧，你梁老师没那么穷，再说了，还有我呢。”

“你不是梁老师的……”程汀回忆了一下，“甲方吗？”

为什么没钱还能跟他有关系呢？

“梁老师连这都跟你说啦？”

程汀有些慌乱，开始不确定这是不是自己该知道的。

魏宇澈自然也察觉到了，说：“除了甲方，我们俩还是朋友，非常好的那种。”

不知道是不是错觉，程汀本能地觉得这句“非常好”里还藏了些其他意思。

“都忘了问，你梁老师一个月给你开多少钱？”

程汀老实说了。

魏宇澈不敢相信地瞪大了眼睛：“什么？她这么抠？”

“啊？”

魏宇澈露出一副正气凛然的神色来：“不行，我要去找她理论一下，这不明摆着欺负人吗？”

程汀赶紧阻止：“没有，没有，是我自己要求的。”

“什么？你讲价了也才讲到这么一点？”魏宇澈严肃地道，“不行，我要去问问，她是不是真的快没钱了。”

程汀虽然有点蒙，但明白事情是肯定要说清楚的，于是将他拦下，把商议价格的过程和盘托出。

魏宇澈的眼神变了又变：“所以你不是讲价，而是降价？”

程汀点点头，补充道：“梁老师应该是被骗了。”

而照目前的情况来看，魏老师应该也是受害人之一，不然为什么动不动就要找梁老师理论呢？

受害人魏宇澈：“……”

房间里堆了两个纸箱，这就是程汀姐妹俩的所有东西。

魏宇澈轻轻松松地就抱起来一个，感觉轻得有些不可思议。

程汀另外拉了个灰扑扑的行李箱过来，魏宇澈放到车上的时候，险些没拎起来。

“汀汀，你这里面是装了砖头吧？”

程汀笑了笑，有些羞涩。

被安置在一旁的程溪说：“那是姐姐的书。”

魏宇澈一愣，想到她辍学的事情，算算，她今年本来该读高二的。

程汀没什么太大的反应，她把另外一个箱子也拉出来，一起放在后座上。

魏宇澈往前走着没注意，撞到了程溪。

小姑娘正吃着梁舒带给她的雪糕，这下一整块都蹭到了他的衣服上，吓得大气都不敢出了。

程汀也过来，连忙道歉：“对不起、对不起。”

“没事。”魏宇澈拍了拍衣服，又从车里抽了纸巾擦，但那块痕迹怎么都擦不掉。

“我……我赔给您吧。”程汀说。

梁舒：“不用了，汀汀。”

“要的，要的。”程汀坚持。

魏宇澈摇头：“真不用。”

“您告诉我多少钱吧，我记下来，等我赚了钱，一定还你。”

魏宇澈沉默了，他不忍心告诉她，她现在的工资还不够这件衬衫的零头。

“没事，他这件衣服本来就不要了。”梁舒睁眼编瞎话，“特地穿来给你搬家的。对吧，魏老师？”

魏宇澈除了点头，也没有别的办法。

场地实在有限，将后排东西排列组合了好一会儿后，梁舒跟程汀才算是顺利地将自己塞到了座位上。

梁舒叹气：“魏宇澈，你以后还是换辆大点的车吧，我可不想以后咱们一起出门，还总要挪动座位才能进来。”

魏宇澈系好安全带：“知道了，别念了，马上就换。”

程汀不认识什么牌子，但是在看到车顶缓缓收起的时候，后知后觉地意识到，这大概就是电视剧里说的“敞篷车”。

“走咯，回家。”

马达发动，风在耳边呼啸，吹乱头发。

程汀不自觉地闭上眼，深深地吸气，生活真的会变好吗？

耳边传来梁舒暴怒的吼声："浑蛋，把篷升起，我的头都快被吹秃了。"

程汀不自觉地露出笑容。

她想，她已经知道答案了。

第六章

♡ · 我们家小姑娘 · ♡

梁舒仔细地算了算自己的钱，得出一个不怎么好的事实——照目前的情况下去，她顶多撑到夏天。

原料、工资、比赛基金，还有日常开销，每一笔都无可避免。

前二十几年，她从来没有为钱的事情烦心过，现在倒意外地陷入了这种窘迫里。

她推开窗子，深深地呼吸，借着湿润的空气驱散心头的少许阴霾。

咚的一声，楼下锁舌发出轻响，程汀蹑手蹑脚地从房间里出来，关上门，往后厅里去。

梁舒看了眼手表，四点五十三分，距自己给她定下的起床时间还有一会儿。

楼下，程汀拉开厨房的玻璃门，一边打着哈欠，一边挽起袖子，放水洗了锅胆，又预备去淘米。

梁舒轻轻地敲了敲门，接着才走进去，问："做什么呢？"

"我做点早饭。"程汀惊了一瞬。

她头发都还乱糟糟的，明显是穿好衣服就直接奔着厨房来的。

梁舒问："刚起？"

程汀有些不好意思地点了点头，接着补充："我洗了手的。"

原以为到了陌生地方自己会睡不好，但席梦思真的太软，晒过的被子装了阳光，也格外舒服，她一睁眼就已经是这个点了，就想着先来做早饭。

她听在理发店当学徒的同学说，他们都是要帮着师父师娘干活的，这叫懂事、讨欢心。

"没说这个。"梁舒哭笑不得，将她手里的锅拿过来放好，说，"这不是你应该做的。"

程汀有些不知所措："那……那我应该做些什么？"

"你是学生，你的本职就是学习。"梁舒将她推出门，转身将厨房门关好，"这些家务会有人来做的。"

程汀还想争取一下，但看到梁舒的眼神后又㞞了，点了点头，照着指示回去洗漱，五点二十分准时坐在了院里的条桌前。

梁舒煮了壶花茶，给她倒了一盏，然后拿出竹片来。

竹刻在徽州常常会被忽略，其他三雕的名气太大，历史又长，可循踪迹又胜于它。但实际上，竹刻最早甚至可以追溯到甲骨文时期。明清时，徽州新安文化传播影响甚广，徽派竹刻也尤其出名。只是后来手工业逐渐没落，徽派竹刻也几乎失传，虽有几位大师匠人力挽狂澜，却再没了跟嘉定、金陵一较高下的底气。

梁舒简单地介绍了两句，说："刻竹先磨刀，磨刀先辨石。刀对竹刻人来说是没有定式的，单凭心意。当然，讲这些对你来说还太早。你现在只要会用圆头刀和平头刀就差不多了。"

程汀似懂非懂，梁舒明白讲多了也没用，直接将打磨好的刀具递给她："早功的内容非常简单，就是用刻刀在竹片上刻字。先临摹后刻字，先落笔后手法。"

现在初期对她的要求是只要会下笔，能刻出东西来就行了。

梁舒拿出几张约莫五厘米见方的纸片和复写纸，依次盖在竹片上，接着取针笔递给程汀。

"你是初学者，也没有美术功底，初期用复写纸写就算是临摹了。注意，不要漏掉笔画。"梁舒握住程汀的手，描了个偏旁做示范。

"描完后，可以用火稍微地烤一下竹片，确保待会儿的雕刻过程中墨水不会掉。"梁舒声音沉稳，"然后就是取刀。"

梁舒将刀袋平摊开，选出五六把刀给程汀展示："平口斜角割线刀，平面朝内，之后将其他竹皮铲去，字形凸起，这就叫留青刻法。"

这一行讲究的是手上的劲，用刀要匀，切忌过大，从外向怀中刻，避免走刀。

梁舒握住刀，控制速度在竹片上动作着，很快就将墨水部分全部刮去。

临摹、割线、铲底、挑腹、刮面，一整套是嘉定留青竹刻的手法，用来熟悉徽州竹刻的整个流程是再好不过了。

梁舒是头一回做老师，教人刻字，每一步都讲得尽量详细，力图让程汀听懂。

竹刻就八个字"多看、多刻、多学、多想"，听得再多，也不如亲手一试。

程汀尝试自己上手，梁舒也取了竹片，开始自己的早功。

时间飞快地流逝，直到魏宇澈再度懒洋洋地翻过矮墙，打了个大大的哈欠。

程汀一惊，刀口一颤，便在竹片上留下一道明显的口子。

梁舒见怪不怪，她动刀晚，却早已完工，在一旁悠然自得地翻着书看。

“少爷，说了多少遍，走门。”梁舒边说，边去看程汀，教育道，“竹刻就是这样，一刀行错，功亏一篑。”想了想，她又补上一句，“跟做人是一个道理。”

魏宇澈笑出声，看出她为了维持良师人设所做出的一些努力。

梁舒瞪他：“愣着干什么？真当自己是少爷呢。”

魏宇澈不紧不慢地说：“这不是准备着吗？”

梁舒低头：“早功就到这儿，去叫溪溪起床吧。”

程汀“嗯”了一声，将刀放回匣子里，好奇地问：“魏老师也是来做早功的吗？”

“他？”梁舒嗤笑了一声，“他另有任务。”

程汀没听明白，直到领着溪溪出来，看见魏老师系了条碎花围裙，端着小菜和早点放在饭桌上。

白粥煮得软糯、香甜，瓷碟子里摆着切好的腌雪里蕻，煎饺焦黄，底下还有冰花一样的壳连在一起。

“都收拾好了啊？”魏宇澈熟练地在围裙侧边擦了擦手，“来吧，洗手吃饭。”

程汀这会儿才明白，原来梁老师说的“这些家务会有人来做”，原来这个“人”指的是魏老师。

一上午，梁舒都在忙着教学指导，从磨刀到辨石，事无巨细，等到了点，才放程汀出去接程溪回来吃饭。

太厨魏宇澈也早就闲了下来，脸上盖着把蒲扇，往院子边的摇椅上一躺，懒懒地道：“我说你真是的，也不嫌麻烦，第一天没必要把日程排得这么紧嘛。”

这一上午，他除了买菜做饭，其他时间全在一旁边待命，边听她上课了。他也才发现，原来她不使唤自己的时候，自己真的不累。

梁舒跟自己作对实锤了。

“第一天不让她有个大致的概念，以后你让她怎么学？”

“我说，你是真的准备把程汀培养成自己的接班人啊？”

“看她自己的兴趣咯。”梁舒语气轻松，动作没停，“她要是愿意学，那就学；要是不愿意，那我也不能勉强。”

魏宇澈问：“你做什么呢？还不休息？”

梁舒揉着脖子，抬了抬头，语气略带疲惫：“赚钱啊，少爷，你以为呢？”

她手里正拿着一块四方料子，上头已经初具雏形。

“这是？”

“高医生的印章。”梁舒回了句，又拿起刀，“明天就交货了。”

“明天？”魏宇澈十分惊讶，“你做得完吗？”

印章虽小，但要做的工作完全不输大件。而且，正因为体积小，细节方面的刻画就更加费神了。

梁舒手上这个，只能看得出来底下的印面，上面最考验功力的狮子，还只是个毛坯呢。

“你低估了一个竹刻师傅在交货前的潜力，更主要的是，你低估了我。”梁舒抬头，眼神中带着些骄傲。

自砸招牌的事，她从来不会做。

魏宇澈：“好，我知道了。那东西你打算怎么给他？让他自己来取？”

“不知道呢，我问一下他吧。”梁舒放下刀，闭眼捏了捏山根，去拿手机。

魏宇澈凑过来，没两秒就道：“你什么时候加的他的微信？”

“废话，不然我怎么跟他汇报进度？”

“汇报？”魏宇澈按捺不住，“所以你每天都跟他聊天了？”

梁舒摸了摸耳朵，再次强调：“是汇报。”

魏宇澈根本听不进去，嘴唇紧绷：“所以你真的每天都跟他发微信了是吧？”

梁舒说：“这不是应该的吗？”

“可是你都没有每天跟我发微信啊。”

梁舒震惊了：“那是因为你就住我旁边啊。”

魏宇澈冷笑：“懂了，要是他住在你旁边，你也每天叫他来是吧？”

梁舒觉得他铁定是犯病了，她搞不懂他的逻辑，也不想搞懂，索性起身离开：“我还是去吃饭吧。”

不说还好，一说，魏宇澈更来劲了。

他哼了一声：“一遇到问题就跑，你有没有点责任心？”

梁舒忍无可忍，踮脚抬手箍住他的脖子，凑在他的耳边，恶狠狠地说：“你再在这里乱说话，我就把你的头拧下来，信不信！”

魏宇澈原本还在挣扎，听到这话，反向操作，将头伸到她跟前：“你拧，你拧，你拧死我算了，拧死我，和那个死渣男双宿双飞吧。”

“魏宇澈，你是不是有病？”梁舒果然退缩了。

“是啊，我就是有病。”

他有病天天替她操心，有病天天听她使唤，有病关心她还被认为“不怀好意”，有病不被她放在心上，还非得上赶着贴过去。

他越想越气，闭着眼一个劲地往前凑。

刚进门的程汀惊呆了。

只见魏老师侧面对着梁老师的正脸，还在往上凑，看上去像是索吻不成，狂耍流氓。

在她旁边的程溪疑惑地“咦”了一声。

程汀连忙捂住程溪的眼睛，不让她看。

什么都不懂的程溪小朋友脆生生地问：“姐姐，你干吗呀？”

程汀赶忙又去捂她的嘴，再抬头时，原本还抱在一起的两个人已经分开，各自站好。

魏宇澈耳朵通红，脸上摆出一副清风霁月的模样，嘴角挂着浅笑：“回来了啊？”

梁舒站在一旁，双臂环抱，淡定道：“那吃饭吧。”

两个人吵归吵，闹归闹，在两个小孩面前还是要保持成年人的成熟稳重的，不然怎么让人相信自己是靠谱的？

洗手池前，程溪小声地问：“姐姐，刚才大姐姐他们是在做什么啊？”

“他们……他们，”程汀想了想说，“他们在练功。”

程溪更迷糊了。

程汀干巴巴地解释：“就是散打，一种武术。”

程溪眼睛亮亮的："好厉害。"

"所以你要听话，知道吗？"程汀干脆吓唬她，"不听话，可是会挨打的哦。"

"啊？那刚才是叔叔在打人吗？"她瑟缩了一下，想到了些不好的事情，"叔叔好坏。"

"不、不、不。"程汀紧急维护了一下魏老师的形象，"是大姐姐在教训叔叔。"

程溪小小地"哇"了一声，说："大姐姐好厉害，我以后也要跟大姐姐学。"

临近清明，落雨纷纷。伴随雨滴而来的，还有年后的第一个小长假。徽州春意动人，不需要怎么宣传，就能吸引来一大批游客。

上林虽不是景区，但很多在景区里开店的人都明显忙碌了起来。深夜时分，还有车轱辘将石板压得吱吱呀呀响。

梁舒上午给程汀布置好任务后，下午午休起来，就抱着头盔准备出门。

魏宇澈打着哈欠来"上班"，见她戴着头盔，忙问："你做什么去啊？"

"出门。"梁舒含糊道。

"我也去。"

梁舒随手指了指跟出来的程汀："你帮汀汀磨一下刀，她不会。"

她有正事要做，在结果确定下来之前，她还是一个人保守作战比较好。

这样一连过了好几天。

梁舒待在家里的时间越来越少，回得也越来越晚。

魏宇澈有心问她在忙些什么，但往往还没开口，她就已经走了。

不是说好所有环节都要参与吗？怎么叫自己做家务的时候就说是所有环节，现在又不算了？

真是应了那句老话——有事钟无艳，无事夏迎春。

魏宇澈仔细回忆这几天梁舒的表现，越回忆越觉得不对劲，细小的刀片在磨刀石上都快搓出火星子了。

程汀大气都不敢出一下，实在看不下去了，才说："魏老师，这是大斜口刀，您不用把斜面磨得……这么平的。"

魏宇澈“哦”了一声，换了个面，又问：“还有别的刀要磨吗？”

“没有了。”程汀摇摇头，她也不大敢有了。

“这样。”魏宇澈将刀放回桌子上，“我还有些事情，你一个人在家可以吗？”

“我可以的。”程汀重重地点头。每天面对严肃脸的魏老师，她压力也很大的。

魏宇澈嘱托了一番后，就开车出了门，等出了上林才意识到一个严重问题——这么多天了，梁舒从没透露过自己去哪儿了。

工作人员将盖了章的文件递过来，梁舒接过后，翻开仔细看了看，确认道：“这样就可以了是吧？”

“对，出门左拐，直走就能看见工作亭，把东西给值班人员看，那边有人带你去确认。有效期到十月底，到期自动失效，要是想续，提前一个月过来提交个人信息就行了。”

梁舒道了谢，将文件放好，按照指示找了过去。

值班的是个小姑娘，反复确认了好几遍：“是本人哦？”

梁舒点点头。

小姑娘抓了抓头发：“不好意思啊，因为我们这边都是男师傅比较多，所以我有些惊讶。”

“没事。”梁舒表示理解，耐着性子催促道，“请问，我们可以去看场地了吗？”

距下班只剩下十几分钟了，她可不想把这件事再拖到明天。

“当然可以。”小姑娘关好工作亭的窗口，过了一会儿才打开门，坐着轮椅出来了。

梁舒脸上有些惊讶，更为刚才自己的催促感到羞愧。她提议说：“要不然你跟我说下具体位置，我自己去吧。”

“不碍事。”小姑娘笑嘻嘻地摆摆手，“这儿划分得太杂了，你自己去的话，不知道要找到什么时候。”

电动轮椅发动机的声音很轻，梁舒在她身后跟着。

景区的管理严格，尤其是接近旅游旺季的时候，人山人海的，所以提前做好安保规划，就显得尤其重要。

“这边呢，基本上以手工居多，石雕这种的，基本在这儿。”小姑娘兴致勃勃地给她介绍，“我以前没见过你啊，你是本地人？”

梁舒点点头：“本地的，上林人。”

“啊，我知道。”小姑娘随手一指，“这边有个卖徽墨的，也是你们上林的。”

梁舒说了个名字，问是不是他。

“对、对、对。你们认识啊？”

梁舒说：“上林地方小，我们基本上认识。”

“那你认识的人也不少了。”小姑娘说，“喏，这边就是你的位置了。”

梁舒看了看地上画的线，预估了一下距离，问：“这边能接电吗？”

“这个还不大行。电线太多的话，下雨天不安全。我们景区建议大家自己带个小型的发电机，或者用可以充电的照明设备。”

梁舒点点头：“我知道了，谢谢。”

“不用客气。”小姑娘笑笑，“对了，我叫洪桃。”

“我叫梁舒。”

“行，梁舒。你如果有什么问题的话，去工作亭找我就行了。”

“你一直在这边？不轮班吗？”

“轮着呢，除了我，还有两个同事，他们外勤出得多一点。”

梁舒：“不好意思，麻烦你了。”

“不麻烦，我应该做的事。”洪桃摆摆手，夸张地深呼吸一口气，“能出来放风，我应该谢谢你才对。你都不知道，我每天待在亭子里，都快憋死了。”她嘟嘟囔囔地抱怨着，然后一顿，“不好意思，你别介意啊。我们这边跟我同龄的人真的不常见，我没忍住，话就多了点。”

“不会。”梁舒摇摇头，“你很可爱。”

洪桃一愣，接着笑起来：“谢谢，你很漂亮。”

女生之间有一种天然存在的磁场，可以轻易地捕捉到善意。而此刻，两个人的频道信号对上了。

她们掏手机，扫码，同意好友申请。

梁舒将她送回工作亭，这才出了景区。

夕阳西下，给柏油路刷上了一层橘色的漆，鸟雀低低地盘旋在天空，风也不再冷冽、干燥，变得湿润、绵软。

家里没人。程汀的竹刻作业放在桌上，旁边留了张字条，说要带程溪去买书。至于魏宇澈，字条上没提，那辆高调的跑车也没停在门口。

梁舒给他打了个电话，响了很久，没人接听。反正他已经是个成年人了，也用不着自己操心。

一直到夜幕四合，魏宇澈还是没回来。

程汀半夜惊醒的时候，看到院子里的灯亮着，爬起来从窗户往外一看，梁舒还在桌前坐着。

空气里传来虫鸣，细小的飞蚊在灯下打着转。梁舒置若罔闻，依旧拿着刻刀在竹面上稳稳地刻着。

“梁老师，您还不睡啊？”程汀打了个哈欠，问道。

梁舒说：“嗯，快了。”

“魏老师回来了吗？”

话一出口，程汀便自觉问了句废话。梁老师做东西的时候是出了名的一心一意，又怎么会注意到这些呢。

果然，梁舒说：“不知道，我没注意。”接着又叮嘱她，“你快去睡吧，明天还要出早功。”

程汀乖乖地应了声，院落重新回归安静。

梁舒边打哈欠，边看了看手表，万籁俱寂，连秒针走动的声音都变得清晰起来，挑动人的神经。

尖利的刀尖深入笔筒边缘，清除掉细小缝隙间翘起来的竹肌。

事实证明，竹刻是最能检验一个人是否浮躁的工具。譬如此刻，梁舒的效率就前所未有地低。

她放下刀，对着灯将手中的笔筒举起，告诫自己心要静，可看着看着，又不知道走神到哪里去了。

她就这样等了很久，门外终于传来脚步声，又沉又闷，却让她长长地松了口气。

“祖宗，你轻点，要是吵醒了姑奶奶，我们俩都别想好过了。”

回应这话的是一声冷笑。

钟灵阳十分头大，魏宇澈下午突然到店里，风尘仆仆的，面色不善。他要了酒自己喝，也不跟人说话。

自己只是问了句“梁舒怎么没来”，这祖宗就炸了，先说梁舒跟他没关系，说她爱去哪里去哪里，又说她反正也不会在乎他们这帮人，语气怨恨又委屈，还勒令他们都不准跟她说自己在这儿。

他嘀嘀咕咕地念叨了一下午“梁舒没良心”，从小时候告状到长大了不告而别，顺带展示了手上因为做饭被热油烫到的、几个已经快好的伤痕。

钟灵阳全程云里雾里，根本不知道发生了什么。

之后，梁舒的电话打来，魏宇澈不接，也不回拨，等了两小时，没了下文，冷笑着指责她不诚心。

酒劲上了头，他还不知道打了哪里的电话，叫人送了台钢琴来，之后弹的曲子，一首比一首悲苦。

钟灵秀不关心他发什么疯，看着发票单子金额处的那一串零，都快晕过去了。

好不容易挨到了夜里，钟灵秀好不容易才把这祖宗骗出门，送了回来。

钟灵阳一口气还没叹完，魏宇澈就又出幺蛾子了，脚步一拐，溜了。

他跟在身后，急忙道：“不对，不对，这儿不是你家，你怎么拐到这儿来了？”

魏宇澈坐在门楼台阶上，双手撑着脸，眉头紧蹙，任钟灵阳怎么拉，也不肯起来。

“你家在隔壁，咱们回去行不行？”钟灵阳急得冒汗，劝他。

然而，魏宇澈丝毫不为所动，他沉默着，像是生长在这里一般，伸出手指做了个噤声的动作，哑着声音道：“嘘，别吵到她。”

谁？

钟灵阳忍不住回头看，只见到无穷无尽的黑暗，忍不住打了个寒战，头皮发麻：“祖宗，你可别吓我啊。”

他还得一个人回去呢。

紧闭的大门突然发出一声刺耳的尖叫，就在头顶上方盘旋，钟灵阳觉得心仿佛被揪了起来，大气都不敢出一下。

"吵死了。"梁舒蹙着眉，语带嫌弃。

钟灵阳抬起头，露出些许劫后余生的喜悦："啊，梁舒啊。"

钟灵阳突然觉得这姑奶奶也不是那么不好惹，起码她是人啊。

"怎么回事啊？"她低头，只看到魏宇澈毛茸茸的头顶，"喝酒了？"

钟灵阳："何止啊，我劝了好一会儿，他就是不肯走。"

魏宇澈也不动弹，就这么坐着，看得出来是真的喝多了。

钟灵阳试探着说："我姐还在等我回去收拾店呢，你看，要不……"

"你回去吧，别让她等久了。"

钟灵阳如蒙大赦，骑上小电动车，嗖地一下就走了。

梁舒弯下腰推了推魏宇澈："喂，回去发疯，别吵到汀汀。"

魏宇澈抬起头，迟疑道："梁舒？"

她直起身，环抱手臂，冷嘲热讽："是我，怎么？心虚了？"

魏宇澈站起来，就算是在台阶下，也还是比她高出一截。他漆黑的眼珠犹如点墨，映出皎洁的月光，有怀疑，也有期待，一字一字，说得很慢："真的……是梁舒吗？"

梁舒摇摇头，一本正经地胡说："不是，我是你姑奶奶……"

魏宇澈毫无征兆地张开双臂，双手环绕，将头搁在她的颈窝，清新的皂味迅速袭来，将她整个人包围。

梁舒僵立着，大脑一片空白。

风声在此刻静止。

男人的呼吸洒在她极为敏感的脖子上，那里跳跃着的动脉关系到性命。

梁舒分不清此刻自己的心跳是因为紧张还是悸动，一种从未有过的感觉将她包裹着，让她觉得自己像是个失去指令的提线木偶——短得有些扎人的头发、温热的眼眶、高挺的鼻子、柔软的嘴唇，眼睛见不到的所有都在以另外一种感觉强调着存在感。

耳边传来一声叹息，惆怅、满足，似乎还有些后怕。

"我终于找到你了。"

相贴合的皮肤传来奇怪的触感，湿湿的、温温的。

混沌中杀出一丝清明，梁舒听见一道声音，僵硬又干涩，陌生得让她不敢确定是她自己发出的。

“魏宇澈，你……”

是哭了吗？

大二开学还没一周，梁舒就走了。

她错过了跟小伙伴们一起长大的五年，也错过了魏宇澈的“长进”。

而眼下是她第一次面对喝醉的魏宇澈。

跟平时的聒噪比起来，现在的他沉默得像是另外一个人。

身下是柔软的被子，魏宇澈的手掌火热，贴着她的腰侧，隔着薄薄的衣料细细摩挲着，就像是眷恋。

她的手撑在他胸前稍稍使劲，想将人推开，却是徒劳。

魏宇澈的眼睛紧闭着，眉头皱成一团，明显是在装。

“魏宇澈，别装死，把手拿开。”

他喉咙里发出一声类似幼兽的嘤咛，脸色泛红中又透露出一种脆弱的味道。但他的胳膊一寸寸收紧，衬衫撑得鼓鼓的，小臂上青筋凸起，有种说不出的好看。

梁舒的脸上写着两个字——无语。

早知道刚才就让他在门口睡觉算了，干吗费劲把他扶到楼上来。

果然，这年头当好人都没什么好下场。

随着距离的拉近，他的脸也贴了过来，呼吸声变得更加清晰。

她有理由相信，只要自己稍稍转头，就一定会跟他亲上。

梁舒深深地吸气，太阳穴一跳一跳的，已经忍耐到了极限，眼角的余光瞥见魏宇澈连装都不装了，瞪着眼，目不转睛地看着她。

他舔了舔有些干的嘴唇，眼神锐利得像头捕食猎物的狼，声音低沉：“去哪里了？”

“没去哪里。”

魏宇澈绷着脸，神情有些冷，语气里却流露出委屈：“为什么不理我？”

“没有啊，我是在干正事。”梁舒解释说，“不然饿死怎么办？”

“不会。”魏宇澈收紧了手，“有我。”

梁舒真的非常不习惯现在这种样子，尤其是自己快得要命、无法忽略的心跳，让她有一种事情即将脱离掌控的不安感。

她无奈地道："我快被你勒死了。"

醉鬼魏宇澈这次退步了，稍稍地往上抬了抬胳膊，梁舒总算觉得呼吸顺畅了一些。

"这是什么？"他碰到她的口袋，里面是硬硬的一块。

梁舒将东西拿出来，是一块雕刻成猫咪形状的竹片。

"是小梨花吗？"魏宇澈凑近了看。

"嗯。"梁舒说，"用你买回来的那根竹子做的。"

天晓得他是什么眼光，两百块钱的料子，就只有这么一小片能用的，她想做点别的送他都不成。

魏宇澈将钥匙扣举起来，对着天花板的灯光仔细瞧。

他的侧脸线条很漂亮，骨骼饱满，鼻子高挺，褐色的眸子被照得越发剔透，脸颊上的红跟耳朵晕在一处，像朵盛开的海棠。

就在梁舒尝试着溜下床的时候，魏宇澈又贴了上来。

"谢谢。"他握紧钥匙扣，将头搁在她的颈窝，呼吸炽热，"我真的特别喜欢。"

梁舒的心，跳得更快了，然后一点点地往外挪动，嘴上安抚道："你喜欢就好。"

可魏宇澈就跟自带雷达似的，但凡梁舒距离他超过一臂远，就一定会被拎回来。

几次下来，梁舒放弃了。

她破罐子破摔地搂住他的腰，将脸埋在他的胸前，耳朵绯红，恶狠狠地道："魏宇澈，你明天早上醒来，要是再跟我这样，你绝对会吃我一记铁锤。"

魏宇澈没有再说什么，第二天他睁眼的时候，已经日上三竿了。手机没电，窗外飘来饭菜的香味提醒着他——时间已经不早了。

床边放了杯水，他端着一饮而尽，干得快冒烟的嗓子总算缓和了些。

脑子糊成一团糨糊似的，但这并不妨碍他认出这是哪里。

涂着黄漆的木头窗框已经开裂，用铁丝绑着，在风里来来回回，发出嘎吱响。角落里落地的竹子书架，最上层中间还摆着梁舒小时候的照片。

被子一半都被踢到了床下，衬衫上下的扣子都开着，就中间欲盖弥彰般系着一颗，上面还有些划痕，似乎是指甲印。

昨天的记忆一点点被唤醒，从他漫无目的地在大街小巷游荡，直到车子没油，扔在路边，接着步行到了探海。

再之后就是他被送回来，在梁舒面前发了疯。

魏宇澈表情严峻，昨晚说的每一句话，他都记得清清楚楚，不仅如此，大脑似乎是察觉到了他懊恼的情绪，正在将每句话循环播放着。

为什么喝酒断片这种“超能力”不能让他拥有呢？

他小心翼翼地下楼，保不准程汀还在楼下呢。这要是让小孩看见了，指不定会脑补出什么来。

他是不在乎，但梁舒可就说不准了。昨晚他才惹了她，今天还是谨慎些好，不然被她暗暗地判了自己死刑，他都没地方哭去。

魏宇澈踮着脚下楼，短短的两段楼梯，硬是走出了过红外线警报阵的架势。

院子里没人，他稍稍松了口气。

“狗贼。”

梁舒送了他结结实实的一脚，力度不大，但他本能地膝盖一弯，差点又给她跪下。

“梁舒，你做什么！”

梁舒捧着一杯水，理所当然道：“有人喝酒发疯，我这是替天行道。”

“我昨晚发疯了？”魏宇澈蹙眉做出为难的样子，“啊，我怎么都不记得了。真的是我吗？”

梁舒一眼就看出他在瞎扯，拔高音量：“不是你，还能有谁啊？”

“嘘，姑奶奶，你小点声行不行？”

这要是被俩小孩看见自己挨训，他“魏老师”的形象还能保住吗？

“这会儿知道偷偷摸摸了？”梁舒冷笑，“谁昨晚坐在门口号叫的？”

魏宇澈皱眉反驳：“你别乱说，我昨晚说话明明很小声。”

“呵。”梁舒冷哼一声，轻易戳穿，“这不是记得吗？”

大意了。

魏宇澈摸了摸鼻子，还在挣扎，说："其实也不是非常清楚。"

梁舒伸出两根手指强调："两次。"

"什么两次？"他没反应过来。

"约法三章的第二章，三次机会，你用掉两次了。"

"怎么是两次呢？"

"昨天下午擅离职守，今天上午有故旷工，正好两次。"

"你算得也太细了吧，这明明是一件事情啊？"

"细？我还没往细了数呢。昨天下午擅离职守，今天上午缺席早饭、刮青、晒材……"

魏宇澈伸手，表情严肃："打住，两次。"

梁舒微笑，将他的手拽下去："谢谢魏总理解，还剩下最后一次机会，希望您好好珍惜。"

她没有要跟魏宇澈算账醉酒的事情，毕竟自己一头扎进人家怀里也是事实，真算起来，谁都说不清当时是哪根筋搭错了。但是有理不占是浑蛋，她很快就占据制高点问："说吧，昨天发什么疯跑出去买醉？"

"我没有买醉，我是出去找你的。"

"找去酒吧了？"

魏宇澈还想编个故事，但被梁舒一看，就老老实实交代了行程。

"那你的车呢？"

"我走的时候打电话让 4S 店的人去取了。"

"走的时候？"梁舒抓住关键词，"你连等人来的耐心都没有？你不怕丢吗？"

魏宇澈摇头："不会的。我临走时关篷子了，而且它也不值几个钱。"

梁舒微笑，原来这就是富二代的世界吗？小百万元的车竟然是"不值几个钱"？

那他跟自己在这儿磨叽几万块钱的订金干吗。

魏宇澈想想，加了句："谁叫你天天跟做贼一样，问你，你也不说去干吗。"

梁舒的表情淡淡的："你这意思，你喝醉了怪我？"

魏宇澈很想点头，但同时理智告诉自己，这要是点了，头可能就真的不保了。

他老老实实认错："没有，怪我自己。不知轻重，不分黑白，不伦不类……"

梁舒舒坦了，将手里的杯子递给他，催促道："快点喝完，回去收拾，别叫汀汀看见了。"

魏宇澈确实渴，一口气将水喝完才问："程汀呢？"

"去接溪溪放学了。"

"都这么晚了？"

梁舒环抱手臂："所以我只算你两次，已经非常仁慈了吧。"

魏宇澈说："那你们午饭怎么办？"

话一出口，他自己都吓一跳。因为这话问得他也太像个管家了，还是兢兢业业地为大小姐一家子服务的那种。

甲方能做成他这个屃样的，也是没谁了。

梁舒说："我给桥头饭店打了电话，叫了午饭，估计过一会儿就送来了。你快回去收拾好，下午跟我一起出去。"

"下午？"

"怎么？你不是好奇我天天去做什么吗？现在给你一个机会。"梁舒说，"为你自己那些龌龊的想法感到羞耻吧。"

魏宇澈不承认："谁龌龊了，你别造谣。"

"拉倒吧。"梁舒哼了声，"你别以为我不知道，你……"

她突然有些说不下去了。

魏宇澈所担心的，不过就是自己又会一走了之，这种毫无逻辑的猜测在她看来，完全没有必要。

现在她身上的责任，并不仅限于自己的梦想，还有程汀和程溪。不管从哪一方面来说，她都不可能撒手不管。

除非在他眼里，自己就是这么个毫无责任心可言的人。

可……为什么呢？

魏宇澈见她哽住，更有把握她并不知晓自己的内心活动，还欠揍地反问："我怎么了？"

梁舒表情古怪，说：“魏宇澈，你当初干吗要复读？”

这下换魏宇澈卡住了。

他抓了抓头发，好像没听见这个问题一般，边转身，边说：“我回去洗漱了。”

“所以这就是你最近在忙的事情？”

空气中飘散着石灰的粉尘，有种难闻的味道。

魏宇澈不敢相信地看着周围忙得热火朝天的摊位，在“让一让”的吆喝声中，以一种诡异的姿态躲开了拉满货的板车。

梁舒的腰板挺得笔直，见他没说话，用眼神示意。

魏宇澈心领神会，说：“对不起，我羞耻。”

梁舒这才开口解释：“马上就是旅游旺季了，趁着游客多，咱们工作室也得盈点利，好过冬。这个摊位租到十月底，正好涵盖了今年几个大的假日，要是效果不错的话，等到了十月，再申请延期。”

她的目标是——狠狠地赚上一笔，就算赚不了太多，也不能再吃老本了。

“你要拿成品出来摆摊？”魏宇澈想了想工作室里那些高大上的样品，“你确定？”

艺术家不是都高唱艺术无价的吗？在路边摆摊，多少有点接地气，跟艺术家的风格有点不相符合。

梁舒说：“那是有钱的艺术家，我现在只是穷困潦倒的艺术人，哪来那么多追求啊，能活下来就不错了。”

魏宇澈说：“行吧，那你说我应该干点什么？是给你当保镖，还是给你吆喝客人？”

“你想多了。”梁舒戴上墨镜，“现在的你，是装修小工。”

“装修？”

“不然光靠这张桌，连我的刀都放不下。”

魏宇澈点头：“这你就放心吧，我专业对口啊。”

好歹他从小也是在房地产行业耳濡目染，区区一个小摊子的装修，根本不在话下。

两个人去了建材市场。有人说“房子是你付出多少就会回馈多少的东西”，跟其他行业不一样，这里全年都热闹非凡。

梁舒从包里掏出小本子，上面是她罗列的材料清单，她还没决定好要从哪一个开始准备。

魏宇澈的视线停在清单上，说：“你这单子是百度上抄的吧？”

“有什么问题吗？”

魏宇澈哼笑一声：“工具不用买这么多，就锤子、起子、螺丝刀等几样基础的东西就行，复杂的也用不上。

“不要买伞，华而不实，风一刮，雨就从四面八方来，还容易翻。就买篷子，嫌丑的话就裁一块雨布遮一遮。我想想，刚刚那个地方的尺寸啊，目测应该是四乘三的，这个待会儿得叫人去量一下。

“广告牌的话，没必要，就这么大点地方，搞块小黑板一挂就差不多了，夜里配盏电灯照明就行。

“主要是这个货架，我建议你买榫卯结构的，贵是贵了点，但摆着好看，而且也符合做竹刻的气……你这么看着我干吗？”

梁舒盯着他，好像从未认识过一般，眼神犹疑：“你怎么这么熟悉？”

“不瞒你说，大学时我没钱，靠摆地摊赚过一小笔。”魏宇澈眉毛一挑，将本子拿过来，“所以，别信百度，信我就够了。”

梁舒惊讶的却是另一件事：“你会没钱？你之前在乌大的时候，一个月的生活费都有一万多了，上了蔚大，叔叔阿姨那么高兴，怎么可能不给你涨生活费？”她警觉起来，“你不会是又去散钱交朋友了吧？”

魏宇澈情绪稍敛，目光闪躲，含糊了一句：“不是。”

他不想继续这个话题，直接抬脚往店里走，随口胡诌：“哎呀，快来，别让人把好货抢走了。”

他们连着走了几家店，问到的价格都差不多。阳光热烈，照得人心里烦闷。梁舒抬脚走向下一家，却被魏宇澈拎住了领子。

“可以了，去第二家。”

他露出一种大佬的表情，有点神似以前港片里赌神开始秀操作时的表情。

梁舒稀里糊涂的，却也没反驳。

买竹子她是好手，但在这件事上就一无所知了，魏宇澈至少看起来比自己靠谱。

“老板，刚才那个板最低能给到多少？”梁舒开门见山。

老板端着保温桶坐在小凳子上扒饭，一脸诚恳：“小姑娘，两百一，我已经是给你最低价了呀。我看你也去其他家转了对吧，肯定晓得我们都是这个价格的呀。”

这倒的确如此，但不往下压压价，梁舒总觉得亏了。

“你给我抹个零头。”她争取道。

“抹什么零头啊？”魏宇澈将她拽到身后，笑眯眯地看着老板，一开口就到底线，“一百零五。”

“老板啊，哪有你这样还价的哦。人家两百一拿一块板，你出这么低的价啊。小姑娘说抹零头，那还可以聊，你给的这个价格传出去，我还怎么做生意？我要被同行骂死的。”

“您敞亮，我也就不跟您兜圈子了，现在这板什么价格，我比您清楚。”魏宇澈摸着板材侧边说，“首先您这就不是什么原木材，是大芯板，我没说错吧？再有，您也别跟我说什么国内外 E1 差距的，那纯是智商税，就满足个‘国外的月亮更圆’的心理作用。”

接下来，梁舒全程透明人，看着魏宇澈稳定输出，从差点惹毛老板到跟对方握手称兄道弟，他只花了半小时。

“魏老板，你也是个爽快人啊。”

“哪里哪里，您也痛快。”

“我马上就叫人把板给你们送去。”

“好嘞，好嘞，谢谢您。”

魏宇澈回过头，伸手从梁舒脸上取下墨镜给自己戴上，整个人散发着一种“到我主场”的得意，对着她挥了挥手，支使道：“小梁啊，开单去吧。”

梁舒：“……”

算了，让他嘚瑟一会儿。

接下来，魏宇澈一如既往地稳定发挥。尤其是最后裁桌布的时候，几毛钱几毛钱地砍，硬是把价格从每米七块五还到了六块三。

魏宇澈站在齐腰高的布堆前边，看老板拿尺子量布，姿态放松又散漫。

“我还是头一回见到像你这么能还价的小年轻呢。”

他笑：“以后您还能常见呢。”

“不要了，不要了，多见几次，我折本都不知道折到哪里去了哦。”

“您开玩笑了不是？这么大的店，哪里能因为我这几块钱折本哪。”

一个对着百万豪车都觉得不值钱的人，竟然会在一毛两毛的差价上斤斤计较。这种感觉就还挺奇妙的。

梁舒觉得，这着实算不上败家子。

“怎么样？”魏宇澈将清单上的最后一项也画掉，抬头从墨镜后看她，“是不是觉得这个家没我不行？”

梁舒的心跳快了几分，在产生异样前，伸手将墨镜夺回来，挂在胸前的口袋上：“差不多得了，少爷。”

“欸，你有没有良心啊？”魏宇澈说，“这要是没我，你得花多少冤枉钱啊。现在才花了多少？你预算的一半。”

梁舒看不惯他嘚瑟的样子，偏偏事实确实如此，她也无法反驳。

魏宇澈乘胜追击：“这种还到一分赚一分、必须不要脸的活，还是得我来才靠谱。所以啊，你以后对我怎么个态度，你自己掂量清楚，明白了吗？”

梁舒点头：“明白了。”

他露出满意的表情，似乎是预见了以后家庭地位的提升，环抱手臂，有点跩：“说说，明白什么了？”

“你不要脸。”

魏宇澈：“……”

梁舒提前两天就开始打包摆摊要用到的东西，使唤魏宇澈去菜市场方叔家借辆电动三轮车。

“咱不能开车吗？”魏宇澈手里菜刀不停，在案板上剁得当当响。

“那是夜市啊，你指望开进去？”

魏宇澈半信半疑：“那你确定三轮车就能开进去？那石头圆墩不都是一样的间距吗？”

梁舒还真不确定，但就算三轮车进不去，魏宇澈那“双门四座”的敞篷车，也绝对装不下这么多东西。

“这简单啊，我来给你解决。”他说着，擦干手，打了个电话，“喂，你们家 SUV 有现货吗？”

他语气随意得好像在问“How are you”。

“行，你们帮我开过来吧，合同也一起带过来，快点啊。”

前后还没一小时吧，门外响起停车声，从驾驶座下来个打着领带的油头男人，手里拎着皮包，脸上绽放笑意：“哎呀，魏总，您好，您好。”

“按照您的要求，这款 SUV，内部空间大，性能也是……”

魏宇澈并不打算听他滔滔不绝，手指夹着张卡，问：“带机子了吗？”

“带了，带了。”男人笑得眼角细纹都快飞起来，把所有文件在汽车引擎盖上一一排开。

魏宇澈签字，按手印，刷卡。

整场交易不超过十分钟，油头男激动地来，狂喜地去。

魏宇澈全程表情淡定，身上的围裙都没摘，在发呆的梁舒面前挥了挥手：“走了，回去吃饭了。”

梁舒望天叹气：这就是富二代的世界吗？突然觉得好羡慕啊。

运来的东西都堆在一起，车子开不进去，梁舒去找同在夜市的上林人借了辆板车过来。

魏宇澈肩膀结实又宽阔，轻松地便将板车控制住，梁舒跟程汀一左一右帮他开着路。

远远地，他们就看见有人在坐着指挥。

“我这边堆不下，往前去一点没事的，姑娘。”

“现在不让扩建，您这东西都要摆上马路了。”回答的女声爽朗清脆，“收起来吧。”

摊主嘟囔着妥协：“行吧，行吧。”

魏宇澈远远地听了一耳朵，说：“这是谁啊，坐着不动都能使唤动人？”

开店的都巴不得能往门口多堆点东西呢，别说人家本来就是摆地摊的，一定是可着边缘试探，能往外多占两指地都是好的。

梁舒制止他："别乱说。"

洪桃似有所感地回头，朝她招手："咦，梁舒，你来啦。"

"嚯，你认识啊？"他说。

梁舒没理他，走到洪桃跟前："对，我们晚上就试着摆一下摊看看。"

"那看来我这外勤出得还挺巧的，正好遇到了。"洪桃看向她旁边，问，"这是你妹妹？"

梁舒点点头，说："我学生，程汀。"

洪桃夸赞："名字好听，人也好看。"

程汀有些不好意思地笑了笑。

魏宇澈将板车拉到附近，这才发现洪桃不是坐着不动，而是根本站不了。怪不得刚才梁舒制止自己呢。

他尴尬地咳了咳，低声说："我先去那边卸货了。"

洪桃等他推着板车走远，才小声地问："你男朋友哦？"

梁舒否认："不是，我好朋友。"

"是吗？"洪桃看看魏宇澈的背影，又看看她，眼神中明显写着两个字——不信。

梁舒哭笑不得："真是好朋友，我发小。"

洪桃一愣，眼里光芒更盛："青梅竹马哦？"

"势不两立还差不多。"梁舒答了句。

"哇哦。"洪桃的表情越发微妙，显然已经脑补出好一番爱恨纠葛，却没有继续问，而是说，"你身边的人都好看，妹妹是，发小也是。"

梁舒补充："还有你。"

洪桃嘴角一勾，咯咯笑起来，拨了拨头发："那是当然。"

两个人边走边聊，到了摊位，洪桃说："我还得巡逻，等我下班，再来给你捧场啊。"

"行，到时候看看你有什么喜欢的，我送你。"

"那怎么好意思啊？"

梁舒开玩笑说："没事，我讨好一下领导嘛，应该的。"

她分寸把握得很好，并不叫人觉得冒犯。

洪桃笑起来：“好了，好了，我真的该走了。妹妹再见啊。嗯，发小也再见。”

魏宇澈的上半身脱得只剩下一件背心，被汗湿透了的背心牢牢地贴着皮肤。石灰沾在外边，肌肉的线条清晰可见，跟人体素描画似的。

他手上全是灰，只能抬手拿胳膊肘蹭了把额头上的汗，问：“那是你朋友吗？保安？”

梁舒纠正道：“人家是城管。”

魏宇澈说：“不都一样吗？”

哪里一样了。

“怎么认识的？”

“办手续的时候认识的。”梁舒将打包箱拆开，“别问了，干活。你看人家汀汀，勤勤恳恳，再看看你。”

“我怎么了？”魏宇澈说，“我不也是兢兢业业？你不能厚此薄彼，光夸程汀，不把我放在眼里。”

“你跟程汀争第一第二？”

魏宇澈说：“我没有争，是你的不平等对待让我气愤。”

梁舒抽了张纸，敷衍地给他擦了下汗：“好哦，少爷。这下平等了没？”

魏少爷被这明显退让的动作取悦了，将脸侧了侧，低头往她眼前伸，得寸进尺道：“还有这边。”

梁舒：“……”

看在他干活的分上，她忍了。

三个人灰头土脸地收拾了半天，总算趁着太阳下山前将东西摆好了。

落日西沉，梁舒给张老太打了个电话，听到程溪的声音，这才放下心来。

魏宇澈捞起衣服说：“至于嘛，程汀这个亲姐姐都没你着急。”

上林就那么大点地方，到处都是熟人，程溪又是个鬼机灵，放在张老太那里，程汀一点都不担心她，干完活立马就出去逛了。

梁舒瞪他，说：“她是小孩，我也是小孩吗？”

怎么不是呢？

魏宇澈理所当然地要反驳，还没等开口，就见到摊位前一个老哥路过，伸头过来看："哟，你们这是卖什么呢？"

魏宇澈抢答："我们这儿是卖竹刻的。"

老哥来了兴致："竹刻？我看看。"

程汀逛完刚回来，连忙把乱七八糟的东西端走，露出玻璃柜台里的货。

"您看有什么喜欢的，我们今天刚开张，给您一个优惠价。"魏宇澈说。

老哥认真看了半晌，指着个扇骨说："这个拿给我看看。"

"大哥，您可真识货。"魏宇澈一边把东西拿出来，一边热情地介绍，"您看这'一点浩然气，千里快哉风'，豪气干云又兼具洒脱，好词，好词啊。"

语气骄傲得跟这词是他写的一样。

"做工不错。"老哥上手摸了摸，问，"你这是从哪家拿的货啊？成本价多少，推荐给我也看看呗。"

"什么货？"魏宇澈没听明白。

"我说，你这货是找哪家批发的？"

老哥将扇骨往柜台上一扔，魏宇澈忙伸手去接，手忙脚乱了一通，总算在扇骨落到玻璃柜台前接住了。

魏宇澈的眼神中隐隐有恼怒："什么批发？这是我们手工做的。"

"手工？你是说你这柜台里的每一个商品都是你们自己刻的？"

梁舒问："有什么问题吗？"

老哥又打量了柜台半晌："我说你们要是不愿意推荐给我也就算了，说出什么全都是手工的话，也没什么必要。这徽州做竹刻做得好的，不是那几家大老板手底下的，就是自己开连锁工作室的，你们这往路边一摆，就说是纯手工。你们这手工，谁做得了呢？"

魏宇澈说："老哥，你这话说得可就有偏见了。还不允许我们少年出英雄了？"

老哥乐了："你才多大，能有这种手艺？"

"不是我，而是她。"魏宇澈指了指梁舒。

老哥一愣，将梁舒上下打量一番，摇摇头："别扯了，她一个小姑娘能做竹刻？”

梁舒眉头一蹙，魏宇澈抢先开腔：“小姑娘怎么了？这都21世纪了，妇女能顶半边天，做竹刻又有什么稀奇的。”

老哥说：“怎么不稀奇？你往整个徽州看，登记在册的竹刻师傅里，姑娘有多少，老爷们又有多少？你们这一代愿意学竹刻的都没剩多少了，哪里还有小姑娘想不开往里闯的。”

“老哥，挺好一件事，怎么就叫你说得这么惨淡呢。”魏宇澈说，“我们家小姑娘从五岁开始就跟着家里人学，十五岁就拿了奖，勤勤恳恳钻研到现在，怎么就不能做竹刻了呢？”

老哥听了这话，倒也惊讶了一番：“那么小就开始学？”

倒推回去，那个年代，肯让自己家小孩学这种“没用”的东西的，也不是什么一般家庭，多数是有根基的。

可是也说不通啊，谁家有根基的，会愿意来夜市摆摊呢。

“这世道是有人吃不了苦，但是您不能因为有人吃不了，就觉得我们家小姑娘也一定是个混子啊。”魏宇澈情绪始终平和，说出来的话也真诚，“她是真喜欢。”

梁舒明明是当事人，却觉得一句话都插不进去。因为她想说的话，魏宇澈都帮自己说得差不多了。

“行、行、行，我说不过你。”老哥退让了，“但是你在夜市摆摊卖手工竹刻，你自己想想，合适吗？”

老哥看他们的眼神就像在看两个傻子一样，教育道：“手工制作是什么成本，用机器又是什么成本？”

景区夜市向来都是快消，谁愿意花那么多钱在地摊上买雕刻制品的？

“这就不用您担心了。”梁舒的语气略微强硬，“您这扇骨还要吗？”

老哥哽住了，转身离开，嘴里还念叨着：“算了，这年头忠言逆耳，就是没人听呢。”

他径直往前，进了对面那家三雕（指徽州三雕，具有徽派风格的木雕、石雕、砖雕三种地方传统雕刻工艺）摊子——原来是竞争对手。

“我就说，哪里来的这么热心肠，原来是想把我们吓唬走，自己独享大头。”魏宇澈骂骂咧咧地谴责了一番，还不忘叮嘱，“梁舒，你可千万别上当，别听他瞎说。”

他目光热切，生怕她听了刚才那老哥的话泄气。

但梁舒是谁？别人说她不行，她就偏要一直行下去给那人看看。

她微微地抬了抬下巴：“那是当然。”

“哟，弄好啦。”洪桃换下了执勤要穿的工作服，此刻穿了件卡通T恤，配着娃娃脸，看上去就更像个学生了。

“你怎么来了？”

洪桃从把手上取下袋子：“喏，给你们带了点吃的，我猜你们应该没时间去买饭。”

梁舒连忙道谢，打开一看，几个一次性打包盒里装着家常菜。

洪桃说：“我妈妈做的，你们尝尝，看合不合胃口。”

“给阿姨添麻烦了。”

“不麻烦，我们家是开家常菜馆的。”洪桃说着，递过来一张名片，“你有需要的话，打电话就行了，说是我朋友的话，我妈能给你多加两勺。”

常人可能会觉得这种做法有些精明，但梁舒觉得这样很好。

朋友归朋友，生意归生意。是真朋友就不能让对方生意亏本，不然就谈不上什么照顾了。洪桃要是说些不收钱的话，那么这个号码，估计她一辈子都不会打。

“欸，你发小呢？”洪桃问。

“换衣服去了。”梁舒将一次性筷子掰开，递给程汀。

魏宇澈忙活了一天，从光鲜亮丽的少爷变成了邋里邋遢的大爷，又跟对面老哥一番唇枪舌剑，已经不能单纯地用憔悴来形容了。程汀洗完手回来后，他就找地方收拾自己去了。少爷嘛，总归是有些偶像包袱的。

“他看着挺那什么的，没想到还挺能吃苦。”洪桃由衷地说。

“你从哪儿看出来他挺那什么的？”

这是个极其玄乎的表述，却并不妨碍结合上下文理解。

原以为洪桃会说直觉啊之类的，没想到她指着条桌说：“我爷爷是修钟表的，这款我见过。我爷爷说是天价，把我们家饭馆卖了差不多能抵得上。”

梁舒愣住了，顺着她手指的方向看，桌上躺着一块表，仔细看表盘上还镶着钻，闪闪发亮。

魏宇澈随手就放在那儿了，梁舒还以为不值钱，没想到老值钱了。

“这狗东西。”梁舒骂了句，心说，也不怕丢了。

“说谁狗东西？”

说曹操，曹操到，魏宇澈手扒拉着头发，将水珠捋下。

他将那件背心直接扔了，随便在路边摊买了件长袖，将一身肌肉都遮了起来，睫毛湿漉漉地贴在一起，整个人看起来就像是雨天被冲刷后的青草，浓郁而明媚。

“你好，梁舒发小。”洪桃大大方方地打招呼，“我是洪桃。”

魏宇澈点点头：“你好，我是方片。啊，不是，我是梁舒的发小。”

很好，相当没营养并且暴露智商的自我介绍。

梁舒扶额，她能假装不认识这个人吗？

洪桃愣了一下，看向梁舒，语气夸张：“哇哦。”

魏宇澈没明白她在哇什么，也看向梁舒。

梁舒将筷子递给他：“吃饭吧。”

再这么聊下去，就真的讲不清楚了。

梁舒做活的时候不喜欢多说话，就连教程汀的时候也是如此。这会儿她取了刀和竹料，预备着雕个小玩意送给洪桃。

景区的摊子很多，各种工艺品更是让人看得眼花缭乱，如何在众多竞品中脱颖而出就成了首要问题。

为此，梁舒列出两个点：第一，强调手工，跟流水线的机器制造有所区分；第二，将手工过程可视化。

想想这么多年，她去过很多景点，每条街必有一家银饰店，拿把锤子在那儿敲敲打打。

虽然梁舒从来没完整地看到过那银条子是怎么变成手镯的，但每次在门口驻足的人群，还是足以证明这个点子不错。

事实证明，她这招确实还可以，逐渐热闹的市场里已经有不少人来看了。

只是，魏宇澈看着梁舒。

她腰背弯着，在灯光下精修细节，神情一丝不苟。

他眉头不自觉地拧起——她这样的架势，若是时间长了，绝对是不好受的，真的雕上一夜，不知道要吃多少苦。

小球头刀沿着竹节上的轮廓线滚出深痕，切节去料，修整弧度。很快，原本形似废料的竹节，便化身成一根立体的细棍，竹节处弧度顺滑，上部收紧，轮廓弱柳扶风。

插入头发的尖端修得圆滑，另一端则用刀雕刻出仰天欲起的凤凰。

梁舒的身子更加低下去，似乎整个人都要钻到这方寸之间去。

洪桃问："这是干吗呀？"

"嘘。"魏宇澈做了个噤声的动作。

洪桃去看程汀："妹妹，我说话声音很大吗？"

谁也得罪不起，程汀解释说："这是在点睛。每个匠人的点睛手法都不一样，据说还有很多人专门请大师过来完成这最后一步。"

她跟在梁舒身边耳濡目染，学到的东西不少。

洪桃看了，啧啧称奇："我还是头一次在现场看人雕刻呢，总有种举重若轻的感觉。"

魏宇澈明白她的描述，无非就是所谓的"一说都会，一做就废"。

砂纸在竹肌上行走，磨去多余的纤维。

梁舒未曾抬头，伸手说："汀汀，核桃。"

魏宇澈先一步动作，用布包好核桃仁递给她。

"这是做什么的？"围观群众里有人问。

程汀答："这是为了保护竹子本来的颜色，用核桃仁代替核桃油，反复擦竹面，就能让竹面细润、光泽。"

梁舒抬起头，露出笑容，将簪子递给洪桃："好了，你看看。"

抛过光的竹子细腻、光滑，没有丝毫异物感，头上那只凤凰的眼睛仿佛盯着自己，栩栩如生。

"好漂亮。"洪桃由衷地道。

梁舒抽出湿纸巾擦了擦手，说："你喜欢就好。"

“老板，这簪子能给我看看吗？”说话的是已经在摊前看了好久的一个女孩子。

“当然可以。”洪桃直接将东西递给她，并解释说，“你也看见了，这可是纯手工制作。”

魏宇澈补上一句：“跟一般的机器制造出来的可不一样。”

“老板，还有其他样式吗？”

梁舒从柜台里摸出一本画册，摊开：“你看看，这些都能做的。”

“要等多久啊？”

“看您要什么款式的，如果不复杂的话……”梁舒声音平缓，有种娓娓道来的感觉，跟竹刻的气质瞬间就契合上了。

他们的摊位本来就挨着丝巾等饰品摊位，刚才做竹簪，也吸引到了不少客户。

魏宇澈招呼着其他人来看别的成品，程汀则拿着砂纸打磨各种原料，以方便梁舒待会儿使用。洪桃将其他册子也拿出来，时不时地帮衬着说上几句。

跟其他摊子比起来，他们的面孔新鲜又养眼，雕刻手工也是正儿八经、全透明的，很快便在一众吆喝声里脱颖而出。

相较于笔筒这类略复杂的东西，直筒印章和竹簪无疑是最受欢迎的——有特色，出货速度又快。

夜市时间有限，以程汀目前的手艺不足以做成品，所有的竹雕制品基本上只能靠着梁舒一个人完成。订购的人不少，要是想要直接拿货，就变得困难起来。

表演本身就是这场买卖的一部分，如果失去这个大前提，东西的价格也会打上一点折扣。

魏宇澈根据梁舒目前的速度估计了一下，不得不提前宣布不再接单了。

在又一次送走略感遗憾的游客后，洪桃终于发问了：“为什么不接了？现在估计才刚收回你们的成本吧。”

梁舒跟程汀勤勤恳恳地工作着，自始至终都没从竹子里抬起过头。

魏宇澈弯着长腿，弯腰在柜台账本上记录着，解释说：“以半小时产出一枚印章计算，从现在到夜市关门，梁舒最多也只能再刻上三个。”

“那么这剩下的半晚，就只赚三个的钱吗？”洪桃说。

魏宇澈点头：“是目前只能赚这几个的钱了。”

洪桃不自觉地心疼，那可是大把的钱啊。

魏宇澈却没有感觉，看着梁舒，眼里更多的是心疼与后悔。

她已经保持相同的姿势很久了，握刀的虎口都被磨得通红。

刚才那几单，他不应该接的。

他正懊悔着，又一群人到了摊子前——学生打扮，年纪都不大。

梁舒专心致志分不出神来，魏宇澈忙招呼人，一抬头望进人群后方一双略带惊诧的眸子里。

他未露异色，往前半步，端出礼貌客套的笑容来，给他们介绍着东西。

沈念铻一直在最后面，没有上前，呆呆地望着梁舒。

他也没想到会在这里遇见他们，方才远远看着的时候还以为是错觉。分明才过了不到两个月，他却觉得似乎有好几年那样漫长。

天气热了些，她穿得单薄，葱白的手指抓着锐利的刀，面上一片平静。

魏宇澈不经意地往前半步，便将梁舒遮住。

沈念铻一愣，对上他的眼神，却未读出半点异色，只见陌生。

沈念铻不知道他是真的不认识自己，还是装作不认识自己。

沈念铻移开视线，看到玻璃台面下形状各异的竹雕。底下是介绍栏，无论前面的名字有何不同，后头都统一地写着“梁舒印”。

怪不得。怪不得当初魏宇澈那样信誓旦旦，怪不得他根本没把自己放在眼里。诚如他所说的那样，自己一点也不了解梁舒，连窥到的一星半点也站不住脚。

沈念铻没有再往前一步，他拐到隔壁的棚屋边角站着，借着半透明的塑料布藏着。

他不怕尴尬，他怕的是梁舒认不出自己，怕自己对她而言不过是一段轻得不能再轻的插曲，转头便忘了。

沈念铻离开的时候回头看。

梁舒跟魏宇澈在一处，一个懒散地靠着柜台整理册子，扭头跟隔壁摊子的老板聊着；一个端坐着专注于手中的竹片，清冷得不可方物。他们分明是两个世界的人，却偏偏又好般配。

沈念铻心中那点遗憾、不平突然就消弭了。

他曾靠近过月亮，但这月亮从来就不属于他。

第七章

心 跳 的 证 明

摆摊第一天还算顺利，十点半，梁舒提前收摊。到了车上，几个人一个接一个地打着哈欠。

程汀一上车就睡着了，梁舒几乎累瘫，靠着副驾驶座椅背，眼皮合上。

“不算洪桃那个，今晚总共卖出去七个，三支竹簪、四枚印章。”魏宇澈目视前方，复盘道，“我算了一下，在程汀帮你处理好原料的情况下，雕刻时间差不多都是半小时。如果印章的图案繁复一点，可能要一个小时，比如最后那单《瑞鹤图》。相比较来说，还是刻名字最划算。”

梁舒困得眼睛都睁不开，浅浅地应了一声。

“如果只靠现场手工制作的话，我们一晚上赚到的钱顶多保本，必须想点别的办法。”魏宇澈提醒说。

梁舒说：“我知道的，我预备分两批收费，一批现取，每天有固定的名额，产品也不能太复杂；另一批预定，留下地址和订金，等做好了，走快递发货。”

“收费标准呢？”

“同种产品，现场收费比快递高百分之五。”梁舒打了个哈欠，“就算是为手工表演埋单吧。”

魏宇澈说：“百分之五太少了，钥匙扣这种的，手工费还不到十块，太亏了。百分之十吧，先这么定着，后面再详细地分一下。我明天再去联系一下快递公司，咨询一下发货的事。”

“嗯，好，那就是百分之十。谢谢。”梁舒的声音低到快听不见了。

“嗯？”魏宇澈惊讶地望过去。

梁舒的脑袋已经滑到了头枕跟安全带中间，整个人都快溜到座位下。从他这个角度看去，只能勉强看见她的下半张脸，嘴微微张着。

“谢个锤子。”他声音压低，嘴角微微扬起。

随后他掏出手机，对着她咔嚓咔嚓拍了十几张。

这么难得一见的场面，他不好好地保存下来做成表情包，多亏啊。

夜市六点开市，十二点准时闭市，梁舒顾及程汀还是小孩，需要休息，决定十点就往回走。有了第一天的经验，梁舒白天的工作里就多加了一项——处理原材料。

她发现了，那些简单的雕刻其实不怎么费时间，但抛光、磨砂跟绘图是真的费时间。

了解竹材也是需要学习的基本功之一，让程汀来做是再合适不过的实践课了。

两个人忙得根本没停过，魏宇澈也不带停的，做完早饭就去快递公司站点谈合作了。午饭时间不到，他就带着快递老哥过来装机子了。

程溪搬了桌椅到院子里阴凉的地方做着作业，程汀正用刀将竹料处理成合适的形状，交给梁舒打磨并临摹图案。

魏宇澈将老哥带去后面的工作室，盯着人家装好机子。之后他走出来，接过梁舒手里的砂纸说："我来吧。"

他的技术水平有限，但干这种不专业的活，还是挺得心应手的。

"快递已经谈好了，发往省内和江浙沪四块钱，其他地方六块钱，偏远地区另外算。"

梁舒惊讶："这么便宜？"

"没有吧，我跟人说一个月百来单，要到的这个价格。如果之后我们的单子不止这么多的话，还能更便宜点。"魏宇澈说。

程汀"哇"了一声："一个月这么多单吗？"

魏宇澈嘴角微勾，有些嘚瑟："这算什么？等你梁老师的事业做起来，翻个七八倍也不是问题。"

梁舒敲了下他的脑袋："七八倍，你是想累死谁啊？"

魏宇澈往她身边蹭了蹭，小声说："欸，给我留点面子行不行？俩小孩还在呢，别搞得我一点家庭地位都没有。"

梁舒答道："那你就少说这种话。"

"你这个人，我祝福你多赚点钱，还说错了？"魏宇澈不明白，"难道你准备靠着订金活到做完屏风？别扯了，我给你算过了，根本不够。"

说到这个，都这么长时间了，他连屏风的影子都还没看见，也不知道她到底是怎么想的。

"闭嘴。"梁舒瞪了他一眼，又飞快地看了眼程汀、程溪，恼怒道，"你不说话干不了活是吗？"

"好、好、好，我不说了，不说了，你做你的。"魏宇澈见她针刀都举了起来，立刻认输。

梁舒哼了一声，继续手里的活。

多了个人手，进程明显快了不少。

转眼到了下午，魏宇澈提前进厨房去准备待会儿要带走的水果。至于饭什么的，带过去凉了也不好吃，他们直接就在洪桃家订了。

“梁老师。”程汀在一旁欲言又止。

梁舒温和道：“怎么了？”

“我这几天打听了一下，觉得我的工资还是太高了。我现在吃住都在您这里，完全用不到那么多钱。”程汀说，“您就按照一般的学徒，一个月给我百把块钱就够了。”

梁舒脸色稍显严肃：“汀汀，你不会觉得我出去摆摊是因为养不起你们吧？”

程汀不说话，但脸上迟疑的表情还是明晃晃地透露出一个反问：难道不是吗？

梁舒暗自扶额，心说：“果然。”

她就知道魏宇澈嘴里蹦不出什么好话，现在好了，程汀明显又开始把这一切都认定成自己的错了。

“汀汀，你听好了，我们现在出去摆摊子不全是为了赚钱。”梁舒语气郑重。

“一个竹刻人如果一直困在瓦片底下，没有见过广阔的天地，没有看过多姿多彩的世界，那么刀下的世界就会是狭小、局限的。

“今时不同往日，你只有看过山水，行过路途，尝过百味，才能知道自己有多渺小。

“这种渺小不是想当然地觉得自己不行，这也不会，那也不好。而是认识到世界的浩大，从而永远怀着一种敬畏的心情去做好手上的事。你看徽州竹刻传承人里那些出色的人物，又有谁不是这样过来的呢？

“摆地摊并不会让这门手艺掉价，恰恰相反，在跟全国乃至世界各地的人相接触，是成本最低的见世界的法子。

“所以，你不必觉得自己拖累了谁，更不要觉得我现在辛苦是因为没有钱养你。换句话来说，你是我的学生，我们之间并不是养和被养的关系，而是互利共赢。”

梁舒知道程汀的生长环境，更清楚在那样的环境里会生出多少的自卑和怯懦。

她想做的从来不是给程汀一个容身之地，一个糊口的生计，更不是让程汀惦念着自己给予的那点好处，奉若珍宝，感恩戴德。

梁舒想告诉程汀，她值得世界上的一切。

梁舒想看着程汀成长，长成一个足以穿行于人海的自信女孩。

所以，凡事梁舒都愿意小心再小心，宁可唠唠叨叨地多说几句，也不愿意解释不清，让程汀胡思乱想，生出些无益的负罪感和愧疚。

梁舒认真地看着她的眼睛，说：“你有你的价值，也许现在还看不出苗头，还收取不到回报。但不管以后你做不做竹刻，你都要相信我，你是值得的。”

阳光之下，院落洁白又清新。

程汀的耳朵嗡嗡地响，脸发麻，说不出是什么滋味。但她的脑海里有一个念头越发清晰——绝对不能让梁老师失望。

梁舒摇摇头，纠正她：“不是为了我，而是为了你自己。”

梁舒站起来，摸了摸程汀的头发：“汀汀啊，你要做自己喜欢的事才可以。”

说完，她掀起厅堂的门帘走到后头，留下程汀一个人想清楚。

魏宇澈贴在门后不晓得听了多久，见到梁舒进来，有些尴尬地挠了挠脸。

梁舒瞪他，要不是这人刚才多话，她至于苦口婆心给人家说教吗？也不知道程汀听进去没有，又或者要是有逆反心理，觉得自己唠叨、啰唆，那可怎么好？

她心里叹了口气——教小孩子真的好难啊。

“你瞪我干吗？我也不是故意的啊。”魏宇澈的辩驳苍白无力。

“还知道自己说错话了，看来智商有点长进。”梁舒点头。

魏宇澈说：“对不起，我下次一定多过几遍脑子再说。”

“你下次可以选择不说，毕竟你那脑子过几遍也都差不多。”

魏宇澈有些哀怨：“梁舒，不带你这样的。你对程汀那么温柔，怎么到我这儿就凶神恶煞的？”

“人家是祖国的花朵，你是什么？”

“瞧你说的。成年的花朵难道就被开除花籍了？”

梁舒想笑：“你真是好无耻啊，都三……”

魏宇澈伸手打断她：“打住，你别给我制造年龄焦虑成不成。”

“是你自己接受不了自己的年龄。”梁舒拍了拍他的肩膀，语重心长，“不要焦虑，迎接属于你的三十岁的风采吧。”

离清明节、劳动节的旅游旺季还有段时间，竹刻摊子的生意算不上特别好。梁舒对此早有预期，倒也不觉得失落。

这本身就是个副业、兼职，解一解燃眉之急倒是可行，真要靠这个发家，还是挺不靠谱的。

生意只要淡下来，程汀就被留在家里专心练习，顺便照看程溪和小梨花。

最让梁舒没想到的是魏宇澈，他的耐心超出了她的认知，有人来看，他就热情地介绍，没人来就安静地待着，帮她磨刀、打磨料子。

梁舒不确定他是什么目的，但这已经不重要了，免费劳动力不用白不用。

不过今天出摊前还有件事必须提上日程。

“什么？”魏宇澈睁大了眼，“你要给小梨花做绝育？这么突然！”

他还以为只是例行打疫苗什么的。

梁舒将猫航空箱从后座拎下来：“不突然，要赶在它发情前做掉才好。”

小梨花非常怕生，焦躁不安地叫了一路，这会儿显得有些没精神。

梁舒跟前台交了小梨花的疫苗本和体检报告，手术很快就会安排上。

笼子里关着很多小猫小狗，有的埋头苦吃，有的昏昏欲睡，还有的见陌生人靠近就叫上一阵。

魏宇澈不自觉地压低了声音说：“我听说绝育手术前必须跟医生配合演场戏，不然小猫会记恨主人的。”

“演什么戏？”梁舒没听过这个说法，她摸着怀里的小梨花，轻轻安抚着。

“就是等会儿装成是医生把它抢走的，你是拯救但失败了的英雄，不然小梨花会觉得是你背叛了它。”

“什么乱七八糟的？”梁舒蹙眉，“我才不信呢。”

两个人正说着，手术室的门开了，一只被成功摘掉蛋蛋的小猫咪昏昏欲睡着被抱了出来，麻醉药还没醒。

医护跟小猫的主人叮嘱了几句注意事项，又说绝育后的小猫可能会变得有些暴躁，闹别扭——这些都是正常的，过段时间就没事了。

“好了，下一个，小梨花。”

梁舒听得正认真呢，冷不丁地听到这声，条件反射般地蹿起来，答了句“到”。

魏宇澈跟在她后头，听见她小心地问医生，小猫咪会不会记恨自己。

医生说：“这得分情况，有的会，有的不会。小猫嘛，不知道什么是好，什么是坏，就知道疼。人疼了都要生气的，更何况是小猫。”

梁舒“哦”了一声，没再说话。

等要把小梨花抱出去的时候，她往魏宇澈身后一缩，说：“你抱吧。”

“怎么了？”

“没怎么。”她紧张地挽住魏宇澈的胳膊，催促道，“快点，你抱。”

魏宇澈一头雾水地把小梨花抱在怀里，站在麻醉室门口，等着里头的医护人员把它接过去麻醉。

门刚开一条缝，梁舒就脚底抹油，溜了。

她才不要被小梨花记恨，就让魏宇澈背这个“黑锅”吧。

魏宇澈此刻也反应了过来，有些哭笑不得——说好的不信呢？

小梨花缩在台子上，大眼睛好奇地看着四周。

他轻声说：“你看你妈，多狠的心哪。”

小梨花满脸懵懂，听不明白。

“要不然，以后我不做你干爹了？”魏宇澈扫视一圈，弯腰凑到小梨花耳边，鬼鬼祟祟地说，“做你亲爹咋样？”

小梨花回家之后，整只猫都有些恹恹的，叫声也是有气无力。梁舒叮嘱了程汀一番注意事项，就带着魏宇澈出摊去了。

没生意归没生意，谁知道会不会碰着一个呢？

对面卖三雕工艺的老哥姓李，眼看着人流过去，便来唠嗑。跟初次见面时发出“忠言逆耳”不一样，经过这段时间的相处，魏宇澈充分地发挥了他的社交魅力，跟周边好几个老板都快拜上把子了。

“这是什么货呢？”李哥凑过来看，“哟，臂搁，大件啊。”

“还成吧，前几天有几个人订的货，还没完呢。”魏宇澈姿态悠闲，接话茬道。

“还真是小瞧你们了。”

魏宇澈说：“那可不是。不过能理解，跟你们比起来，我们就跟两个毛孩子似的，放到谁那儿，都不会相信我们能干成事。”

这话正中李哥的下怀，他说：“是、是、是，谁能料到英雄出少年，还真就被我遇到了呢。”

魏宇澈笑：“这下信我们家小姑娘能干竹刻了吧。”

“哪是这下才信啊，那是小梁师傅一动手就知道了。”李哥乐呵呵的。

这几天，梁舒的摊子算是这一片客流量最多的摊子了。说没人眼红那是不可能的，但梁舒敞亮，遇到客人不爱这个的，就把人往附近的其他摊子上介绍。

李哥因为摊位离得近，没少沾光。别说什么瞧不起了，现在梁舒跟魏宇澈就是他眼里的好兄弟、好弟妹。

“旺季马上来，一过就是梅雨天了，也不知道今年要下多久。”隔壁卖石雕的娟姐说。

李哥说：“哎哟，年年不都这么久吗？咱们又没双休、寒暑假，这坏天气是提醒你该歇歇了。”

娟姐摇着蒲扇：“你说得好听，这雨要是下两个月，待在家里不挣钱，你心里就快活？”

魏宇澈笑：“这苦有苦的活法，乐有乐的活法，光自己叹气，那雨不还是照样下吗？不如就快快活活地享受几天，别想那么多。”

斜对门卖版画的崔姨听到动静，也过来了：“哟，小梁还在刻呢？”

李哥说：“那可不，人家订单都排着队呢。”

娟姐“啧”了一声：“我怎么听你这话有点酸呢。”

“净瞎说。”李哥忙去看梁舒，“我这是夸奖，人家丫头、小子能干。”

梁舒吹掉臂搁上的竹屑，抬头说：“我们也是摸索着呢，还要跟前辈们取经。”

崔姨笑：“那你可不能跟大李学，他马上都要关门大吉了，还在那儿乐呵呢。”

“我这是被迫乐呵，那没人来，我能怎么办？总不能敲锣打鼓，求爷爷告奶奶帮帮忙吧？”

娟姐说：“你的问题在这儿吗？你的问题在于手太黑，好不好？”

这话说得李哥不乐意了：“谁手黑，谁手黑，你别红口白牙污蔑人啊。”

梁舒将东西递给魏宇澈，并不打算参与这场争端。

崔姨在一旁提供证据：“你别不认，我都听见好几回了，你那批发的货，都要得跟人家小梁的手工制品差不多的价了。”

李哥被拆穿，有些尴尬地咳了咳：“我那不是尝试一下吗？”

娟姐嗤了声：“那你尝试得怎么样了？”

“这不是失败了吗？那我也没重启了呀。”

崔姨说：“做生意哪有你这样的，现在网络多发达啊，你还用这种蒙一个算一个的方法，指不定人家都给你放到网上了，到时候再说咱夜市的都是骗子。”

李哥摆摆手：“哪有这么夸张？”

“谁跟你夸张了？你不信，问问小魏，他们年轻人最懂这些了。”

话题重新抛回到摊位正主这里。魏宇澈不慌不忙，拿裹布核桃边擦着臂搁，边说：“您别不信，还真有这么夸张。大学城就有个老板，称水果给人家少斤两了，转眼就被放到学校论坛上，生意黄得不要太快哦。这种事啊，就是不能存侥幸心理，该多少是多少才最稳。”

李哥过来聊天，却讨了一顿说教，心情也不太好了，转移话题又唠了两句便回去了。

崔姨跟娟姐目送他回去，对视一眼，又看梁舒。

娟姐：“怎么样，小梁，大姐的演技还可以吧？”

崔姨：“我配合得也还行吧？”

梁舒连连点头，诚恳地说：“感谢感谢，多亏了你们帮忙，不然我也不好说呢。”

旅游旺季要来了，夜市也得整顿。这段时间找了不少人暗访，最后得出的结论是部分商户定价有问题，这“部分商户”里就有李哥。

洪桃直接找他说过这个问题，但李哥不听，还要她拿出证据来，不然就是污蔑。

洪桃才刚工作，半年实习期都没过。平日里，因为她行动不方便，各位都愿意给她个面子，从不和她为难、作对。她哪里见过这个阵仗，没有办法，便求梁舒出出主意。

这个问题说大不大，说小不小，而且还不好界定。李哥这虚高的价格随机性高，价格并非砍不下去，但总有人不还价。只要逮住这一个不还价的，他就赚大发了。

老实说，跟竹子过招，梁舒还是挺有法子的，但是跟李哥这类老油条打交道，她就真的经验不足了。

倒是魏宇澈看得通透，李哥喊高价的时候一般都是逮住外地人，还尽可能做得低调，其实也是怕影响到自己的生意。

于是几个人一人一句地把话往生意上头引，叫他心里发怵。过几天，针对定价警告的红头文件下来，洪桃再过来警告一番，他估计就再不敢犯了。

“别这么说，大李这件事最后影响的还是我们这一片。他拎不清，我们可不一样。”崔姨说，“咱们这一块啊，早就该整顿了。”

娟姐说：“这都没人了，咱们早点收摊，回去睡觉算了。”

崔姨点头：“小梁，那我们就先走了啊。”

“好嘞，好嘞，谢谢姐姐。”梁舒再次道谢。

臂搁被磨得透亮，魏宇澈小心地把它放到提前准备好的盒子里。

梁舒说：“咱们也回去吧。”

“这么早？”魏宇澈看了一眼手表，“还不到九点。”

“反正也没生意，在这儿浪费时间干什么？”梁舒手痒，没忍住拍了拍他的头，“去探海吧。”

钟灵秀好几次想过来看他们，都被生意绊住了脚。

车子到了门口，梁舒看着川流不息的人群，发出了羡慕的声音。

这客流量要是能分给她一点多好啊。

魏宇澈虽然不说，但同样感到惊讶。他看着梁舒从后座拎起个袋子，立马反应过来："不是吧，你要把生意做到这里来？"

袋子里是梁舒这段时间才准备好的宣传册，上面有工作室的微信，管理人当然是魏宇澈。

梁舒下车在后备厢的货箱里挑了几个样品，回道："这是行商之道，你懂不懂？"

魏宇澈接过她手里的大件，又放回去："酒吧这种年轻人居多的地方，谁要这种大件啊，你懂不懂？"

梁舒想想也是，没反对。

"唉，都这么多天了，我怎么就没见到你做屏风啊？"魏宇澈打听道，"你到底是怎么想的？"

"怎么？怕我赖账啊？"梁舒说。

"才不是。"魏宇澈反驳道，心说，他巴不得梁舒赖一辈子才好。

进了门，魏宇澈第一时间注意到舞台边盖得紧紧的钢琴，又觉得跟自己买的那架不一样。

钟灵秀露出微笑："您难道就没收到退款的消息吗？"

魏宇澈想到自己那些成堆的未点开的信息，诚实地说："我没注意。"

钟灵秀手痒痒的，有点理解为什么梁舒总是揍他了，她现在也很想给他一巴掌。

他一时上头，哐哐一顿弹是过瘾了，天晓得她费了多少口舌，才换了架便宜的回来。

虽然那不是她的钱，但也是很让人肉疼的。而更叫她肉疼的是，驻唱压根不会弹钢琴。这玩意漂亮，高大上，就是放在这儿一无用处。

"那你再找个弹琴的不就好了。"魏宇澈想当然地说。

"再找一个？谁给钱？你给？"

"我给就……"魏宇澈习惯性地想点头，瞥到梁舒警告的视线，到嘴边的话瞬间打了个转，"就……就算了。"

算了，小梨花刚认他作父，自己这个新上任的“爹”，也得省点钱给它买冻干才行。

他多花点，梁舒就能少花点，钱虽然没直接给梁舒，却也能缓解一下她的压力。

梁舒那套“摆摊就完全是为了接触人群”的说法，他可不信。

她嘴上说是要让程汀多学习，但其实真正累着的，还不是她一个人？

钟灵秀猜不着他百转千回的心思，而是突发奇想，提议说：“要不你再上去弹弹？就算是开琴了？”

专门找人，她是不考虑了，但这现成的人手不用白不用。想起那晚他虽然喝醉了，弹琴的架势略显狂野，但反馈还是不错的，底下人“嗷呜”叫了好一阵。

魏宇澈不情愿，天晓得他对弹琴已经生疏成什么样子了，上次那是上头，出丑了也能当作不在乎。这次好好的，他才不给自己找罪受呢。

回绝的话刚到嘴边，便被钟灵秀接下来的话打断：“你觉得呢，梁舒？”

魏宇澈收了声去看梁舒。

梁舒数着箱子里的宣传册，头都没抬，心不在焉地说：“随便吧，我觉得可以。”

什么态度啊！魏宇澈蹙眉，心里很不是滋味。

梁舒没听到他回答，也考虑到他许久没弹，以为是下不来台，好心地又补了一句：“但你都好久没弹了吧，要不然还是算……”

“可以。”魏宇澈却以为这是看不起自己，站起来答了句，故意不去看梁舒，抬脚往台上走去。

钟灵秀在身后比出大拇指，夸她有办法。

激将这一套，只要梁舒拿出来，就能把魏宇澈吃得死死的。

梁舒想解释，却无从开口，嘱咐酒保看好东西，步子踉跄地跟了上去。

钟灵阳得到了消息，端来果盘放在二人跟前的桌上，顺势坐下。魏宇澈跟驻唱说了几句话，将手机连到音响上。

在梁舒的记忆里，她上一次看魏宇澈弹琴还是在高二。

恰逢校庆，文艺汇演要出节目，魏宇澈穿着白衬衫坐在舞台角落里，给前面跳舞的人伴奏。舞蹈精彩纷呈，梁舒却只看得见他。

少年瘦削笔直，像一株白杨，五官敛去散漫，竟然变得温润不少。

此刻两张脸逐渐重叠，曾经的青涩已经不见，那丝难得的少年气却被保留了下来，和成年男人的荷尔蒙气息掺在一起，利落干净，英气逼人。

旋律响起，梁舒觉得熟悉，却想不起来是在哪里听过。

钟灵秀："又是这首。"

梁舒敏锐地捕捉到关键字："又？"

"是啊，上次他喝酒哐哐弹的就是这首。"钟灵秀说。

默默跟来的钟灵阳此时倒开了口："我知道这首。"

钟灵秀："你又知道了？"

"我当然知道，魏宇澈以前光扒谱子都扒了好久，每天几十遍地听，后来又每天几十遍地练，我听得耳朵都要起茧子了。"

"就这么喜欢？"

"我不知道，反正他是准备在文艺汇演上弹的，后来听说没法独奏，要跟别人一起上台，就说什么都不肯了。"

梁舒问："叫什么？"

钟灵阳肯定地说："*Wings of Piano*。"

听到这个名字，梁舒总算知道这种熟悉的感觉从何而来了。

她玩过一个剧情向的音乐游戏叫*Deemo*，而*Wings of Piano*就是其中的一个关卡，也是她当时最喜欢的一节，喜欢到反反复复地玩，后来还花钱把这首歌设置成了彩铃。

这对于追星一毛不拔的梁舒来说，实属难得。

而魏宇澈当时钢琴刚考完级，吹牛说他也能弹。梁舒当然是不信的，刺激他弹一遍看看。

魏宇澈信誓旦旦："梁舒，你别不相信，我这辈子，迟早有一天要给你弹这首歌。给你弹十遍，不对，弹一百遍。我给你弹一辈子，我让你听到它就想到我，想我一辈子。"

梁舒回他："你少做梦了，谁要想你。"

这次对话跟他们之间数不清次数的拌嘴相比，并没有什么不同，也不值得被记住。

Deemo 很快被市场遗忘，这首曲子也被梁舒抛到了脑后。

可此去经年，有人始终记得。

聚光灯下，魏宇澈端坐着，修长的手指在黑白键之间游走，如同抚摸爱人般轻盈、缱绻。光影流泻在他的指尖，伴随音符跳动，梦幻绚烂又酣畅淋漓。

梁舒的呼吸微滞，心跳也被那按键牵制住了，上下起伏不定，在乐声里到达顶峰。

她有一种荒谬的感觉，觉得此刻的自己就像一只风筝，线的另一端被魏宇澈握在了手里。她可以飞得很高很高，看遍名川大河，但只要低头，依然会看见他。

他永远在那里，跟以前没什么两样。他会存心跟她过不去，也会受了伤第一时间冲她喊“救命”；他会非常欠揍地挤对她“梁大小姐”；他也会在领奖台前，递给她校服，让那件不合身的衬衫定格在瞬间，成为永久的留念。

在那一瞬间，梁舒很想碰碰他，牵手也好，拥抱也罢，甚至是接吻，她都不排斥。

她什么也不想说，只想碰碰他。

一曲终了，魏宇澈抬起头，视线越过人群，精准地捕捉到她，一如许多时候。

梁舒有些恍惚，记忆似乎出现了偏差，与那一年的文艺汇演重叠起来。一个念头钻出来，很无厘头——在自己不曾注意的时候，魏宇澈也露出过这样的神色吗？

这样张扬肆意，却又坚定温柔，像是一弯月亮，直直地照到她的心里去。

耳朵像被炙烤一般，热度烧到了脸庞，嗓子一阵阵发紧，指尖竟微微地颤抖起来，只觉得心潮澎湃。

梁舒移开眼，不敢再去看。

吧台的灯光稍亮，调酒勺搅动着冰块撞在玻璃杯壁上，当啷作响。

杯子被递到魏宇澈的手边，里面的酒没能存活几秒便见了底。

钟灵阳紧接着又端了一杯过来，劝说：“你悠着点，这酒度数很高的。”

魏宇澈摆手示意不碍事，一口气喝下，有梁舒这个司机在，他贪杯也不是什么大事。

冰冰凉凉的酒液顺着喉咙滑下去，很快带起点点躁意。空调凉风一吹，他便觉得舒适，心想：钟灵阳真的没骗自己，这酒的度数确实不低。

梁舒将刚才不合时宜的异样抛到脑后，正经地调出手机界面递给魏宇澈，示意他看，接着问钟灵秀：“这些东西放在这儿会影响你们吗？”

“这有什么好影响的。”钟灵秀把宣传册排开，“样品我过几天再放啊，等摆在这儿的盲盒罩子到了，给你一起摆到里面去。不然就这么放着，容易丢不说，好看的东西因为摆放得不好，也变丑了。”

“不碍你的事就成。”梁舒说着，将手机从魏宇澈那里拿回来，“看完了吧，这下可以放心了？我不会赖账的。”

她给他看的是往年“竹天下技艺大赛”的宣传，不出意外的话，明年三月就会开赛。

“你准备拿屏风去参加比赛？”魏宇澈问道。

梁舒说：“严格来讲，是用屏风帮我通过资格赛。”见他不怎么明白，她继续解释。

每年竹刻的大小比赛不少，但是最专业的有两个，一个是隔年举办的“竹天下”，另一个是每年十月举办的“竹工艺”。

这两个比赛每次都会邀请业界的大腕大拿和知名收藏家来当评委。前几届的金奖作品，还有被收纳进省博物馆的，总之比赛含金量很高。

“你不是说我现在没有名气吗？这就是让我有名气的机会。‘竹工艺’我是来不及准备了，明年的‘竹天下’倒是可以冲一冲的。只要我拿到名次，魏爷爷这块屏风的价值保证只涨不跌。”

梁舒做事从来都是多想几步，把一切都计划好。这屏风对她而言意义重大，她只会谨慎再谨慎。

魏宇澈理解了她的逻辑，但其他人并不一定能。

“可是，”钟灵阳慢吞吞地举手，“一定能过预选赛吗？”

魏宇澈横眉冷对：“都让你别天天待在店里了，你睁大眼睛好好看看人家的东西是什么样，再说这话成不成？”

刚系上围裙准备去调酒的钟灵秀更是腾出手狠狠地给了自己弟弟一下：“说什么呢，你皮紧了是不是？”

钟灵阳摸了摸痛处，眼里写满了震惊：“我这不是退一万步讲吗，梁舒还没说什么呢，你们俩怎么一个比一个狠？我姐就算了，她是梁舒的脑残粉。但是你，魏宇澈，你之前不是还嚷嚷着说梁舒是骗子吗？”

他到底是错过了什么关键剧情，怎么就沦落成最不信任梁舒的人了。

“那是我不知道竹刻市场的行情，但我现在知道了。”魏宇澈说。

钟灵阳说：“不是啊，我是说你来喝酒那次，嘟嘟囔囔了一下午，说她欺骗你感……”

魏宇澈抓了块西瓜塞到他的嘴里，一本正经地说：“是不是发烧了，净说胡话。”

梁舒在一旁手托腮看着他：“哟，少爷，原来在这儿偷摸地说我坏话呢。”

“没有，钟灵阳瞎说的。”魏宇澈拼命朝钟灵阳使眼色。

但后者显然领会不到该怎么帮忙圆起来，何况他的嘴被西瓜塞得满满的，即使想说些什么，暂时也说不出来。

魏宇澈跟梁舒都瞪他，等他给出下文，只不过一个是威胁，一个是质问。

钟灵阳想了想，决定先溜比较好——这俩祖宗没一个是他惹得起的。

他用手托着瓜皮，拎起根本没声音的对讲机，一边啃，一边说：“啊，卸货是吧，我这就来。”

梁舒转换质问对象，问魏宇澈：“说说吧，我都骗你什么了？”

魏宇澈想笑笑蒙混过关，可是笑不出来。他感觉胸口闷得紧，就跟上头压了块大石头一样，不知道是因为喝了高浓度的酒还是怎么了。

梁舒凭什么这么理直气壮地质问他，她明明就没干什么好事啊。

这有什么不能说的？

魏宇澈清了清喉咙：“你别不承认，梁舒，从小到大你骗我的次数还少吗？”

“谁跟你扯从小到大！你就挑近的说，我倒要听听你哪来的这么多意见。”

——都严重到要深夜买醉，把事情讲给外人听了。

“好，就挑近的说。”魏宇澈又干了一杯酒，“买竹料，是不是你骗我说让我先下手为强的？”

“是，那竹料我也没浪费啊，我还刻了枚钥匙扣给你。”梁舒伸手从他兜里摸出车钥匙，拍在桌面上，“你不是在用着？”

天晓得被虫子啃得面目全非的竹子处理起来有多艰难，她一整天都搭在里头了，才弄出来这么一点东西。

“好，那再说我复读吧。谁跟我说乌大没什么好上，要去蔚大看看才好的？”

“是我，那我也没说错啊。蔚大是985大学，难道不甩乌大很远吗？你懂不懂什么叫鼓励啊。”梁舒没觉得有什么不妥，又说，“而且是你说你觉得乌川待久了没意思，自己要退学，回去重新参加高考的。你都下这么大决心了，难道我还要说你别来？你动脑子想一想，你分得清好赖话吗？”

“我知道你是鼓励我，我也努力学了，但是后来呢？”

“什么后来？”

“我考上了，你人呢？”魏宇澈注视着她的脸，越过时间，像在问当初那个丢下一切远走的人，“梁舒，你去了哪里呢？”

对于去蔚大这件事情，他是有过很多期待的，可这些计划最后都因为她的缺席变得索然无味。

蔚大很美，一年又一年，新建了更多的楼宇、栽种了更多的绿植，可他只觉得空虚。

春去秋来，他逐渐明白，这里不会再有梁舒了。

她不会再回来了。

梁舒不敢读出更多情绪来，低垂着眉，说：“我是鼓励你来，可我又没保证我一定在这儿。更何况，你读大学是你自己的选择，又不是我坚持要你考蔚大的。是你自己较劲，跟我说要证明自己也可以。

“我一没骗你填志愿，二没保证自己在蔚大等你。怎么就成我骗你了？”

魏宇澈胸口的恶气没处发不说，反而聚集成更重的乌云，低沉着，挥散不去。

看着她的侧脸，魏宇澈突然觉得自己好悲哀。

因为梁舒一个字都没有说错，错的是一厢情愿的自己。

他垂下眸子，说："好嘛，是我瞎扯淡，说你坏话说成习惯了。"

梁舒将他的反常看在眼里，推了推他的胳膊，声音也缓和下来，有些小心："你怎么了？"

"没什么。"他抬起头，脸上重新泛起笑意却未达眼底。

他轻松地说："就是觉得自己跟你吵了这么多年还吵不过，挺丢脸的。"

梁舒嘴唇微抿了一下，语气里多了些别扭："那是因为我有道理。"

魏宇澈笑起来，心尖和眼眶都一阵火热："是啊，谁让你是梁大小姐呢。"

他永远赢不了的梁大小姐。

每次摆摊，几个人势必会穿过一条长长的美食街。偏黄的灯光一照，烤架上的各式小吃泛着晶亮的油光，调料掉落在炭火上的一瞬间迸发出的味道，直叫人食欲大开。

梁舒咽了口口水，一边告诫自己这是垃圾食品很不健康，一边视线又忍不住黏在上头。

魏宇澈贱兮兮地凑过来："想吃啊？"

梁舒不理他，而是扭头问程汀："你要吃吗？"

程汀摇摇头，老老实实地说："我吃不下了。"

自从摆摊后，魏宇澈深切地感受到了晚上这一顿的重要性，做菜的分量都是加量的。

程汀其实还挺能吃的，刚来的时候还有些拘谨，后面放开了肚皮，也顾不上什么客套了。这还不到两个月，她虽还是瘦瘦的，却已经不复以前皮包骨的模样了。

所以她不是客气、怕花钱，而是真的吃不下了。

"行吧。"梁舒寻找借口失败，与小吃失之交臂，又鼓起劲说，"我们快点去上货吧。"

长假即将结束，夜市上半年第一波井喷式的客流量也进入了缓冲期。

梁舒等几人打扮得不古朴、不素雅，魏宇澈的花衬衫配短裤更是招摇，跟雕刻区摆着香炉的摊位相比，少了些高深莫测，又得益于长相出众，吸引了不少人过来瞧热闹。

现在是全民流量时代，总有人热衷于到处拍照。有人拍照片、视频的时候，魏宇澈都会尽可能地跟他们协商，不要拍到梁舒跟程汀的正脸。

程汀现在的技艺还达不到可以上手刻成品的程度，只能在一旁帮梁舒递递刀具，磨磨料子。

魏宇澈对竹刻工艺确实不大懂，但做生意这一块，他显然天赋异禀。这些年大少爷的气性也收敛了不少，跟什么人都能聊上两句。

周边的叫卖声此起彼伏，热闹非凡。梁舒只看着方寸之间的竹片，屏息凝神，一把笔刀稳稳地推出纹路。

人潮并不总是光顾他们，尽管有现场手工的噱头，但人的耐心有限，加上预订跟现场制作相比便宜不少，很多人丢下订金便离开了。

魏宇澈的微信里多了许多以产品和订金为备注名的人，这么算起来，他们回本也就是这几天的事情了。

梁舒放下刀，揉了揉脖子，程汀还在进行成品最后的打磨，手肘撑在桌上，一脸认真。

“好了，汀汀，给我吧。”梁舒说，“你去外边逛逛吧。”

开摊已经好多天了，程汀都没怎么认真地逛过，梁舒从柜台里抽出两张钞票递给她。

程汀不要，说自己有钱，一溜烟跑得没影了。

梁舒也不坚持，把钱放回盒子里。

“梁老师，你怎么不让我也去逛逛？”魏宇澈还在记账，灯光之下，侧脸认真又温柔。

他随口抱怨，声线低低的，夹杂在一片嘈杂里，有种别样的滋味。

梁舒有点不想移开视线，她猜自己最近肯定是有点病，不然为什么总觉得这狗贼变得顺眼了好多。

魏宇澈收了笔，扭头同她有些呆滞的眼神对上，伸手在她眼前挥了挥：“喂，怎么了？”

梁舒不自然地转过头，摩挲着手里的印章纹路：“没事。”

魏宇澈顿了顿，迟疑道：“你不会是被我迷住了吧？”

梁舒心一惊，抬头说：“你说什么？”

“网上不是都这么说的吗？认真的男人最帅。”魏宇澈言之凿凿。

梁舒心里的那点粉红泡泡立马被戳破，她就知道自己刚才绝对是脑子有病。

她说：“那你没看网上说吗？帅而不自知的才叫帅哥。”

“哦。”魏宇澈恍然大悟地说，“所以你承认我确实帅了，是吧。”

“你可以闭嘴了。”梁舒说。

魏宇澈从嘴角发出一声笑，有些得意：“承认别人优秀很难吗？”

梁舒说：“承认自恋很难吗？”

魏宇澈把账本锁进柜台：“行了，我还是出去转转吧。”

梁舒没跟他作对。

她是老板，程汀是伙计，至于魏宇澈，完全就是出于热心肠来帮忙的“志愿者”，放在古代，那就是路见不平，拔刀相助的侠客。

虽然她觉得即使没有侠客，自己也能做得很好，但侠客都伸手帮忙了，自己还要说没占便宜，甚至找碴，那可就太不应该了。

梁舒将打磨好的印章放好，又取了块新料子。她没急着上刀，拧开保温杯喝了几口。

保温杯里装的是冰苏打水，配着凉丝丝的晚风，相当惬意。梁舒整个人都舒展开来，感觉身上的酸涩都轻了不少。

“我可以去看看那个吗？”穿墨绿裙子的女孩在摊子前顿住脚，问身边的男人。

“当然可以。”男人说着，视线落在梁舒身上，眸子里有什么东西亮了一下。

梁舒拧好杯盖，微笑着对那个女孩说：“您好，看看喜欢什么？”

“梁老板，好久不见。”

“墨绿裙”抬起头，眼睛里有疑惑，看看男人又看看梁舒：“啊，你们认识吗？”

梁舒不说话，腰杆依旧挺得笔直。

“是啊。”高啸寒眸中带笑，说，“送给老师的印章就是在梁老板这里定制的。”

“真的吗？”“墨绿裙”眸光大亮，扭头看梁舒，“老板，能不能也给我做一枚那样的印章啊？”

梁舒脸上带着笑：“当然可以。只不过这个工期比较长，价格也贵一些。”

“没关系，没关系。”她瞄到一旁的图册，“这是样品图册吗？我能选选吗？”

“当然。”梁舒将摊开的图册拿到她面前，“也可以看看其他的。除了印章，我们也有其他产品，不知道你是想要自留还是送人呢？”

“我自己用的。这些全是竹子做的吗？”

“对。”高啸寒抢先一步说，“梁老板是专门做竹刻的人。”

“墨绿裙”的兴趣不在这个上面，略微点头后就翻起了图册。

梁舒顶着高啸寒直白的视线不去理会，给“墨绿裙”介绍着成品。

高啸寒自己在那儿散发了半天魅力都不见梁舒抬头，难免有些无奈和挫败，于是往柜台靠近了一步，问：“菲菲，你选好了吗？”

叶菲已经被各种小玩意迷住了：“没呢。”她拽了拽高啸寒的胳膊，“学长，你帮我参考参考啊。”

高啸寒抽回手，道：“不了，你让梁老板给你推荐吧，她的审美很好。”

叶菲抬头，视线在两个人身上打着转，神色了然，意味深长地“哦”了一声。

梁舒头皮发麻，这语调里的情绪简直不要太好猜。

电话铃声响起，叶菲从包包里掏出手机：“我爸的，我去接一下啊。你们……”她笑了下，意有所指道，“好好聊哦。”

梁舒保持的微笑在她离开视线后立马收了起来。

高啸寒说：“你别误会，叶菲是我老师的女儿。”

梁舒看了他一眼，用眼神传达“你是不是有毛病”的疑惑。

高啸寒是个人精，哪里会看不出来。他说：“其实你不用对我抱有偏见。”

“没有。”梁舒否认说。

"我不知道魏宇澈对你说了什么，但那些都是小时候不懂事。我们之间有些误会，他对我有些误解。"

薄薄的眼镜片后，他的眼神极为诚恳："如果这些误解影响到了你对我的判断，我会觉得非常可惜。"

魏宇澈拎着打包袋，远远地看见了这一幕。

高啸寒打扮得有模有样，懒懒地靠在柜台上，身子前倾，摆明了要突破同梁舒的安全距离。

这狗玩意，就硬挤，真是好没意思。

梁舒听了他一番"诚恳"的话语，问："你说完了吗？"

高啸寒不知该如何回应。眼前这个女人油盐不进的程度远超他的想象，不过这也正常，要不然魏宇澈也不会用了这么长时间，连边都没摸上。

"魏宇澈什么都没说过，倒是你……"梁舒一本正经，"阴阳怪气得有些明显了。"

高啸寒："……"

刚打完电话的叶菲："哈？"

正准备冲上来的魏宇澈："哈哈哈——哈哈。"

魏宇澈走到柜台边，将槐花放在梁舒的掌心，又把袋子放好，说："我说高医生，你不用值班吗？"

五月刺槐花开，白如皎月，香气跟着夜风一阵一阵地飘来。魏宇澈经过的时候扯了一串，揪了一朵放在嘴里嚼着，又折了一串，想着也带给梁舒看看。

高啸寒的心理素质绝对是超一流的水准，就算被两个人连番撑，表情也不带有一点变化的。

他脸上始终挂着和煦礼貌的笑，没有一丝不快，答道："我轮休。"

叶菲敏锐地嗅出情况不大对劲，上前两步，跟梁舒说："老板，我的订金怎么给你？"

"哟，高医生，这是你女朋友啊？"魏宇澈将刺槐花嚼出了口香糖的感觉，阴阳怪气地说。

梁舒撞了他一下，示意他闭嘴，同叶菲讲："加我微信就好了，排在您前边的还有很多，我估计您这个要等到五月份才能做出来了。”

“没事，没事，五月就五月，我不着急的。”叶菲扫了码，也没忘替高啸寒解释，“我有男朋友的，他是我的学长。”

魏宇澈眼神一变，看向高啸寒的目光更加嫌弃。

这人“知三当三”，真是没底线。

这么想着，他往旁边走了一点，将梁舒挡在身后。

魏宇澈的表情全摆在脸上，是个人都明白他是什么意思。

叶菲想要解释，高啸寒却阻止了：“很晚了，我先送你回去吧。”

梁舒对自己的态度已经很明显了，有魏宇澈在场，他也讨不到什么便宜，还不如先离开。

等离开了雕刻摊子，叶菲才试探性地说：“学长，刚才那个老板好好看哦。”

“是吗？”高啸寒眸色淡淡。

“你对她有意思？”

高啸寒说：“为什么会这么问？”

“很明显啊。”叶菲嘟囔，“我又不是傻子。”

高啸寒呼出一口气，略显惆怅：“是啊，连你都看得出来。”

“什么叫连啊，我可是很敏锐的好吗？”

高啸寒笑：“是、是、是，不过你什么时候有的男朋友，老师怎么没跟我说过？”

叶菲有些扭捏：“哎呀，现在让我爸知道，多不方便啊。学长，你可不能告诉他啊。”

“那可不行，我可不想撒谎。”他故意说，眼看着叶菲要急眼，又慢悠悠地补上，“但我可以当什么都没听见。”

叶菲的心情大落大起，埋怨地看了他一眼：“学长，你都快把我的心脏病吓出来了。”

“好了，不逗你了。”高啸寒收敛起笑容，正色道，“但是，叶菲，你觉得我应该怎么做才能让梁老板明白我是认真的呢？”

“为什么会不明白？你有什么渣男行为被梁老板逮住了？”叶菲不解。

高啸寒摇头：“没有，但是……”

“但是什么？”

“一开始我的目的确实不是很纯粹，或者说，是中间不纯粹。”

叶菲蒙了：“什么跟什么啊？我没懂。”

“打个比方，你对你男朋友有好感，但同时也知道了他是你死对头的心动对象，总之……新仇旧怨吧。”

“你说老板的伙计啊？”那伙计对高啸寒那么明晃晃的敌意，她叶菲看不出来就有鬼了。

高啸寒不说话，默认了。

“你们社会人士都是这样不坦诚吗？实话实说不就好了。”

高啸寒说：“要是真像你说的那样简单就好了。”

他跟魏宇澈之间的过节，可不是一两句“实话实说”就能解开的。

“算了。”高啸寒松弛下来，很快恢复成以往那种运筹帷幄的样子，说，“我们回去吧。”

——来日方长。

刚烤好的串，香气四溢，撒料的师傅从不手软，红的辣椒、棕的孜然、白的芝麻，油滋滋的亮光。咬一口，各种滋味在舌尖碰撞，咸香鲜辣。

梁舒已经不记得自己有多长时间没在这个点吃东西了，不得不说，真的挺香的。

她一抬头，看见魏宇澈蹙着眉头，一本正经的。

“干吗这个表情啊？”梁舒大发慈悲地递了一串烧烤给他。

魏宇澈只是接过来，看着梁舒，忧心忡忡：“高啸寒都追到这里来了，你怎么还吃得下？”

“我说你能不能别脑补这么多戏啊。”梁舒说，“他这次真的只是碰巧，人家姑娘先看见的。”

是不是故意的，她还是能够看出来的。

魏宇澈若有所思，一拍桌子：“不行，我要去跟他讲清楚。”

“你要讲清楚什么？”

“让他别缠着你。”

梁舒放下手里的吃的，说：“你是不是太过敏感了？人家也没干什么事，好吗？”

仔细算起来，除了查到工作室地址并且追来这点冒犯到她以外，高啸寒也没做什么太出格的事情。严格来说，他道德和法律两条红线都不曾越过。至于自己的态度，很大一部分是出自对魏宇澈的护犊子。

“是你太不敏感了。”魏宇澈说，“等他真干出什么事，那就晚了。”

梁舒问道：“那你说说，他能把我怎么样，嗯？”

“他……他……”魏宇澈半天也没“他”出什么来，那股子劲也有些泄了。

老实讲，魏宇澈跟高啸寒也好久没见了，谁知道他现在变成什么样子了。

兴许他还跟以前一样睚眦必报，又或是已经成长了，抛掉那些幼稚的把戏了。

魏宇澈拿不准，但可以确定的是——高啸寒对梁舒的动机不纯。

梁舒点头：“这我知道，他对我有点意思。”

“你知道也不防着点？”

“我防着他干吗，他对我有意思不是一件很正常的事情吗？”梁舒坦然道。

她就是很值得人喜欢啊，这又不是什么稀奇的事情。

魏宇澈再一次哽住了，不是因为梁舒的自信，而是因为他觉得梁舒讲得很有道理。

梁舒疑惑地看向他，说：“你怎么了？又不是第一次遇见这种情况了，上学那会儿不都是？也没见你要死要活的啊？”

从小到大她收情书就没避讳过他。那些人又并非都是他的朋友，不也有很多他看不顺眼的人吗？他不都是骂骂咧咧两句就完事了吗？怎么到了高啸寒这里，态度就变了？

“我没有要死要活。”魏宇澈纠正她，“而且情况不一样。”

“怎么不一样了？”梁舒疑惑地看着他，“一样是你看不顺眼的人，为什么他不一样？”

魏宇澈嘴唇抿起，什么话都说不出来。

他以前不怎么在乎，是因为自己知道她不会早恋。

而现在，他们都是成年人，谈恋爱是很正常的事情。

他怕的是她会点头答应高啸寒，然后又一次离自己远去。

“不是他不一样。”魏宇澈看着她，漆黑的眸子里有暗流涌动，里面独独映出一个梁舒。

他垂眸，声音几不可闻：“是我。”

他可以接受梁舒抛下一切，一声不吭地远渡重洋而去，也可以接受她不说任何缘由，但他永远无法接受她的目光将再也不会分给自己一丝一毫。

他不要这样，永远都不要。

第八章

♡ · 山有木兮木有枝 · ♡

旅游旺季一过，梅雨便如约而至。草木葱绿，山间蒸腾起水雾，软绵绵的细雨，一下便是一整天。

烟雨中的风景虽别有滋味，却也带来不少麻烦。

回潮的地板和墙皮，滑溜溜的青石板，躲不开的霉味和淅沥的雨滴，最难以忍受的是一直“闷干”的衣服，湿漉漉的感觉蔓延，穿在身上也不舒服。

对此，大家会有不同的应对法子。比如梁舒，在梅雨季到来之前，她就花大价钱买了烘干机回来，一劳永逸；又比如魏宇澈，再次下单购买了几十件换洗衣服，一天换一套。

梁舒实在看不下去这败家子的模样，大方地借出了烘干机的使用权。于是魏宇澈待在这里的理由又多了一个。

太平缸旁的凹槽石板流淌着雨声，灰蒙蒙的瓦片被雨水洗成深色，滑落下的水珠连成雨幕。

梁舒鼓起腮帮子，将推出的碎料吹掉。

魏宇澈撑着脑袋昏昏欲睡，伸手将电风扇又调高一档，嘟囔道：“我说大小姐，你就不能去空调房干活吗？在这儿遭的什么罪？”

南方夏天闷热，雨下得也不痛快，从不送来一丝凉意，连空气都像是从蒸锅里跑出来的一样。

“这叫跟自然融为一体。”梁舒下刀一丝不苟，“你如果热，那就回去。我不算你第三次还不行吗？”

魏宇澈说：“算了吧，你说得好听，谁知道你会不会突然就说我错过了什么环节。反正下雨天我也没地方可去。”

梁舒说：“你怎么不去接溪溪放学？这么大的雨，汀汀一个人去也不知道方不方便。”

“我跟程汀两个人去，那也是得一人打一把伞的。开车就更别想了，小学到家八百米，这天气能堵上一小时。”

“好、好、好，怎么说你都有理。”梁舒放下刀，将刻好的印章递给他，“喏，刷油吧。”

竹雕不比其他东西，保存不好就容易开裂，浅浮雕的东西需要用手将核桃油涂抹均匀，填满小孔洞后，还要用毛刷将多余的挂油刷掉，不然容易积灰，破坏美感。

魏宇澈的手掌在油碗里蘸了蘸，说："你看，我要是去接程溪，你连个刷油的人都没有。"

梁舒敷衍地应和了两句，支起画板继续画未画完的样稿。

距报名只剩下不到两个月时间，报名成功后的一百天内必须上传作品。也就是说，她现在还剩下不到半年的时间。

这半年里，她必须完成从整料到雕刻成型的全过程。

魏宇澈说："还没画好呢？你都改多少版了？"

"三四十版？记不清了。"梁舒说，"估计明天吧，这稿子就能定下了。"

竹刻屏风大多是配红木底座，梁舒在时间上来不及，决定只做边框，先以挂屏的形式参加，回头再改加底座。她征求过魏庆弘的意见，对方表示怎样都可以。

"舒舒啊，我真的不着急的。别说今年，你明年给我都是可以的。"

话是这样说，但魏庆弘为什么对自己"格外开恩"，她心知肚明。

他除了惦念着跟外公的交情，便是感觉她重新拿起刻刀不易。

得着好处却不给回报，从来就不是她的风格。

这次比赛，她志在必得。

魏宇澈从不在她画稿的时候打搅，闭了嘴，专心给身边的一堆货物擦油。

过了半晌，梁舒起身，拽了拽被雨打湿粘在腿上的裤筒，又把画稿摊开在桌上。

素净的纸上只用单色水笔描摹。远处群山连绵，竹林幽静，清泉蜿蜒，徽派古屋掩映于山水之间，泉水的另一边，亭台楼阁独自与松柏相映成趣——细节之繁复，光是看着便觉得头大。

魏宇澈抬头说："你确定要刻这个？"

梁舒没说话，倨傲地抬了抬下巴，神色肯定。

"这叫什么名字？"

"没取呢。"梁舒说。

魏宇澈眨巴眨巴眼，试探着问："要不然我取？"

梁舒怀疑地看着他："你能取？"

“怎么不能？”魏宇澈不满意她的态度，“我以前写的作文也是上过校刊的好吗？”

“初一的事，你也真好意思往外说。你都念叨多少年了，不会等以后去了养老院，还要跟人家吹这件事吧。”

“荣誉不分大小，懂不懂？”

“好、好、好，我不懂，那你取吧。”

魏宇澈美了，喜滋滋地想了半天，手都做好了“挥斥方遒”的准备，却愣是没憋出个什么来。

“算了，我还是抹油吧。”

梁舒露出个“我就知道”的眼神，起身去了厨房，掀开不锈钢脸盆上的老布，抱出半个西瓜。

绿皮红瓤散发着清香，看着就叫人食指大动。她手起刀落，将切好的瓜摆在盘子上端去前面。

魏宇澈没空余的手拿西瓜，张了嘴等着投喂。

梁舒看着他，仿佛看到了什么怪物一样：“你不会是等着我喂你吧？你哪来的脸提出这种无理要求的？”

魏宇澈给她展示他那反光的手：“那我这是为了谁？”

这倒也是。

梁舒妥协了，举起一块瓜递到他嘴边。

魏宇澈弯着手腕扶住她的手，咬下一大口。

气息洒在指尖，梁舒心头掠过些许怪异的感觉，催促道：“你吃快点。”

“我吃不快，你待会儿再喂。”他心情大好，鼓着腮帮子，眉头一扬，全是得意。

果然，得寸进尺是人类的本性。

梁舒将手收回，冷漠地说：“你自己啃吧。”

谁要管他啊。

魏宇澈还没高兴两秒，就见她要把瓜放到桌上，想也没想就去拦：“别啊。”

西瓜被撞掉在画稿上，打了个转后又砸向她脚面弹走。与此同时，湿润贴上手掌，梁舒视线里就只剩下毛茸茸的头顶。

魏宇澈的下半张脸都埋在她的掌心里。她的手很漂亮，但掌心常年握刀磨出的茧子却粗糙，指间残留的淡淡竹香混合着西瓜的清甜，转瞬便占据了他全部心神。

入目处，光滑的脚面覆着瓜瓤，红色汁水顺着脚背的弧度蜿蜒到底，一白一红间，有种触目惊心的美。

“魏宇澈。”她咬着牙，一字一顿道。

底稿纸上沾着碎瓜瓤，出现一大块红色印记。

他抬起头，下巴还留在她的手掌上，双眸里满是真诚：“我说我不是故意的，你信吗？”

梁舒深呼吸，太阳穴一跳一跳的，再睁开眼，满脸恼怒地瞪着他。她猛地将手抽回，一拳打在他的肩上：“我信你个锤子啊。”

“我定稿了，你知不知道啊。”梁舒掐着他的脖子使劲摇晃，“我画了两个月才定下的最终稿。魏宇澈，你是不是来克我的啊！”

“你慢点，慢点，我真不是故意的。”

魏宇澈苍白地辩解着，声音在动作中晃动，到了梁舒的耳朵里就成了“你……慢……故意的”。

“还是我的错？给你脸了是吧。”梁舒更生气了，搂着他的脖子，用力夹紧锁喉。

魏宇澈眼冒金星，手里还有刚抹完油的摆件，根本不敢轻举妄动。

“你等等，我听见开门声了，是不是程汀回来了？”

梁舒抬头看院门——关得不要太紧，于是扯住他的头发：“你撒谎。”

“不是，我真的听见了。”魏宇澈觉得自己不可能听错。

下一秒，院子里有什么东西咚地落地，矮墙边蹿出一个紫色雨衣人。

魏宇澈忙伸手去指：“你看，你看，就是有人来了。”

等等，为什么是从他家翻过来的？

梁舒忙着谴责他，哪里注意到这些，还以为是他撒谎，根本不理会。

直到那个雨衣人大步朝他们走来，魏宇澈越发觉得不对劲，伸手把住她的胳膊，大声说：“别过来！你是谁啊，我们报警了啊！”

见魏宇澈语气正经，神色焦急，确实不像作假，梁舒终于肯相信，扭头去看。

那雨衣人听他发问，顺势在廊下顿住脚，摘掉帽子，露出一张让他们都无比熟悉的脸来。

柳叶眉，丹凤眼，岁月在脸上留下纹路，却仍能窥见年轻时候的风华。绵绵细雨落在她的发丝，像是覆了一层白霜。

“阿……阿姨？”梁舒张了张嘴，局促道。

魏宇澈也傻了眼：“妈？”

与此同时，刚跨入院门的程溪挣开程汀的手，指着还黏在一起的他们，邀功似的嚷嚷起来：“啊，姐姐，大姐姐跟叔叔，他们又在练散打啊。”

苏梦华挑了挑眉，上下打量着他们俩，饶有兴味地道：“又？”

魏宇澈打死也没想到苏梦华工作忙成这个样子，还会回上林，更没想到会在他跟梁舒亲密得有些过分的时候出现在院子里。

这让他有一种心虚的感觉，于是他不自觉地透过厨房玻璃门去看外面。

隔着一层玻璃墙的工作室里，苏梦华正亲亲热热地挽着梁舒的手，欣赏竹雕。程汀和程溪姐妹俩也在一旁陪着，颇有种太皇太后出巡的架势。

似乎是察觉到了视线，苏梦华回过头来狠狠地剜了他一眼。

魏宇澈一愣，立马转身，刀在案板上剁得虎虎生风，恨不得把土豆剁成“淮扬豆腐丝”，以表示自己在“好好工作”。

苏梦华终于露出些满意的神色，回过头，一派和颜悦色：“舒舒啊，我都不知道魏宇澈竟然跑到你这里来了。他没为难你吧？”

梁舒摇了摇头：“没有，他帮了我不少忙呢。这段日子要不是有他，我真的不一定能步入正轨。”

一码归一码，她为他的蠢生气是真的，因为他的帮忙而感激也不假。

“那就好，那就好。”苏梦华的视线落在旁边的程汀姐妹俩身上，“都没来得及问你，这两个小朋友是什么情况呀？”

梁舒说：“刚好给您介绍一下，程汀是我的学生，溪溪是她妹妹。我们不是总要出早功吗？为了方便，她们俩现在都暂时住在我这里。”

“哦，原来是这样。”苏梦华看得出来，其中应该是有故事的，只不过两个小孩都在这里，她不好多问什么。

梁舒将她的欲言又止看在眼里，稍稍点头，说："汀汀，你带着溪溪去洗个手吧，待会儿就吃饭了。"

等她们俩都出去了，苏梦华才压低声音，担忧地说："我看她们俩年纪都小得很，你这样留在家里，跟她们的父母商量过没有？别到时候碰见拎不清的来找你麻烦。你这事业才起步，经不起这样闹的。"

苏梦华不是外人，于是梁舒没有隐瞒，将情况讲了一下。

"岂有此理，这男的活着不是害人吗？！"苏梦华愤愤不平道。

梁舒做了个噤声的动作，向她讨教："程汀其实挺敏感的，平时出点什么事，都觉得是自己造成的。我也不知道应该怎么帮她改正这一点。"

面对程汀，梁舒有一种特殊的责任感。她希望程汀过得好，希望程汀可以独当一面，但是自己又没有任何这方面的教育经验，除了讲些道理以外，根本无从下手。

苏梦华拍了拍她的手背，安慰道："小孩子在那样的环境下长大，受到的影响不是一朝一夕能消除的。你啊，不要太着急，慢慢相处，慢慢来，她会明白的。"

魏宇澈双手端着菜，拿膝盖蹭开玻璃门，高声地招呼她们吃饭。

事发突然，他又多做了几道菜，还去菜场买了只鸽子，这会儿还在灶上煨着。

苏梦华扫了一眼，目光停在桌边上那盘中午的剩菜上面，二话不说，揪住魏宇澈的耳朵，死命一拧："要死啊，你，天天就给舒舒吃剩菜？谁教你的，有没有良心？"

梁舒连忙帮腔："不是的，平时我们都是顿顿吃完的，这是今天中午不小心做多了。"

程汀和程溪吓得大气都不敢出。

魏宇澈被扯到苏梦华近前，连声求饶，说："没有，没有，那是我吃的。"

苏梦华哼了一声："这还差不多。"

随后她拿起筷子，换了副笑脸，夹了菜给梁舒，又招呼程汀和程溪道："来、来、来，你们吃呀。不要害怕，阿姨不是坏人。"

程汀僵硬地笑了笑："谢……谢谢阿姨。"

魏宇澈耳根子都被揪得发热，抱怨道："您就不能好好说话，不动手吗？”

苏梦华脸上的笑一收，速度那叫一个快：“不动手，你能长记性吗？从小到大，你哪个臭毛病不是被我们打着改掉的？”

“我那会儿多大，现在多大？您不能还用那一套对付我，我都二十五岁了，四舍五入三十岁了。”魏宇澈一本正经。

梁舒闷头笑，这还是她头回见魏宇澈这么着急地承认自己年纪大的。

“三十？人都说三十而立，你现在呢？你‘立’什么了？”苏梦华问。

魏宇澈说：“我在做投资啊，你来的时候没看见吗？钟灵秀开的那家酒吧，我占股五分之一呢，生意不要太红火。”

“那我问你，你本钱收回来了吗？”

魏宇澈咳了咳：“那你也不能强求人家刚开业就暴富啊。”

苏梦华冷笑：“投了百分之九十的钱，占股百分之二十，你这是投资吗？你这是在做慈善。”

“人家是要分一半给我，那我光给钱，其他事都撒手不管的，哪好意思要那么多啊。”魏宇澈说，“再说了，那是钟灵秀、钟灵阳啊，都是你看着长大的小孩。我们不帮，谁能帮嘛。”

“我没说不能帮。”苏梦华看向程汀等人，住了口，“先吃饭吧，吃完，我再跟你算账。”

魏宇澈一颗心七上八下的，实在不知道自己又干了什么事，惹得她亲自过来算账。

隔壁的房子都没怎么打扫，倒是梁舒这里床和被子都是现成的，吃完饭，她叫上程汀一起上楼收拾房间，把楼下留给他们。

魏宇澈在厨房看着鸽子汤，苏梦华走进来，关上门。

该来的总会来，魏宇澈叫了她一声：“妈。”

苏梦华抬手揉了揉额角：“你别叫我，我听你说话，我头疼。”

他说：“不带这样的，你过来在几个小孩面前给我一通教训，现在还要翻脸不认我这个小孩。”

苏梦华说：“你跟谁学的这一套，都快把我说吐了。”

魏宇澈：“你也太不留情面了。我这次可是老老实实地在老家待着的。”他举起汤勺，“你看，我天天做饭，多勤快。”

苏梦华伸手把勺子按下去：“你别扯那些没用的，说，花那么多钱干吗了？”

“什么那么多钱。”魏宇澈装作不知道，“我就只是买买衣服啊。”

“我问你买衣服的事了吗？我问你4S店那笔大额支出是干吗用的？”

魏宇澈的钱，苏梦华是从不干涉的，但因为他有“前科”，所以在各方都同意的前提下，安排了人标注他账单中超出阈值的大额支出。正好最近跟乌川也有项目合作，苏梦华开完会干脆就顺路回来看看。

毕竟他也被“贬黜”回来好几个月了，消停中突然消费这么一大笔钱，她也顺便看看是什么情况，别又是被人骗了。

“您都说4S店了，那我还能干吗啊？”

苏梦华瞪他：“你是不是有病？家里什么车没有，你又瞎买，真的当钱是大风刮来的啊？”

魏宇澈叹了口气：“我就知道您要这么说。”

他掀开围裙，从兜里摸出一张卡：“密码是您生日。”

“你哪儿来的钱？”苏梦华疑惑归疑惑，还是很迅速地将卡收了起来。

魏宇澈说：“我把之前那辆车卖了。”

“卖了？”苏梦华一愣。

那辆车虽然不是特别贵，却是他完全靠自己赚钱买的第一辆车，是具有特殊意义的，不然也不会大老远特意开回来了。这怎么说卖就卖了？

“你这么来回倒腾，到底是几个意思？”

“没什么，就是在上林开之前那辆车有点扰民。”

苏梦华像听见了什么不可思议的事情一般：“扰民？你不是还整天嫌发动机声音不够大，要改装吗？”

魏宇澈不自然地移开视线，含糊着说：“反正就不是很方便，所以换掉了。”

“新车呢？”

“在门口。”

“我刚回去怎么没看见？”

“在梁舒家门口那辆就是。”

苏梦华又疑惑起来：“你放人家门口干吗？”

“这不是方便嘛。”

“我不明白。”

“不明白什么？”

“以前我跟你爸让你别整天弄那些华而不实的玩意，你一个字都不听。怎么现在回到上林，就突然这么追求实用了？”苏梦华环抱手臂，怀疑道，“上林的水土就这么养人，把你养得有模有样了？”

梁舒将被子的边角都抻平，听到楼下魏宇澈喊喝汤的声音，跟着程汀一起下了楼。

外面的雨声歇了，院中的草木覆上一层水光，空气湿润又清新。

小方桌在廊下摆好，苏梦华搬了凳子坐在旁边。

魏宇澈端着锅，小心翼翼地放到桌子正中间。

“拿碗。”苏梦华说。

“知道，知道，我这不是就一双手吗？”魏宇澈掀开盖子，热气瞬间氤氲上来。

走在最后的程汀自告奋勇地接过了拿碗的活，魏宇澈便顺势落座。

梁舒抽开凳子，刚要坐下，听见外头的敲门声。

“谁啊，这么晚了还有人来？”苏梦华看了一眼手表。

“不知道呢。”梁舒直起身，“我去看看吧。”

“别。”魏宇澈拉住她，将围裙摘下，放到一旁，“我去吧。”

门外，高啸寒听到有人拉动门闩的声音，敛起疲惫，嘴角渐渐地勾起一抹微笑，只是这笑还未及眼底就僵住了。

魏宇澈反应很快，砰的一声将门关上，动静之大，很难让人忽略。

梁舒双手接过苏梦华盛好的汤，问：“谁啊？”

“没谁。”魏宇澈说，“见鬼了。”

“这大晚上的，你瞎说什么。”苏梦华瞪他一眼。

魏宇澈自知失言，找补说：“我开玩笑的。是路过的，敲错门了。”

话音刚落，外面就又响起了敲门的声音，伴随着高声吆喝：“梁老板在吗？”

苏梦华说：“这是路过？”

魏宇澈皮笑肉不笑："应该吧。"

"应该什么啊，把门开开。"苏梦华说，"没轻没重的，不知道舒舒现在做生意啊？"

魏宇澈磨磨蹭蹭的，还在想应对方法，苏梦华看不下去，扔下碗过来了："你起开。"

她都起身了，梁舒哪里还能坐在原位，也迎了上去。

于是这次大门打开，高啸寒见到了整整齐齐的"一大家子人"。

陌生女性满脸客气的笑，魏宇澈一脸的愤愤不平，梁舒罕见地有些慌里慌张。

高啸寒非常精准地朝最前面的苏梦华点了点头，说："您好。"

"你好，来买货的吗？"苏梦华是老生意人了，做事游刃有余。

梁舒扯开魏宇澈，挤到苏梦华身边："阿姨，我来吧。"

"成。"苏梦华没拒绝，脸稍转，看到魏宇澈时眼神就多了几分嫌弃，顺手把他一薅，"别在这儿碍事。"

魏宇澈：到底你是谁亲妈啊？

梁舒问："有什么事吗？"

高啸寒双眸低垂，目光落在她身上像是一片羽毛："是这样，上次叶菲的单子不知道你还记不记得。"

"我记得。怎么了？"

"她托我来问你，最近有没有时间再帮她刻一个别的，价格好说。"

梁舒点点头："可以。"

高啸寒说："那我能拍一段工作室现场的视频发给她看看吗？她比较好奇。"

话都说到这个份上了，梁舒没理由拒绝。她往旁边走了一步，说："那你进来吧。"

魏宇澈的身体是被亲妈按住了，眼睛却没有，尤其是看到高啸寒进门，眼里的杀气不是开玩笑的。

走到众人跟前，高啸寒脸上流露出歉意："不好意思，打搅你们吃饭了。"

"不碍事，要不你也一起喝一碗？"

“妈。”魏宇澈说，“你是不是有点过于热心了？”

他的劳动成果，才不允许高啸寒享受呢！

“啊，您是魏宇澈的妈妈啊。”高啸寒非常灵敏地捕捉到了关键词，“完全看不出来。您跟魏宇澈描述的一点都不一样。”

“哟，你们俩认识啊？”

高啸寒说：“是，我们俩以前是同学。我叫高啸寒。”

苏梦华惊讶地看了一眼魏宇澈，眼神充满责备：“你怎么也不说呢？”

“没什么好说的。”魏宇澈脸上全无笑意，黑得像包拯，“我们不熟。”

高啸寒只当没看见也没听见，只是笑。

梁舒说：“我先带他进去看一下。”

高啸寒眼下泛着些青色，是肉眼可见的疲惫。但饶是如此，他还是保持着笑容，时不时问问梁舒，这个可不可以拍一下，那个大概是什么价格。

梁舒都一一回答了，又问：“你学妹是要买来做什么？”

“送给她爸爸的。”

“你老师？”

高啸寒点点头，深呼吸了一下，才说：“老师要升职了，她就想着送一份礼物给他。上次的印章，老师很喜欢，叶菲就觉得送竹刻很好。”

一段话，他说得断断续续。

梁舒也看出了不对，问：“你怎么了，是不舒服吗？”

“没事。”高啸寒摘下眼镜，捏了捏眉心，语气疲惫，“不好意思啊，这么晚打搅你。我本来准备下班就过来的，但同事有事，我顶替了他一会儿。”

梁舒能分辨出此番话语的诚恳，建议道：“要不然你下次再来吧，照片我拍了直接发给叶菲也是可以的。”

高啸寒还想坚持，但太阳穴跳动得实在厉害。他只好作罢，点点头：“给你添麻烦了。”

梁舒：“哪里的话。”

他抬脚准备离开，突然眼前一黑，连忙抓住梁舒的手，这才借力勉强稳住身形。

事发突然，梁舒也顾不上别的，双手扶住他的胳膊，询问道：“没事吧？”

高啸寒紧紧地攥着她的手，缓了好一会儿，刚准备说话：“没……”

“高啸寒！”魏宇澈瞪着他们俩交握的手，脸色阴沉，“你在做什么？”

他的话是质问高啸寒的，但梁舒总觉得也有责备自己的意思。

按照以往，自己一定是要狠狠地瞪回去的，可不知道为什么，这次怎么都不够理直气壮了，好像潜意识里，自己怕他会生气一样。这种感觉有些陌生，也足够吓人。

“不好意思。”高啸寒说，“我可能有些低血糖。”

他脸色煞白，虚弱的状态也不大像是装的。

魏宇澈将梁舒拎到一旁，自己扶住高啸寒：“那我来。”

苏梦华眼见着高啸寒竟被扶了出来，惊讶道：“这是怎么了？”

梁舒在旁边解释说他是有些低血糖。

“快坐这儿。”苏梦华连忙将凳子摆好，“魏宇澈，给小高盛碗汤。”

魏宇澈虽然不情愿，但也知道事情的轻重，将人放下后，直接把自己未喝的汤碗摆到他手边。

几口热汤下肚，高啸寒总算缓了过来。

苏梦华蒲扇摇得有些急：“你们年轻人平时也要好好注意身体呀。小高，你这弱不禁风的样子，像什么话嘛，要多锻炼呀。”

高啸寒笑了下，脸色依旧有些苍白。

魏宇澈毫不客气地问：“缓过来了吗？缓过来就可以走了。”

苏梦华对着他的头给了一扇子。

魏宇澈捂着头，满眼的不可思议：“妈？”

“有没有礼貌？”苏梦华瞪了他一眼，对高啸寒说，“小高啊，你别听他瞎说，等你歇好了再走。”

高啸寒没客气：“谢谢阿姨。”

程汀和程溪被打发回房间，院子里四个人刚好围坐在方桌边。

苏梦华随口问了些问题，都是长辈们爱问的。

“小高现在在做什么啊？”

“医生，我还在实习。”他答。

“那很好啊。”苏梦华点点头。

在家长们眼里，医生、老师、公务员是全天下最好的职业。

高啸寒长相斯文，看起来就很有书生气，加上从事的还是医生这种自带光环的职业，最得长辈们喜欢了。

魏宇澈环抱手臂坐在一旁，看着他跟梁舒轮流装乖，哄得他的亲妈欢天喜地的，心里别提什么滋味了，就好像这桌子应该切割成三角的，把自己这边去了就和谐了。

他独自生着闷气，又听见苏女士问出了所有长辈势必会问的一个问题：“小高啊，你谈女朋友了吗？”

高啸寒眸中的笑意不减：“没有呢，阿姨。”

“是不是太忙了？”苏梦华继续问。

“也不是。”高啸寒没说话，眼睛直直地看向梁舒，笑了笑，声音轻柔又认真，“我有喜欢的人了。”

狗贼！这含情脉脉的样子是要装给谁看！

魏宇澈只觉得胸口一团恶气，马上就憋不住要发作了。

“都这么晚了。”梁舒装作无意地看了看手表，“高医生回去的时候一个人可以吗？不然让魏宇澈送你？”

她话虽说得客气、贴心，但实际意思是提醒他可以走了，在场的人都听得明白。

魏宇澈不接话茬，心说送他归西还差不多。

高啸寒拒绝道：“不用了，我就住在附近，没两步路的。”

他不是傻子，就算苏梦华现在对自己态度不错，可等自己走了，魏宇澈一说前尘旧事，她一定不会再这样和颜悦色了。与其让事情当面发酵，他不如现在就走。

“汤很好喝，谢谢。”他放下碗，说，“阿姨，那我就先回去了。”

魏宇澈生怕他反悔，立刻从凳子上弹起来，说：“走吧，我送你出去。”

“路上小心啊，小高。”苏梦华叮嘱道。

高啸寒应下来，跟他们礼貌地道了别。

“走吧。”魏宇澈不耐烦地催促，跟在高啸寒的后头，急不可耐的，就差把人往前推了。

高啸寒的脚刚踏出门槛，魏宇澈就关上了门，生怕他再折返。

“走了？”苏梦华看着回来的魏宇澈问。

“嗯。”他走到方桌前，弯腰收拾碗筷，“走了。”

“我怎么感觉你这么不客气呢？”苏梦华说，“跟人家有过节啊？什么过节，这么多年过去了还没过去呢？”

魏宇澈不吭声。

苏梦华又说：“我看小高人挺好的，斯斯文文，工作不错，人又礼貌。”

“妈，你能不能别这么肤浅。”魏宇澈哀怨地看了她一眼。

“我实话实说的呀。”

魏宇澈将碗筷放到锅里，端起锅来，语气很冲：“你以为谁都能跟我一样任劳任怨吗？那全是假象。”

高啸寒会做饭吗？能干家务吗？肯放下身段吆喝生意吗？怎么，光凭着一张书生气的脸，就“人挺好的”？

魏宇澈愤愤不平地想着，步子踩得咚咚响，进了厨房，没一会儿里面就传来一阵丁零当啷的响动。

听得出来，他相当愤怒。

苏梦华嘿了一声，转头看梁舒：“你看见了吗？这小兔崽子反了，什么态度啊？”

“听您夸别人，他不开心呢。”梁舒说。

“那他也安稳下来让我夸夸啊。天天想一出是一出，一点也不靠谱。”苏梦华说。

“没有，魏宇澈现在很厉害呢。”梁舒替他说话，“这段时间，我这间工作室开起来能有生意，他没少在中间帮忙呢。”

尽管摆摊这个想法是自己提出来的，但是如果没有魏宇澈的熟练操作，从旁辅助，把一切计划得井井有条的话，她一个人再带个程汀也估计会累得够呛。

其实仔细想想，从小到大，在这种大事上，魏宇澈真的从来没拖过后腿。

只是他平时一副漫不经心的样子，才会让人误解。

“就拿装修来说吧，我自己的预算是一万二，已经很紧巴巴了，对吧？但是有魏宇澈出面帮我砍价，最后就只花了五千三。”梁舒说，“您可能想象不到，魏宇澈在那儿跟布店老板一毛钱两毛钱地还价的画面。事情是不大，但是我就很明显感觉到，魏宇澈真的是个靠得住的人。”

她语气稍平：“所以，阿姨，您真的不用太担心他的。魏宇澈比你我想象中的要更精明能干一些。”

一个真正的败家子是不会在乎这几块钱的，可魏宇澈在乎。因为他知道这是梁舒的支出，他要帮她算计，要对这些钱负责。

与人相处很重要的一点在于：钱能不能花到一起去。

跟魏宇澈在一起相处的大多数时间里，梁舒会忘记他很有钱这个事实。

魏宇澈的开销很大，花钱大手大脚的，但他不会拿这套标准去要求梁舒，更不会觉得斤斤计较这种事丢人。

事情虽然足够小，却也足够重要。

因为生活正是由这些庸俗且物质的鸡毛蒜皮的小事组成的。

苏梦华张了张嘴，惊讶道：“他还会还价？”

梁舒重重地点头，笑着说：“我当时也吓了一大跳。后来他说他念大学时也摆过摊子，所以就很了解这里头的弯弯绕绕。”

“等一等，什么东西？摆摊？”苏梦华眉头一蹙，“他摆过摊？”

梁舒脸上的笑僵了僵，小心地问：“您不知道吗？”

苏梦华摇摇头：“我不知道。”

梁舒意识到自己大概是说错话了，含糊了两句，又说：“总之，我觉得，魏宇澈现在跟以前很不一样了。他跟高医生什么的比起来，一点都不差。”

苏梦华很惊讶会从梁舒的嘴里听到对魏宇澈这么高的评价：“你真是这么认为的？”

“不是我这么认为，而是他本身就是这个样子的。”

事情一码归一码，虽然她从来没有看魏宇澈顺眼过，但她并不能因此就否认他的种种优点。

不管是他在烧烤摊上为她出头，还是对程汀和程溪的处处照顾，都足以证明这一点。她做的不过只是诚实地说出来罢了。

梁舒轻声说：“魏宇澈特别好，真的。”

苏梦华还是头一回听到有人这么真心实意地夸奖魏宇澈，一时间都有些怀疑——梁舒嘴里那个诚恳又踏实的人，真的是自己家这个不学无术的败家子吗？

“妈，你的行李放哪儿了？车上还是家里？”

空气中的沉默被打破，刚才还气呼呼的魏宇澈，现在边走边问，完全看不到半分不快。

苏梦华说她自己去拿，梁舒要跟着，被魏宇澈拦了下来。

“我去就行，你上楼吧。”他的耳朵有些红，眼神落在她身上，很快又移开，“我等会儿帮你锁门。”

楼上只收拾出来一间浴室，用的时候确实得错开时间，所以梁舒并没有坚持。

魏宇澈心情不错，拎着行李箱往楼上走的时候还哼上了小曲。

苏梦华说：“我怎么感觉你心情很好的样子？”

魏宇澈把箱子推进房间，说：“有吗？我不是一直都这样吗？”

苏梦华：“你不会是听到我们俩说的话了吧。”

魏宇澈开箱子的动作一顿，接着抬起头看她：“没有啊，你们俩竟然还聊天了？”

苏梦华一副看穿一切的样子：“你再装。”

魏宇澈只当没听见，站起来，拍拍手说：“行，那我先走了。”

“等等。”苏梦华叫住他，“我听说你大学时摆过地摊？”

魏宇澈一愣，紧接着夸张地打了个哈欠：“啊，好困，我得赶紧回去睡觉了。”

“欸，你给我回来，你说清楚。”苏梦华越叫，他溜得越快。

梁舒刚洗完澡，听见动静拉开门，就跟魏宇澈撞了个满怀。

“你跑什么？”梁舒摸着肩膀，埋怨道。

她头发还湿着，垂在胸前，将原本就薄的睡衣洇得有些透。

魏宇澈移开视线，极不自然地咳了咳：“没什么，我先回去了。”

说完，他一溜烟就跑得没影了，脚步还有些慌乱——莫名其妙。

梁舒腹诽了一声，转身准备叫苏梦华去洗澡。她还没开口，苏梦华就突然拍了下巴掌，吓她一跳。

“我想起来了。”

“什……什么？”梁舒一头雾水，心说这一惊一乍的劲，魏宇澈还真是遗传了百分之百。

苏梦华冷笑道：“我就说他当初是怎么凑钱出国的呢，原来是这么整的。”

“凑钱出国？”梁舒问道，“魏宇澈吗？”

苏梦华点点头，语气愤恨：“对，就是那个兔崽子。”

梁舒“啊”了一声。

她怎么一点风声都没听到过？

苏梦华又是一声冷笑：“你说说他，折腾这么些年做什么？不然也不会被人骗走那么多钱了。”

梁舒更听不懂了，怎么还被骗了呢？

“嘿，这小子嫌丢人，什么都没跟你说是吧？”

梁舒摇了摇头。

别说什么大学出国了，从她离开之后，魏宇澈就再没主动找她说过一句话。

自己所知道的关于他的一切，都是钟灵秀偶尔想到提起来的只言片语。就算现在重逢了这么长时间，梁舒还是对缺席的那几年发生的事情一无所知。

苏梦华低声骂了几句，才又接着说：“他不是在乌大读了两个月，觉得不行又复读重考的蔚大吗？这挺好的，我跟你叔叔也很满意，想着这小子总算争气了一回。结果没两个月，他又说想出国去。”

军训才刚结束，他就又开始整事了，任谁都不会支持，苏梦华跟魏东山自然也是毫不留情地拒绝了。

魏宇澈呢，没得到肯定也没什么大的反应。于是，他们便更顺理成章地以为这只是这个“祖宗”的一时兴起。

一直到半年后，家里突然收到一个快递，苏梦华一头雾水地拆了，才发现里头是魏宇澈的签证。

原来魏宇澈嘴上什么都不说，暗地里偷偷报班考了试，又找借口搞到了家里的户口本。如果不是这回地址填错签证被寄回了家里，估计等他们发现的时候，他人已经在国外了。

“你说，这是他花了多大代价才考上的蔚大啊，才过多久就又要跑。我们可能让他跑了吗？”

苏梦华震怒，决定要改改他这三心二意的毛病，狠心地停了他的卡不说，每个月的生活费也从两万元缩减到了八百元。

这种情况下，他的心思基本上只能放在如何才能吃饱上了。

可她万万没想到，就是在这种情况下，魏宇澈还是在大三时攒够了一笔钱。他瞒着家里申请了休学半年，拿着重办的签证走了。

苏梦华跟魏东山得知消息的时候，他都已经在那头平安降落了。他们除了在电话里把他一顿臭骂，也没法追他回来了。

“他要是能静下心来，我们也就认了。毕竟这件事他坚持了不少时间。”苏梦华说到这里，还是遏制不住内心的怒意，“我都不说你在那儿学习了，你哪怕老老实实地待着，我就当你去见识世界了，对吧？结果呢，三天不到，人回来了。他说，国外的生活，他不满意。”

他费了老大劲，坚持了三年，出去没三天就回来了，轻描淡写的一句“不满意”就结束了。这搁谁家的家长不恼火啊？苏梦华差点没忍住赏他一顿鸡毛掸子。

也就是因为他这来回折腾，苏梦华明白了一个道理：不是所有蔚大的学生都能有个光明的未来。魏宇澈就是不一定会有的那种人。

所以她对他的期望从“以后帮家里经营公司”变成了“以后好好花钱吧，别违法犯罪就行”。

就这样，他的钱还是没怎么花到刀刃上过。他一开始狠狠地赚了一笔，苏梦华还觉得他有点天赋。可有天赋，他又不好好利用，大部分资金给了那些不怎么样的项目，投资的结果那叫一个惨烈。

人家都把钱往能赚钱的项目里扔，他倒好，先赚钱，赚够了就去投不被人看好的；等钱不怎么够了，他又去投能赚的。他这样反反复复，谁也不知道他是怎么想的。

梁舒说：“其实投资这一块，您可能有点误会他了。”

她暗地里打听过魏宇澈最近几年的“投资”，确实如大家所说的，赚得少，赔得多。

没经验的学生、离婚的单亲妈妈、退休后的老人家……

那些别人并不怎么看好的人所经营的项目，往往是他的首选。

他每次的投入都不多，足以支撑他们运转下去就行。他们撑不下去，解散了，那也就算了；若是能存活下去，那就继续。

要说这是他随便投的，梁舒怎么都不信。

“到这儿其实也不算什么问题，”苏梦华摆摆手，“那投的钱还没他的几件衣服贵呢。”

梁舒一愣，想到他那些动辄几万元的衣服，狠狠地受伤了。

她说：“那是怎么了呢？”

苏梦华说：“是杨进惹的祸。”

杨进是魏宇澈的室友，据他说，是在他只有八百元生活费的时候拉过自己一把的人。

刚毕业时，杨进开始筹谋创业，魏宇澈要投资，但被他拒绝了。

杨进说还不知道现在的项目能不能挣钱，万一后面失败了，再让他赔钱，伤了彼此的感情，自己可是要后悔一辈子的。

这话把魏宇澈感动得那叫一个狠。所以当杨进今年带着他“成功”以后的项目找来的时候，他二话不说就给杨进汇钱了。

苏梦华千叮咛万嘱咐，让魏宇澈一定长点心眼，做事不能全凭感情，多考虑考虑现实。可是魏宇澈说，当初要不是杨进，他都饿死了。

两个人把酒言欢，谈得昏天黑地。第二天，魏宇澈醒来才发现全身上下值钱的东西都不见了，甚至包括脖子上那条古驰毛衣链。

至此，梁舒总算是明白了，为什么魏宇澈态度坚决地要来“追究骗子”。在误会解开后，他却根本没有要走的意思，反而找了个蹩脚的当监工的借口，留在这里任她差遣。

他这不是不想走，而是不能走。

而在苏梦华看来，这一切的一切都要归咎于魏宇澈当初的三心二意。

那个小小的念头，执拗地发了芽，跟蝴蝶效应似的带来了诸多后果，才造成了今天这个局面。

事情终于被串联了起来，但梁舒总觉得哪里怪怪的。

一直到送苏梦华回去睡觉了，她还是觉得有什么非常重要的事情被自己忘在了脑后。

一夜无梦。

梁舒起床的时候，天已经很亮了，夏日白天长，时间变得格外慢。

程汀醒得早，在院子里煮了茶，看她过来，恭恭敬敬地叫了声“老师”。

梁舒抓起一根竹条子，边绕头发，边问：“溪溪的放假时间出来了吧？”

“就这几天了，考完就放假。”

梁舒又问什么时候去拿成绩单，程汀没听明白，连问两句“什么”。

梁舒这才反应过来，现在的小孩跟她那会儿已经不一样了，成绩什么的都直接在家长群里发一发，压根不用再往学校跑。

她这几天一直在思考，两个月的假期，应该怎么安排这姐妹俩，所以今天干脆问问程汀的意见。

程汀老老实实地说：“准备多练习，学学怎么摹刻画作，总不能以后全指望用复写纸把东西往竹片上印。”

梁舒：“还有呢？”

“还有就是接单子、发货、打包吧。”程汀有些不好意思地摸了摸鼻子，“我会的不是很多，要是也能刻东西出货就好了。”

见梁舒叹了口气，她立马紧张起来：“梁老师，我说错什么了吗？”

“没有，我是觉得，汀汀啊……”梁舒拍了拍她的肩膀，“你是不是把自己弄得太辛苦了一点？”

程汀摇头：“没有。我一点都不辛苦，学东西很有意思的。”

更别提程汀还能自由进出梁舒的书房，那里有好多书，可以供她随便看。

梁舒还想说什么，却被敲门声打断。这么早，她想不到谁会过来。

“会是魏老师吗？”程汀小声地问。

毕竟苏梦华还在这里，难保他不得注意点。

梁舒呵了一声，说：“你真是高估你的魏老师了，虽然他的妈妈在这儿，但是该翻的墙，他是一次都不会缺的。”

她走到门口，问：“谁啊？”

“是我，高啸寒。”

这倒是奇怪了，梁舒将门打开。

他穿着白衬衫和西裤，身子单薄得好像纸片，将手里那个跟自己画风不相配的红色塑料袋拎起来，说：“我今天去市场看到有卖鸽子的，就买了一只过来，想谢谢你昨天的汤。”

“客气了。”梁舒将袋子接过来，“再说，汤也不是我炖的，你应该谢谢魏宇澈。”

高啸寒轻笑：“我觉得他应该不是很想听我讲这句谢谢。”

不知道是不是梁舒的错觉，她总觉得比起以前的装模作样，现在有话直说的高啸寒明显更顺眼一点。

“你们俩之间到底是有什么解不开的结？你骗他钱了？”梁舒想到昨晚听到的故事，合理推测说。

高啸寒摇摇头：“错不在我。”

梁舒蒙了：“你的意思是，他骗你钱了？”

她收回刚才觉得他顺眼的话——这妥妥的撒谎不打草稿呢。

高啸寒愣了一下，很快笑起来，跟平日里装出来的文质彬彬不同，此时此刻，他浑身上下都散发着愉悦的气息，镜片之后的眼睛笑得眯了起来，甚至有些傻气。

这种感觉让梁舒想到了魏宇澈。

好奇怪，两个长相、性格都南辕北辙的人，竟然会在某个时刻重叠起来。

高啸寒说：“他抢过我喜欢的人。”

梁舒心头一滞，后脑勺像是被千百只蚂蚁爬过，麻木得快忘了呼吸。

魏宇澈竟然……做过“小三”？

梁舒的心情非常复杂。

她是完全不信以魏宇澈那个傻样子是能去做“小三”的，但高啸寒说得太诚恳了。

从她认识他以来，就没听他说话的语气这么诚恳过。

难不成，魏宇澈真的道德沦丧过？可算算时间，那才高中呢，能算什么喜不喜欢的？

她这样说服着自己，却无法阻止一种奇异的感觉席卷全身，瞬间将她还不错的精神头带着往下坠。

以至于苏梦华听到动静起来，招呼了高啸寒进来一起吃早饭，喊她也过去说话的时候，她都懒得去阻止了。

魏宇澈睡眼惺忪地爬上墙头，才发觉素来安静的院子，今天竟有些热闹。

再一看，苏梦华抱着小梨花，梁舒跟高啸寒一左一右地坐在她身侧，程汀捧着茶杯在喝水，四人一猫，说说笑笑，好不快活。

一股无名怒火蹿得老高，魏宇澈一声大吼："梁舒！"

可等梁舒真的看过来的时候，他突地又㞞了，尴尬地咳了两声，说："你扶我一下，我脚麻了。"

"你是不是有病？有门不走，非得翻墙是吧？"苏梦华数落道。

梁舒此刻还沉浸在高啸寒带来的消息冲击里，不是很想搭理魏宇澈。

只不过碍于苏梦华在场，她还是去了墙边，伸手给魏宇澈借了力，便立马转头走人了。

而这在魏宇澈看来，就成了她急切地要跟高啸寒聊天的证据。

苏梦华转头换上和煦的神情，说："小高啊，还没吃早饭吧？留下来跟我们一起吃呀。"

高啸寒客气道："不了，阿姨，我马上就要去上班了。"

"这不是还早着吗，就在这儿吃吧。"苏梦华看得出来高啸寒对梁舒有意思。

这俩孩子搁一块确实般配，梁舒的爸妈不在身边，她这个做长辈的，帮着把把关也是应该的。所以她有意把他留下来，也是想让梁舒多了解了解他。

"你还愣着干吗呢？去做饭呀。"苏梦华使唤起自家儿子相当顺手。

天晓得魏宇澈现在有多想大喊一声——让高啸寒滚出去！

但他也清楚，这样做对自己并没有任何好处，甚至还不如到时候往高啸寒的那份早饭里下点泻药效果来得好，所以他忍了。

他去了厨房，有条不紊地淘米煮粥，之后在抽屉里拿了零钱，去菜市场买了早点。

路过新开张的眼镜店的时候，他脚步一转，再出来时鼻梁上就多了一副金丝边的眼镜。

这玩意戴着看路不方便，总觉得视线里似乎有一圈东西挡着，但想想这会儿在院子里的高啸寒，他忍了。

他冷笑着推了推眼镜框。呵，不就是装乖吗，跟谁不会似的。

他站在门口捋了捋头发，推开门，视线先往亭子里投去，但那里只剩下了苏梦华。

魏宇澈问："梁舒呢？"

苏梦华抬头，嫌弃道："你这是哪儿来的眼镜，丑死了。"

魏宇澈没在乎这个，重复一遍："梁舒去哪儿了？"

"送小高去了。"

"送他？"

"人家赶着去上班。"苏梦华拎着茶壶，慢悠悠地补上一句，"哪里像你。"

魏宇澈将早点放在桌上，觉得今天一定要把这件事情跟苏梦华唠明白。

"妈，咱们有一说一，难道你看不出来高啸寒不怀好意吗？"

"你讲话不要这么难听，什么跟什么就不怀好意了？"

魏宇澈将眼镜摘了，说："你怎么就不明白我的意思呢？他想追梁舒，你看不出来吗？"

"看得出来啊，那又怎么了？"苏梦华浑不在意，"男男女女的，谈情说爱，多顺理成章的事情。你不能因为自己老是不谈，就让别人也不谈吧。"

"我没有这么说。"

"那就对了。小高想追舒舒，那是他的自由，舒舒接受或者不接受追求，也是舒舒的自由，这里面有你什么事啊？"苏梦华说。

魏宇澈说："他不是真心的。"

"我看他挺真心的。"

魏宇澈抿了抿嘴唇，像是下定决心一般，说："那是因为我。"

"什么意思？"苏梦华顿了顿，"你不会想说，高啸寒追舒舒，是因为想气你吧？”

魏宇澈点了点头。

苏梦华乐了，蒲扇都摇得快了些：“我说魏宇澈，你能别这么自恋吗？人家舒舒自己有魅力吸引到优秀青年，怎么还成因为你了？你小时候也没看多少偶像剧啊，怎么快三十岁了，还活在这些不切实际的幻想里呢？”

她这样说，魏宇澈一点也不觉得奇怪。毕竟梁舒讨人喜欢这件事是大家公认的。如果自己这话说给其他人听，估计他们也会是一样的反应。

魏宇澈：“我说真的，反正他一开始动机就是不纯的。我们俩以前闹掰了，后来在医院里碰见，他还跟我透露因为我而要对梁舒下手，他就是想气我。”

“好、好、好，那你倒说说，凭什么呢？人家讨厌你，凭啥追梁舒就能气到你啊？”苏梦华压根就没把他的话当回事，敷衍地回应着。

蝉鸣声声里，热气一点点升腾，席卷。太阳拨开遮挡的云雾，在亭子里投下斑驳的光影。

“因为我们俩认识那会儿，我跟他说……”魏宇澈沉默了半晌，再开口时声音像是沉在了水底，“我喜欢梁舒。”

苏梦华坐不住了，扇子也不摇了，看向魏宇澈的眼神里是满满的震惊：“你……你说什么？”

“我说……”魏宇澈抬起头，眸子里闪烁着某种光芒，“我喜欢梁舒。”

第九章

跟我约会吧

有那么一瞬间，院子里连空气都凝滞了，直到程汀帮程溪收拾好书包，领着她从房间里出来。

苏梦华像没事人一样叫住程汀，让她把早点拎去餐桌上。

等人进了屋，苏梦华回头接着问："只是那会儿吗？"

魏宇澈垂下眸子，忽略脸上一阵又一阵的燥热，小声地说："也可能一直都是吧。"

苏梦华没坐下来，在亭子里踱着步，手里那把蒲扇急促地扇着，发出呼呼的声音，一如她焦躁不安的心情。

"我问你，你是认真的吗？"

"嗯。"

"所以你从大学，哦，不，高中，从高中到现在，一直不谈恋爱，是因为你……你……"苏梦华突然有些说不下去了。

她知道这两个人从小不对付，但那些都是小孩子同玩伴作对的把戏。更多情况下，他们俩之间给人的感觉更像是姐弟。

即便其中年纪更大的那个人是魏宇澈，苏梦华也还是觉得，梁舒这个做"姐姐"的对他照顾更多。

现在魏宇澈突然告诉她，"弟弟"其实从老早以前就开始暗恋"姐姐"了，她就是心态再怎么年轻，也很难消化啊。

"我没有刻意等她。"魏宇澈心虚地说，"我只是……只是……"

他编不下去了。

苏梦华重新坐下，蒲扇把头发扇得乱飞："我问你，这件事，舒舒知道吗？"

魏宇澈摇头："她什么都不知道。"

"你到现在都没跟她说过？"苏梦华觉得头疼，"都这么多年了，你还只是……暗恋？"

"我……"魏宇澈不好意思地转过眼，"我没找到合适的机会。"

苏梦华真的很想掐一会自己的人中，然后回医院问问当初是不是自己抱错小孩了。

为什么她跟魏东山两个直肠子的人，养出来的孩子会㞞成这熊样？

她真的很费解。

她将扇子扇得越来越快，却并没有带来什么凉意。

程汀领着程溪出来，准备送她上学。

苏梦华笑着叮嘱她们注意安全，下一秒，脸就垮了下来，对魏宇澈说：“你还坐在这里干吗？这都多久了，还不快去把舒舒找回来？”

魏宇澈没懂。

苏梦华给了他一扇子，咬牙道：“不争气啊！你再不去掺和，马上小高都要跟舒舒修成正果了。卫生院，你快点去！”

见魏宇澈终于反应过来，匆匆跑出门，苏梦华可算是松了口气。她坐在亭子的石凳上，摸出手机给魏东山打了个电话。

“喂，老魏啊，是我，你儿子他……他开始拱别人家的白菜了。”

梁舒将高啸寒送到了卫生院门口，一路无话。

她心里还记挂着，刚才他说的“魏宇澈为爱做小三”的事情。

高啸寒看出来她的兴致不高，很有眼色地没有说话。

“梁舒。”他停住脚，说，“你不用怀疑我在骗你。我跟魏宇澈之间，错处更大的那个人不是我。”

梁舒：“那也未必吧。人总会把事情往对自己有利的方面去说，不是吗？”

高啸寒没否认，而是反问：“那他为什么不肯告诉你发生了什么呢？”

梁舒掷地有声：“因为他不愿意说你闲话。”

“我是应该说你对他太不了解，还是应该说你对他有滤镜呢？”高啸寒嘴角挂着笑，“你怎么到现在还不明白，他对我有愧疚。”

梁舒环抱手臂，态度同样坚决：“你们认识的时候是高中，仅仅是因为那个时候搅和了你的早恋就被打上‘对你有愧疚’的标签，你难道不觉得自己的青春太疼痛了一些吗？”

高啸寒深深地看了她一眼，说：“你果然跟魏宇澈说的一样敏锐。”他耸了耸肩膀，露出一副无可奈何的表情，“好吧，那我只能说实话了。”

梁舒心头平静了一些，摆出一副洗耳恭听的姿态。

他看了看手表：“呀，快要上班了，那我长话短说吧。”

炽热的阳光像是突然炸裂开来，梁舒的手指一点点发麻、变凉，耳朵轰鸣着，突然什么也听不见了。

斯文清秀的男人，眼镜片折射出点点寒光，嘴唇张合着，最后化为一个笑。

一阵微风吹来，她脸上的汗水突然变得凉飕飕的。

小镇上的作息都是围绕着上学的学生来的，清早那一阵热闹过后，连路边小贩的吆喝声都有些漫不经心了。

这边，魏宇澈得了令，急匆匆地出了门。他还没走到街角，就见梁舒迎面过来。

她步子走得更快些，抬着下巴，嘴唇抿得紧紧的，原本清冷的脸更冷，眼里的杀气隔着几米都能感觉到，浑身上下只透露出一点信息，那就是——别惹我。

不用想也知道，绝对是高啸寒出什么幺蛾子了。

但魏宇澈很好奇，高啸寒到底说了什么，毕竟他之前的那些手段，不管是小清新的还是油腻的，梁舒统统都是一笑了之的。

梁舒的太阳穴一下一下地跳着，胸腔里充斥着怒意，不是对魏宇澈的，而是对着高啸寒。

宣判有罪还要调查取证呢，高啸寒凭什么靠着猜想的几句话就给魏宇澈的行为定性？

魏宇澈早上起来随手套了件白色T恤，头发乖顺地垂在额前，清爽得像是少年："怎么了？谁把我们家大小姐气成了这个样子？"

"我问你，你跟高啸寒之间到底发生过什么事情？"她沉声问。

魏宇澈心间那点窃喜转瞬消失，眉头一拧："他跟你说什么了？"

梁舒看着他的眼睛，脑子里不停翻腾着高啸寒最后的那句话——

"我被一中开除了，因为魏宇澈。"

"什么？我做'小三'？高啸寒怎么有脸说这种话的。"

梁舒做了个噤声的动作："马上就到家门口了，别让阿姨听见。"

她斟酌再三，只说高啸寒抱怨他抢了自己喜欢的人。至于开除那件事，她一个标点符号都不带信的，才不会贸然说出来惹他不快。

魏宇澈觉得高啸寒是真小人，他们俩之间发生过那么多破事都不提，就挑着这个来说，分明是故意的。

“这不明摆着是造我的谣吗？”魏宇澈看着她，“你千万别告诉我，连这你都相信。”

“你以为我跟你一样吗？”梁舒睨了他一眼，“所以你们俩之间到底是怎么回事？”

“他跟五班那个谁，郝月，一起转来的。他喜欢郝月，但人家要跟我套近乎，他就发疯了，觉得是我的错。”魏宇澈自己说着都想笑，“我真的是服了。”

高中时大家吵架的理由，现在听起来还挺不着调的，但是在当时的心境下，他们一个个都觉得天要塌了。

“之后他非要跟我怄气。哪个女孩表现出有那么一点点想跟我说话，他就立马打断。等人家移情别恋了，他又不肯了。”魏宇澈说，“所以我告诉你，高啸寒绝对不是什么好人，我才叫你离他远一点。”

梁舒盯着他的眼睛：“然后呢？”

“然后？没有然后了。”

魏宇澈压根没有要提高啸寒被开除的这件事，乍看起来像是心虚。

但凭着梁舒对魏宇澈的了解，如果真如高啸寒所说，是魏宇澈有错在先，他不会遮掩，更不会跟高啸寒针锋相对。

换而言之，高啸寒提出的“我被一中开除了，因为魏宇澈”这件事的因果关系在魏宇澈这里压根就不成立。

梁舒又问：“所以这就是你们互相看不顺眼的原因？”

魏宇澈哑了声，就像是半路受潮的炮弹，好半晌，抓了抓头发，若无其事地念着：“哎哟，赶紧回去吃饭了，我妈还在等我们呢。”

她就知道。

魏宇澈这个二五仔，连解释都不会。人家都到处散布他的谣言了，他还傻不拉几地维护着体面呢。

梁舒心想，她非得把这件事的来龙去脉弄明白不可。

苏梦华候在餐桌旁，盛好了粥就等着他们俩回来。

梁舒洗了手，拉开椅子坐下，用汤匙舀了两口粥，一抬头，正对上苏梦华殷切的目光。

“怎么样，舒舒，这粥还可以吧？”

梁舒点点头。

苏梦华笑了两声：“对的呀，我就跟你说，别看这白粥简单，想煮好不容易的。我们魏宇澈别的本事没有，但是做饭这点还是很好的。现在年轻人会做饭的不多，谁要是嫁……”

魏宇澈猛烈地咳了两声，打断她没说完的话。他还以为她的手段能高明些，结果直接成了这个样子，跟自己比，完全没进步。

“啊，那个……除了会做饭，其实魏宇澈也还是有不少优点的，对吧？”

梁舒不明白她说这些话的用意何在，但还是给予了肯定的回复，点了点头。

苏梦华觉得有戏，又接着说：“就比方说这个、这个、这个，嗯，大方，是吧。他跟那抠抠搜搜的男人是不一样的，能用钱解决的问题，对他来讲都不是问题。”

魏宇澈扶额，想说“要是实在找不出优点的话，其实可以不用硬夸的”。

“还有就是……就是……就是他很善良，热衷于做慈善。然后这个长相……”

魏宇澈越听越觉得她说得烂，脸都快埋进碗里了。

苏梦华眼睛却一亮，心想总算是找到个靠谱的优点了。

她拎着魏宇澈的领子，强迫他抬头，对梁舒说：“你看这张脸，完全就是取其精华，去其糟粕了。这双眼皮，这一米九的大高个，还有这肌肉，结实的，一块不少。”

魏宇澈将嘴里的粥咽下去，从牙缝里挤出话来：“您能不能先让我把饭吃完？”

梁舒面上全程保持着得体的笑容，心里全是问号。她不明白苏梦华这番表演到底是为了弥补因对魏宇澈的误解而产生裂痕的母子情，还是要做什么。

苏梦华给了魏宇澈一个“不中用”的眼神，扬起笑说：“要我说，现在的男孩，不健身，也不做身材管理，是真的没眼看，对吧，舒舒？”

梁舒点点头：“是的，是的。”

“就比方说那个小高啊。”

梁舒心里一阵烦闷，她现在已经到了光听见这个名字就心情不好的地步。再想到清早苏梦华话里话外一个劲地想撮合自己跟高啸寒的架势，她真的有些头皮发麻了。但她也没办法让苏梦华不说，只能埋头吃饭，希望早点吃完放下碗，出去工作。

苏梦华：“一看他就是不锻炼，那个肉都是松的。虽然说他个子也不小，但是跟魏宇澈一比，就有点病恹恹的，看着不讨喜的呀。”

梁舒抬起头，是她听错了吗？

苏梦华说：“那种男人啊，不合适，没有安全感。医生又忙，顾不了家，而且对谁都笑嘻嘻的，太讨人喜欢了，能不能抵挡得住诱惑都不一定。”

为了魏宇澈的幸福，她豁出去了，昧着良心，即使做回长舌妇也认了。

昨天高啸寒在她眼里的种种优点，都已然成了今天论证他不是个好人的论据。

梁舒听得一愣一愣的，更加摸不着头脑了，只得去看魏宇澈。

魏宇澈勾了勾嘴角，踢了踢苏梦华的脚尖，说：“妈，我爸让你给他回电话，你回了吗？”

“没有啊。”苏梦华解锁手机看了看，“你爸微信上没说啊。”

“有啊，你刚才自己说的，你忘了？你要出去给我爸回电话。”魏宇澈加了重音，对她使眼色。

苏梦华反应过来，他这是在求跟梁舒单独相处的机会呢，便递给他一个了然的眼神，拿起手机说：“确实、确实，我都忘记了，我出去了哈。”

“阿姨，您饭还没吃完呢。”梁舒说。

“没事，没事。”苏梦华舀了勺小咸菜，端着剩下的半碗粥，“我去外边，跟你叔叔边吃边说。”

梁舒目送她出去，扭头问：“阿姨怎么了？”

魏宇澈一脸无辜：“什么怎么了，她不是一直都这样吗？”

总之，不管梁舒怎么问，他都是：不知道，没有啊，吃饭吧。

梁舒骂人的话都到嘴边了，想想还是咽了下去。

“对了。”魏宇澈突然想到一件重要的事情，“我还没问明白呢。”

“问什么？”

“高啸寒造我的谣，你生什么气啊？”

梁舒蹙眉：“谁生气了？我没有。”

魏宇澈眼里就写着两个字——不信。她生没生气，自己还能不知道？

“你要是生气了，就是小狗。”

梁舒想也没想就瞪他：“你才是小狗！”

魏宇澈露出一个得逞的表情。

梁舒知道上当了，又瞪他，恼怒道：“你幼不幼稚啊。”

说完，她放下空碗，离开座位，也不管魏宇澈在后面说“等一等”。

门合上，外边阳光正好，长廊下花开簇簇，随风摇曳。

梁舒眯着眼看了一会儿，放松下来，略微偏头，对着关紧的门，说：“汪。”

公司还有一堆事，苏梦华在这儿就住了两晚，临走前给了魏宇澈一张卡。

魏宇澈没要，他自己赚得不少，起码比这卡的限定额度要高。

苏梦华没坚持，让他别抠抠搜搜的，只顾着对自己大方。

魏宇澈嘟囔着，他倒是想给梁舒花钱，但就她那个倔样，像是会接受的吗？

苏梦华骂他死脑筋：“那你不会给别人花钱啊？程汀和程溪的开销全算你头上，还不行吗？你这个人，饭喂到嘴里，还要别人教你怎么嚼，你能不能行。”

她真的担心了，梁舒的眼光那么高，能看上魏宇澈吗？

她跟魏东山两个人都那么精明，怎么生下的魏宇澈傻成这样啊？

苏梦华叹了口气，不知道第多少次怀疑自己抱错了孩子。

梁舒在门口接应，送苏梦华上了车。

“舒舒，有时间带着汀汀和溪溪一起来苏杭玩呀。”

梁舒笑着应声。

几个人一排站好，越看越像一大家子。魏宇澈跟梁舒挨着，男人俊，女人美，看上去般配得很。

苏梦华原本发愁的心又静了下来。她想，或许傻人有傻福呢。

送走大佛一尊，几个人都不约而同地松了口气。

苏梦华再怎么没架子也是长辈，他们这几天一个赛一个地规矩，连程溪做作业的时间都变长了，力图扮演一个认真的小学生。

魏宇澈伸了个懒腰，手掌顺势落在梁舒的头上，轻柔地拨了拨她的头发，声音懒懒的："梁大小姐，你今天不用再坐在那儿点头微笑了，是不是心情很好？"

梁舒睨了他一眼："瞎说什么呢。"

"行、行、行，我瞎说。"魏宇澈笑了，露出一口白牙，"反正我的心情很好。"

"猪队友"走了，情敌现在形象还不好，试问还有比他更快乐的人吗？

他的心理活动，梁舒是统统不知的。她叫住要回房间的程汀和程溪："你们跟我来一下。"

魏宇澈凑过来："为什么不叫我？我不是这个家的一分子吗？"

梁舒心头闪过些许怪异的感觉，反驳他："谁跟你是一家人。"

"你啊。"魏宇澈厚着脸皮道。

"有病。"梁舒轻飘飘地丢下一句，抬脚往厅堂走。

魏宇澈紧跟其后："我说的是实话呀，干吗骂我？"

空气中飘着焙过的茶叶的味道，梁舒拉开条桌抽屉，拿出两张传单和两张报名表，上面印着"初云兴趣班，长期招收学生，不限年纪，针对教学"。

"这是张老太家表侄女开的兴趣班，主要开设绘画、书法跟舞蹈班，乐器班相对来说少一点。你们俩看看，想学什么，趁着放假前去报个名。"

梁舒吹散茶杯里升腾起的热气，用眼神示意魏宇澈再添点水。

程汀将传单翻了翻，低声问妹妹想学什么。

"你也得选。"梁舒插嘴说。

程汀连忙摇头，一边将传单折好放回桌面，一边说："我不用的，我还要出早功。溪溪去学一个自己喜欢的，学费从我的工钱里扣就行了。"

这番回答在梁舒的预料之中，她说："既然这样，那就去学画画吧。钱我出。"

“不是钱的问题，而是……”

梁舒打断她的话：“你不要想太多了，确实不是钱的问题。我让你去学画画，是因为下半年开始，你就要上手做竹刻了。如果一点美术知识都不懂，全靠复写纸，那算怎么回事？”

她冷下脸来，眉眼间自成一派威严。

平日里对程汀除了在竹刻上要求严格外，梁舒都是一副和煦的模样，所以这次正经“发怒”，被吓住的不止程汀，程溪在旁边也是大气都不敢出一下。

“对……对不起，梁老师。”

程汀低着头，手紧紧地贴在身侧，关节捏得几乎发白，心跳加速，比起害怕，更多的是羞愧。

她想到自己刻出来的那些四不像的东西，觉得根本对不起梁老师花在自己身上的时间和精力。这么长时间，除了添麻烦，她根本没有回馈过什么东西给梁老师。

越这样想，她就越觉得羞耻，眼泪一下子冲上来。与此同时，脑子里有个声音告诉她，应该带着程溪快点离开，不要继续耽误梁舒的时间。

魏宇澈将一切看在眼里，却没有要出声的意思。他知道梁舒一定是有自己的打算，就算她再凶，心里想的都是为程汀和程溪好的事情。

果然，梁舒将茶杯放到桌上，继续说：“你不用跟我道歉，是我应该向你道歉。”

程汀猛地摇头：“不是的，是我不争气。我……我不够聪明，还有练习也不够，我……”

她哽咽着，一句话说得上气不接下气的。

梁舒摇头，说：“程汀，我不是在跟你客气，我是认真地说的。”

“工作室现在是什么样的情况，你也知道，每天的订单不说火爆，那也是不少的。光靠我一个人，就必须做一段时间，歇一段时间。我相信你也是想帮我的，但是以你现在的状况，除了帮我和魏老师打下手以外，其他的忙你是帮不上的。”

她顿了顿，声音放缓：“你不是不够努力，你是基础太差了，所以连临摹都要费好大力气。我没有时间教你这些基础技巧，也不可能像我的老师一样，花上十几年来教你。送你去学画画，对我来说是最偷懒的法子，你懂了吗？”

程汀听明白了，可即便如此，她还是觉得羞愧。如果她再努力一点，再聪明一些，梁老师就不会陷入现在的窘境里。说到底，还是她太不争气了。

像是能猜出她内心的想法一样，梁舒又说：“你不用觉得不好意思，我当年花了整整三年的时间才入门。我现在提高了标准来对你，就是存了苛刻的心思。你做得到，那说明我的眼光很好；你做不到，那说明我的要求确实不合理。你既然是我收的第一个学生，就应该要做好被我拿来当‘教学实验品’的准备。”

梁舒的话毫不留情，处处从利益出发，听起来相当不近人情。但魏宇澈听出了言外之意，不过是让程汀不要有那么大的心理压力罢了。

“所以现在，等程溪选好想学的，然后你再一起告诉我。”梁舒敛着眉眼，轻声说，“回去吧，程溪下午还要考试呢。”

程汀沉默着点了点头，带着程溪往外走。

“等等。”梁舒的手指在桌面敲了敲，“报名表拿走。”

魏宇澈全程站在一旁伺候着梁大小姐，等俩小孩走了才坐下，说：“你说说你，有话就不能好好说吗？”

梁舒明明是为了别人好，偏要摆出这种刻薄的态度，就算是不让对方有太大压力，也太吓人了点。

梁舒摸了摸脸，说：“真有那么吓人吗？”

“那可不？程溪在旁边都快哭了。”就算是为了程汀好，这手段也太雷霆了些。

“没办法，你又不是不晓得程汀是什么性格。我轻声细语，她就摇头‘不、不、不’。我跟她一个小孩在这儿来回拉扯什么，我又不是闲得慌。”

魏宇澈：“那你强行让她去学画画，就不怕她记恨你？”

梁舒抬着下巴，说：“你记得咱们去医院打狂犬疫苗那回吗？我带你去孙姨家吃面，他们家的菜单是手绘的。”

魏宇澈不怎么记得了。那天重要的剧情实在太多，又是跟高啸寒那个反派男再次相逢，又是他跟梁舒约法三章，从此有正当理由可以全程

“监工”。菜单是手绘的这种小事，放在这些事里头，确实不值一提。

梁舒看他的表情就知道他不记得，也不埋怨，继续说：“那时候我多嘴问了两句，孙姨就说了，程汀喜欢画画。”

魏宇澈总算明白过来：“所以从那个时候开始，你就在计划着这件事了？梁大小姐，你……”

梁大小姐摇着扇子，看他：“我怎么了？”

“没什么。”他摇摇头，“就是觉得被你看中的人，挺惨的。”

这才走一步就开始布局后九十九步的架势，谁跟她对弈会不害怕啊？看来，为今之计，唯有他替天行道，牺牲自我，镇住这只妖孽了。

梁舒给了他一扇子：“瞎说什么呢，被我看中的人明明不要太有福气好不好。”

她懒得跟他争执，顺势起身，掀开门帘上楼午睡。

魏宇澈没动弹，拿起她留下来的蒲扇摇了摇，人顺着椅背滑下去，支着腿，抬头看着木头天花板出神。

半晌，他悠悠地叹了口气，想着什么时候这福气也能落到自己头上一回。

六月底，小学正式开始放暑假。

程汀和程溪在家歇了两天，就被打包送去了兴趣班。

程汀的绘画班是全天的，程溪则轻松些，上午学民族舞，下午就在自习室做作业。

兴趣班的老板张初云也是熟人，按照辈分，梁舒得叫她声阿姨。

梁舒收了程汀当学生的事情，早就在上林传开了，不是什么秘密。大家都知道程汀姐俩的过往，心里头也都存着一份善意。

有时候程汀去小卖铺买包盐，兜里都能被塞两块饼干或糖果——不是什么贵重东西，也能让程汀不那么在意。

眼下面对梁舒的托付，张初云自是义不容辞。

程溪年纪小，玩心也重，梁舒便故意道：“不要客气，该打就打。”

张初云笑，拍了拍梁舒的手，爽朗地道：“你就放心吧。”

再看程溪，此时安静如鸡。

大概无论什么年纪，如果家长认识老师，那么对小孩来说都是个不小的“打击”。

毕竟，这意味着，在学校里的一举一动都将逃不过家里人的法眼。

梁舒看着两个人进了各自的教室才下了楼，拐角传出一阵乐声。梁舒没听出来是什么曲子，但感觉像是哪部动漫里的。

她循声去找，发现是小提琴教室的门没关紧，于是隔着玻璃窗多看了两眼。而这两眼，便成功地让她停下了脚步。

小提琴老师坐着，针织短吊带外边套了件薄薄的防晒衣，袖口收紧。

她的眼线画得有些长，配合着犀利的眼神，跟之前大不相同。

梁舒一时无法将眼前的人跟那个眼睛溜圆的娃娃脸联系起来。任她如何也想不到，传单上那位教小提琴课的“Red 老师”竟然就是洪桃。

底下的学生们发出声“哇”的惊叹，洪桃将琴放下，声音也变得严肃、正经。

她控制着轮椅，在学生堆里穿梭，帮他们纠正姿势。

“老师，外面有人。”有学生提醒道。

洪桃回头，正好跟看得发愣的梁舒对视上，嘴角上扬，很快又压下，转头恢复成严厉、刻板的样子，说：“休息十分钟，十分钟后回来继续。”

门一关，那个严肃的 Red 老师就被留在了里面。

“你怎么来了？”

梁舒说明了情况，问：“我打搅到你了吧，不好意思。”

“没事。”洪桃摆了摆手。

“你在这儿上班，夜市那边是不去了吗？”

“去啊。我在这儿排的都是周末的课，跟上班时间是错开的。”洪桃说，“小提琴嘛，太金贵，肯在小地方学它的人不多，所以就让我捡漏啦。”

“那你岂不是没有休息日了？”

洪桃不是很在意：“没有啦，还挺好玩的。在家拉琴总担心会吵到邻居，这里就很好，能拉琴、能赚钱，还可以教小朋友，我赚翻了。而且张校长人也很好的，不像其他人那么没眼光，觉得我没用。”她嬉笑着说，“她慧眼识珠，一眼就看出我是个可塑之材。”

明明是有些不愉快的事情，被她这样一说，就显得无足轻重起来。

课间休息即将结束，梁舒邀请她晚上到家里吃饭。

洪桃眼睛一亮："可以吗？会不会给你添麻烦？"

"怎么会。我们一大家子好多人的，你来就只是添双碗筷的事。"

"那我就不客气啦。"洪桃应了下来。

"梁大小姐，你下次能不能提前跟我知会一下。你搞得跟突袭似的，我再去买菜真的很着急忙慌欸。"

天晓得要从各位爷爷奶奶手里抢到便宜又新鲜的鸡鸭鱼有多难。

梁舒说："别抱怨了，再有一会儿，程汀就下课了。"

"他们怎么来啊？你开车去接吗？"魏宇澈问。

"程汀不是骑车去了吗？洪桃的轮椅也是电动的，路又不远，能跟过来的。"

梁舒买了辆电动车，理由是"摩托车太吵了，这个声音小"，但买回来以后就丢给了程汀用，理由是"我突然发现我不会骑"。

这种蹩脚的理由，魏宇澈都不知道她是怎么理直气壮地说出来的，而程汀竟然还信了。

这俩人能成师生确实是"天作之合"。

梁舒揉着脖子抬了抬，缓解酸胀。

今年的天气很给面子，梅雨季只持续了半个多月。摊子也重新开张了，她白天不是完成线上订单，就是重新画屏风图。

真是"多亏了"魏宇澈这个狗东西，让她不得不从头再来。

不用处处给程汀示范，梁舒出货的速度又快了一些。她将雕好的物件打磨好，给魏宇澈抹油，之后装盒贴上快递单。

两个人俨然已经成了一条流水线，这也多亏现阶段的订单简单，不然的话，以梁舒的手速都快赶不上了。

魏宇澈从不敢打搅她干正事，拎着菜进了厨房。

肉条切丝，调浆腌制，拍蒜瓣切末，刀在案板上响个不停。

这里才是他的"战场"。

梁舒端起杯子喝了口水，手机闹钟一响，她赶紧手忙脚乱地拿起来。

很快邻省沣西市就要办一场工艺展览，规模不大，但从放出的海报来看，有不少竹刻的好货。

梁舒虽然买不起，但是去长长见识也是好的，加上最近竹胎刚粘好，一时半会儿也没到打料的时候，去看看，博采众长也是十分有益的。

可惜她虽然算盘打得好，但连续好几批的票都没能抢到。今天是最后一次补票了，要是再抢不到，她就只能等明年了。

梁舒掏出筋膜枪，紧张地刷新着界面，准备应用昨天连夜查到的攻略。

“梁老板。”

门外一个熟悉的声音响起，打断了她酝酿的情绪。也就是这一瞬间的迟疑，购买按钮变灰了。

完了！

梁舒的太阳穴一跳一跳地疼，心头火气抑制不住地往外冒，整个人像一口处于爆炸边缘的高压锅。

“高医生，又是你啊。”她咬牙切齿，突然体会到魏宇澈每次看见他时的心情。

高啸寒并不知道发生了什么，脸上是一贯得体的微笑，问：“怎么了吗？”

梁舒冷笑一声：“呵，没什么，倒霉罢了。”

高啸寒“哦”了一声，才说：“我这次来是想约你……”

“不去，不约。”梁舒说着就要关上门。

高啸寒不敢伸手去拦，于是拿肩膀顶着，一边从口袋里掏东西，一边制止道：“等一下。”

梁舒想到他医生的身份，知道他的手金贵，一时间不敢太用力，却也不退让，只继续拒绝说：“不用等了，高医生，你走开点。我还有事，没时间跟你去风花雪……”

她说不下去了。因为高啸寒手里举着的，就是自己尝试了多次都没抢到的展览门票。

“你怎么会有这个票，在哪个APP抢的？”梁舒强忍着去拿的欲望，问。

什么意思，全天下就自己抢不到票是吧？老天无眼，真正喜欢的等不来想要的，动机不纯的却能轻松弄到手。

高啸寒说：“我没抢，你记得我的老师吗？就是叶菲的爸爸。他有个病人也是收竹刻的，看见过你的印章，以为老师喜欢，所以顺手送给他两张票。老师没时间去，所以就便宜我了。我猜你应该会喜欢。”

而他现在看她的表情，已经不用猜了，是确定她喜欢。

梁舒心里是很想说“不”的，因为他说了有两张票，掏给自己的却只有一张，这就说明他要跟自己一起去。

这要是让魏宇澈知道了，那他还不得爆炸？而且她也不是很想跟高啸寒这个人独处。

可是，这个展览真的很难得，梁舒抢票失败的那一瞬间，都已经想好不行就高价收了。

两种情绪纠结着，她陷入沉默里。

高啸寒也不着急。

他自认为在梁舒心里自己的形象还不算太糟，是有搏一搏的机会的。除开魏宇澈跟她小时候的情分，他跟魏宇澈现在算是同一起跑线的人。

高啸寒做着心理建设说服自己，可真当梁舒抬起头，脸上表情坚定的时候，他突然就生出些许慌乱。

“谢谢你，但是不……”

“魏宇澈。”他突然说。

梁舒拒绝的话断在了喉咙里，没明白：“什么？”

高啸寒手心里渗出一层薄薄的汗。他低头，将票塞到梁舒手里，正色道：“这次我会告诉你，我跟魏宇澈之间到底发生了什么。”

“所以，不管是为了魏宇澈，还是为了你自己，跟我约会吧。

“哪怕就一次。”

门口已经没有了高啸寒。

这个人理直气壮地来，走的时候却有些落荒而逃的味道。

梁舒捏着票，突然觉得自己陷入了一种两难的境遇。

展览她是想去的，但现在扯到了魏宇澈，就显得能让她赴约的更大的原因是他。

纠结没两秒，她选择性地遗忘了自己刚才到嘴边的拒绝，自我说服道：“就是单纯地想看展览。”

洪桃停在门楼的时候还有些不敢相信，说：“汀汀啊，这是你们家？”

程汀点了点头，又指着隔壁说：“那是魏老师家。”

这还是洪桃第一次实地考察“大户人家”，而且一下还是俩。

梁舒听见动静，立马把门打开。洪桃坐轮椅不方便，她回来的时候，特地绕路去了木料厂，问里面的人讨了块废料板，在台阶上铺了板子。

到了木头门槛，她跟程汀两个人合力把轮椅抬了起来。

洪桃有些不好意思：“给你们添麻烦了。”

“说的什么话？”梁舒擦了擦额角的汗，“是这老房子修的时候也太不讲究了。”

洪桃笑起来：“你们家如果还不讲究，那我估计整个乌川就没有讲究的房子了。”

几个人说说笑笑地进了屋，魏宇澈正背着手在后面解围裙。

他今天穿的是美少女战士图案的围裙，箍在腰上，显得肩膀越发宽。

洪桃说：“哇哦，魏老师今天这么粉嫩呢。”

魏宇澈扯开嘴角客气地笑了笑，很快望向梁舒，手捏着围裙带子，求助道：“你快帮我看看，我好像不小心扯乱了。”

梁舒两三步走过去，一看，何止是乱了，这都扯成死结了。

魏宇澈回头，问：“怎么样了，什么情况？”

梁舒手掌贴着他的背：“别乱动。”

魏宇澈挠了挠脸：“哦。”

带子被拽得有些紧，梁舒低着头，费了好一会儿工夫才弄松了一点。

“你以后能不能注意一点。”梁舒嘟囔道，“未来大艺术家的手，现在给你解死结？”

“艺术家，我这是为了谁啊？”

两个人忙着斗嘴，洪桃在一旁小声地问程汀：“梁老师跟魏老师一直都这样吗？”

程汀说：“也不是吧，以前魏老师挨打多一点，现在挨骂多一点。”

程溪补充说：“大姐姐超厉害，会散打呢。”

“我不是这个意思，我……”洪桃止住话头，看着她们俩叹了口气，

“欸，我忘了你们俩还是小孩子。”

成年人之间的拉扯暧昧，就像朋友圈里的仅对方可见，做得不动声色。这俩小孩哪里能看出什么东西。

魏宇澈的手艺不是盖的，一顿饭吃得宾主尽欢。

夏天的夜总来得晚些，六七点钟天依旧亮着。

洪爸爸来接洪桃，但不认得路，把车停在了春回商店门口。怕他转来转去麻烦，梁舒准备送洪桃过去。

草木被暑热蒸发出香气，沿着裤脚往上爬。

这会儿，路上都是饭后出来散步的熟人，梁舒遇见相熟的就会提前叫人。

有人问洪桃是哪个，梁舒便说是朋友。

“好漂亮的小姑娘。对了，舒舒，桥头家炼了猪油，剩下油渣子问你要不要，你小时候不是爱吃吗？”

梁舒应了声，说明天去看看。

洪桃伸手摸了摸路边草丛里不知名的花，深深地呼吸，感叹道：“这儿真好。”

有花有树有田，往来的人都是热乎的，没被格子画成一个又一个，话里都是熟络，组成过往岁月里的一点一滴。

洪桃觉得这种感觉特别奇妙。

梁舒帮她推着轮椅，笑：“那你下次再过来多待待。”

洪爸爸是个有些胖的男人，脸上挂着笑，正在跟张老太说些什么。

她们离得近了，才知道是张老太嫌弃他车停得不好，挡住了自家的招牌，影响别人进店来。

洪爸爸不好意思地说：“我这不敢乱动，我怕待会儿我女儿找不到我。”

张老太的脾气才消了些：“你女儿？谁家的？”

这上林镇上还少有她不认识的人。

洪爸爸没听明白，说：“我家的。”

梁舒三两步走上前。

张老太原本还嫌弃的表情立刻转晴：“哦哟，舒舒呀，吃饭了没呀？对了，我今晚包了小馄饨，刚让你阿姨冻上，你带两盒回去，给汀汀她们也尝尝。”她的视线落到洪桃的身上，“哦哟，这小妹是谁家的呀？”

洪爸爸走上来说：“我家的。”

梁舒同洪爸爸打了招呼，又跟张老太解释了一番，后者立马说下次来车直接就停这里没关系。

顺利地送洪桃上了车，梁舒带着两盒馄饨往家走去。

她将馄饨放到冰箱里冻起来，又从兜里摸出那张有些烫手的票。

魏宇澈刚好进厨房，眼神一触碰到，她就心虚地停下了脚步。

魏宇澈眼尖，说：“嗯？这票刚抢到就送手里了？”

梁舒将票往身后藏，接着又觉得没什么好避讳的，干脆把事情说给他听了。至于高啸寒最后提的那件小事，自然是被她省去了。

“怎么又是高啸寒。”魏宇澈冷笑，“他不忙着救死扶伤，跑这儿来拯救你是吧。”

梁舒没帮着说话，只是说：“你小点声，程汀还在外面。”

魏宇澈说：“他有两张票，为什么只给你一张？”

“那不然呢，我两张全要过来吗？”梁舒怀疑他脑子有病。

“所以，他手上还有一张，对吧。”魏宇澈冷静下来，现在局势已经一目了然了。

高啸寒分明就是抛给了梁舒一根无法抗拒的橄榄枝。

卑鄙。他在心里骂道。

梁舒打量着他的神色，试探性地问：“你不生气？”

“我生什么气？你不花钱就搞到了想要的票，是好事啊。”魏宇澈说。

“可是，我可能会跟高啸寒一起去欸，你不是跟他……”

魏宇澈明白她话里的意思，心里涌出一些窃喜。

看吧，梁舒现在也是会考虑他感受的人了。这说明什么？说明自己的地位远在高啸寒这个“绿茶”之上！

魏宇澈爽了。同时他也暗自告诫自己，一定要拿出“正房”该有的气度来，不跟高啸寒一般计较，更不能再像以前那样跟梁舒叽叽喳喳了。

于是他咳了咳，十分善解人意地说：“这个你放心。看展览对你来说很重要，我不会因为我的事情而影响到你的。再说了……”

“别再说了。”梁舒打断了他的话，看他一脸不在乎的样子，觉得好烦。

见魏宇澈一脸疑惑地看着自己，她心里更是冒出火气来。

她把票放在抽屉里，说：“钟灵秀跟我说酒吧要补货，我先去看看。”

魏宇澈在原地挠了挠头——钟灵秀怎么没跟他说？

对某个年龄段的人来说，酒吧是暂时的避风港。

你可以在这里忘记种种不如意，发疯撒欢，尽情宣泄着愤恨。

钟灵秀从小就崇拜电视剧里的那些帅哥靓女，他们端着酒杯，仅仅对视，眼神就能“拉丝”。可惜家里人管得严，别说酒吧了，在十八岁以前，网吧她都没去过。

后来大学第一次去酒吧，钟灵秀被重金属音乐惊得愣在原地——除了吵就是吵。美女多的是，但帅哥是真没看着。

从此，她心中的在酒吧里艳遇的美梦破碎，但创业梦始终坚持着。

她就是要做偶像剧里的那种酒吧，不吵不闹，还有点小文艺。“探海”就完全是照这个路子来的。

事实证明，这步棋走对了。

“探海”紧邻大学，意味着来这里的男生都是比较年轻的，没进过社会的大染缸，还保留了难得的少年气，光看着就觉得舒心。

梁舒在她眼前晃了晃手：“你行了，我不是来听你说创业理念的。”

钟灵秀收回视线，端着酒杯，将梁舒从上到下打量一遍：“你这一不喝酒，二不看男人，来这儿干吗的？”

梁舒说：“我是有事情问你。”

谁知道高啸寒会怎么乱说，她最恨主动权不掌握在自己手中的感觉。与其坐以待毙，日后被他牵着鼻子走，她不如尽早做好背调。

“什么事啊？”

“你记不记得郝月？”

“记得啊。”钟灵秀说，“不是五班转过来，特高冷的那个吗？你还想认识人家，后来没处成朋友，你还说差点缘分对不对？怎么了，你问她干吗？你遇到她了？还是说有什么我不知道的小道消息？”

梁舒说：“没有。我都不认识人家，哪里来的小道消息。”

“好吧，那你问她干吗？”钟灵秀有些失望地撇了撇嘴，原本还以为有什么八卦更新了呢。

“她转过来的时候，我不是正好出去比赛了吗？是不是还有一个跟她一起转来的男生，也到我们班了？”

“是有这么回事。”钟灵秀冲她使了个眼色，“你也知道的，咱班的班主任口碑很好的。”

梁舒缓了口气，她就知道钟灵秀的小脑袋瓜里装了很多八卦，果然没找错人。

“那你还记得那男生吗？”

钟灵秀点点头：“当然记得。”她在眼前比画了一下，“他那个刘海，留到这儿。从他来到他走，我都没看清过他长什么样，只记得他的刘海和像螺丝一样的耳钉了。人嘛，不怎么爱说话，装得很。穿校服还要在后背画骷髅头，班主任为此没少骂他，说他把风气带坏了。”

梁舒眼前浮现出一个杀马特形象的高中生，实在很难跟现在的高啸寒对应起来。她问：“他叫什么？”

“叫高什么的吧。”

“高啸寒？”

“好像是吧。”钟灵秀说，“你这不应该来问我，你应该去问魏宇澈，他们俩关系好着呢。不过他们就好了一阵子，后面也不知道为什么，就谁也不理谁了。”

魏宇澈这个人最是热心。高啸寒看起来就很格格不入，又有流言传他是因为在原来的学校偷了东西才被赶出来的，大家就更不愿意跟他一起玩了。

只有魏宇澈不信谣言，主动跟他搭话，更是训斥其他人别瞎说。

那段时间，梁舒不在，魏宇澈就跟脱缰的野马似的，一门心思地跟高啸寒待在一起，连钟灵阳都觉得自己的地位一落千丈，还酸不拉几地抱怨过“不见旧人哭”。

“那高啸寒为什么走了？”

“打架斗殴呗。他也是运气不好，那个时候刚好有市教育局的人来明察暗访，学校里重视着呢，结果他撞枪口上了。加上他在之前的学校还有前科，所以就直接被劝退了。”钟灵秀说，“阿张还想捞他一把呢，好不容易说动了学校，他爸妈过来了，凶得哟，说不让他念了，当天就把他拎走了。”

听到这里，梁舒稍稍放心，确认道：“所以，他的退学跟魏宇澈没什么关系，对吧？”

钟灵秀敛眉想了一会儿：“别说，还真有关系。”

梁舒心头一滞：“有什么关系？”

“那场架啊，就是魏宇澈跟他打的。”

第十章

夏夜的悸动

沣西跟乌川同宗同源，坐高铁只要二十分钟，却属于不同的两个省份。

展览在周五，高啸寒特地跟同事换了班，获得了两天的假期。

他到梁舒家敲门：“梁老板，您起来了吗？我们八点半的高铁，马上就要走了。”

“谁啊？”里面传来一个声音问。

高啸寒听出了声音，略微蹙眉：“是程汀吗？我来找你梁老师的。”

“您等一下。”程汀的声音慢慢地变近，很快，门被打开一条缝，她从里面探出头来，说，“梁老师一早就走了，让我跟您说，您直接去展览馆就行了。”

高啸寒不可避免地失落了一瞬，道了谢就准备走，又突然想起点什么来：“等一下，魏宇澈在吗？”

程汀眨了眨眼，疑惑地说：“魏老师出去买菜了，您找他有事吗？”

“没事。”高啸寒放下心来，魏宇澈没有跟着去，他也就可以放下心了。

只不过，他真的有些低估魏宇澈在梁舒心里的分量，竟然能让她避着他到这种地步。

认识梁舒以后，他就有些理解魏宇澈为什么会在青春期莽撞的日子里，始终如一那么长时间。

人本能地追逐更美好的事物，梁舒漂亮又优秀，比很多男人都要强，是诸多人会去追逐的对象。高啸寒也不会否认这一点。可是，现阶段，她的身边却只有一个寸步不移的魏宇澈。

高啸寒猜测，八成是魏宇澈误打误撞地守住了阵地。自己这个即将转正的医生，明显比一个不务正业的废柴要好。

再退一万步说，魏宇澈能做到的，自己一样也可以，以前是，现在也是。

“阿嚏。”

另外一边，梁舒冲太阳打了个喷嚏，放下胳膊肘，边掏纸巾擦手，边说：“行了，老板，这么多可以了。”

“好嘞，您拿好。”老板将袋子递到她手上，“你等会儿，汽糕要浇辣油才好吃，我给你舀一点。”

熬得鲜亮的红油混着白芝麻和辣椒末，散发出刺激味蕾的辛香。梁舒没忍住，又弯腰打了个喷嚏。

她手里已经拎了好几个袋子，又找老板要了个大的，把东西全放在一起，才算方便拿些。

昨晚魏宇澈发疯，发了一长串的清单过来，让她去沣西的时候顺便带点特产。

梁舒回复他自己是去艺术熏陶的，不是进货，让他自己上淘宝买。

魏宇澈说那个不新鲜，也不知道正不正宗。

梁舒才懒得搭理他，但真到了沣西的街上，看到路边那些小摊子上浓墨重彩地写着 “沣西特产”的时候，不知怎的就又心软了。

等她冷静下来的时候，手里已经拎满了东西，卖汽糕的老板抻着脖子问她够没够。

前几天跟“小雷达”钟灵秀仔细地聊了一番，梁舒依然一无所获。

她算是看出来了，钟灵秀对这种事情的重点永远只知道一半的特性，勉强只能算得上“四卦”。

展览馆还没开放，梁舒在门口扫码开了个储物柜。门一弹开，一股热气就朝她扑了过来。这天气，东西放在室外的柜子里就约等于暴晒。

想了想袋子里的酒糟鱼等小吃，梁舒还是放弃了。她在附近找了家小饭馆，想着花点钱把东西放到人家的冰箱里。

饭馆老板是个年纪有些大的阿姨，客气得很，说什么都不肯收钱。

高啸寒发消息说自己到了，梁舒原本迈出去的步子又收了回来。

虽说跟高啸寒一起是不可避免的，但相处的时间能少点，还是少点好。

老板关好冰箱门后，就回到柜台后头重新坐下，摆弄着什么东西。

梁舒随意一瞥，看到几根叠着的薄竹篾颤动着，很快就从一圈圆底变成了一个小钵子。

“啊，阿姨，您这手也太快了。”她咂舌。

老板没抬头，手上动作也没停，笑着说：“没有，就随便编着玩的。”

梁舒往柜台里一看，旁边还摆着好几个已经成形的老虎、兔子，大小、神态和动作都不一样，从玩偶到钥匙扣，唯一不变的是生动。

“我能看看吗？”

“当然可以。”

梁舒对着外头的光源仔细地看着，赞道："阿姨，您就是太谦虚了，这么小的玩意，连起头和收尾都找不到，这手艺没个十几二十年的，哪里能做成这个样子。"

"哪有这么夸张啊。"老板脸上带着笑，说，"我就是编着玩的，你要是喜欢的话，拿一个走。"

"这怎么好意思？"

"这有什么。"老板说，"你喜欢，这东西才有价值；你要是看不上，它放着也没什么用。"

"话可不能这么说，您这手艺就够有价值了。"梁舒稍稍严肃了些，"这样，我拿两个钥匙扣，按照市场价给您钱，就算我找您定做的，成不成？"

老板有些局促起来，摆摆手："什么钱不钱的，真不用，送你。"

梁舒不给她反驳的机会，扫码转了钱过去，拎着两个钥匙扣溜之大吉。

细竹篾被编成了小铃铛的模样，严丝合缝，不透一点光，躺在掌心甚是可爱。

有意外的收获，梁舒心情大好，看高啸寒端着的样子也觉得没那么讨厌了。

跳过寒暄拉扯，两个人验了票进了展览馆。

高啸寒有心想借此机会跟梁舒多说话，却不想她一脸严肃正经地说："高医生，我提前跟您说好，我这个人看展是不喜欢说话的。馆里每件展品的玻璃柜子右下角应该是有讲解的，如果没有，您可以在线搜索图片，总之，不要问我。"

"好的。"

很好，他完全没有一点机会了呢。

这次展览是当地一个收藏家办的，在业内也算小有名气。展出的东西很杂，竹刻只是其中的一小部分，展览的人气也算不上高。

看到一件中意的竹雕，梁舒的眼睛几乎发出光来，趴在玻璃柜子上从各个角度细细地看着。

高啸寒都快将底下那一百字不到的讲解背下来了，她还是没有动。

"奇怪啊。"她直起身子，眉头紧锁，小声嘟囔着。

眼看着机会来了，高啸寒立马凑上去，脑子里刚才出现的那些“灵动秀雅，活泼可爱”等形容词全蹦了出来。

梁舒自言自语道：“这个浅浮雕跟透雕中间这块是怎么衔接的呢？”

好烦啊，为什么不能做成三百六十度全包的玻璃柜呢。

高啸寒刚迈出的步子又收了回来，这种专业的问题，他上去讲话就纯是丢人。

梁舒垂眸沉思了片刻，突然福至心灵，想通了其中的关节，忍不住开心地拍了下手——力度不大，在嘈杂的人声里几乎可以忽略不计。

但高啸寒后背绷紧，总觉得附近有人投来视线。他深感尴尬，强撑着脸上的笑，小声地叫她的名字，希望她稍微注意一点。

梁舒像没听见一般，从他身边越过，往更深的地方走。

这次让她顿住脚步的是一尊金漆瘦骨罗汉，右下方小卡上标着——“清·无名氏”。

竹刻不像一般的器具，越上了年头就越难保存。而面前这尊罗汉保存得就非常好，看得出来是花了心思的。

罗汉盘腿坐于底座之上，上半身赤裸，骨瘦如柴，每一处细节，包括衣服上的褶皱、纹理都栩栩如生。罗汉瘦骨铮铮，双目微敛，面露慈悲。竹质清雅，富丽的金漆又好像佛光，不显华丽而更显庄重之意。

梁舒觉得浑身的血液都滚烫起来。

她不禁想，这位无名氏当初是怀着怎样的心情下刀的呢？

他会料到若干年后，这始于心迹的一尊罗汉，会被无数人观摩揣测吗？

无名氏早就化成了一抔黄土，而罗汉一直端坐如斯。他跨越了百年的岁月，承载着无名氏的虔诚与技艺，经过更迭动荡，在现代化的玻璃柜里继续审视人间。

高啸寒稍稍停了几步，再找梁舒时就变得麻烦了起来。

好不容易瞥见那熟悉的侧影，他又看到了更远处迎面而来的熟悉的人。像是也感觉到了他的打量一般，那个人竟同他对上了视线。

两个人皆顿住脚步，又不约而同地看向梁舒。

对方的反应要比他更快一些，几乎是在偏头的一瞬便朝着梁舒走了过去，步子又大又急，就差跑起来了。

梁舒刚收回些心神，就听见耳边响起了一个熟悉的声音。

“哟，梁大小姐。”

她回头，漂亮的泪痣和清秀的眼眸率先进入视线。

魏宇澈手撑膝盖，弯着腰，白皙的脸庞上泛着红晕。他眨了眨眼，刻意压低声音，克制又暧昧：“这么巧呢。”

被拉来的钟灵秀一路小跑，终于在他身后站住，叉着腰大喘气，一脸不满地说：“大哥，你赶着去投胎呢？”

梁舒对魏宇澈的出现一点都不觉得意外，甚至从心底流露出一丝“看吧，我就知道他一定会来”的愉悦和得意。

真正让她意外的是他脖子上挂着的蓝带子。

她伸手将那摇摇晃晃的牌子拽过来看，念道：“赞助商？”她抬头看他，“你什么时候变成赞助商的？”

魏宇澈从她手里将牌子抽回，指腹蹭到她的手背，像有什么波浪在心里荡漾开来。

“就这几天。”他说，“都说了嘛，我有‘钞能力’的。”

梁舒一顿，想想自己竟然还到处给这个少爷买特产，就觉得自己很蠢。

“你来得挺快。”高啸寒也加入进来，笑容冷冷的。

魏宇澈眉毛一挑，又往梁舒那边走了半步，说：“哟，不装啦？”

高啸寒没接话茬，事到如今，再在梁舒面前装，意义已经不大了，他又何必委屈自己。

两个男人对视着，中间还夹着个女人，这剧情什么走向是不难猜的。

到了梁舒该做选择的时候了。

梁舒将头一低，又继续看那罗汉去了。

一直被忽略的钟灵秀总算是喘匀了气。

她举起手，语气有些幽怨：“请问，有人管我一下吗？”

三个人齐刷刷地朝她看去，梁舒说：“你怎么累成这个样子？”

钟灵秀冷笑，愤恨地瞪了一眼魏宇澈：“你问他！”

她八点就被叫起来了。八点，这对一个营业到清晨五点的酒吧的老板来说，是多么玄幻的时间啊！

魏宇澈连化妆时间都不带给她的，打了车就直奔高铁站。那紧急程度，她还以为梁舒是在外地出事了，需要自己去捞呢。

到了沣西，正好赶上早高峰，打车还没公交车快，于是他们好不容易挤上了车，到站后又一路狂奔七百米进了展览馆。

这搁谁身上能不累？

梁舒立刻问责魏宇澈："你发什么神经？"

魏宇澈摸了摸鼻子，不说话，心想：那还不是为了出场的时候狂跩酷炫一点。

他时间都卡好了，准备晚两分钟登场——自己作为赞助商还带个助理，多拉风啊。为此，他还特地穿了柜子里最贵的一件T恤，力求低调、奢华。谁知到了之后，他们根本打不到车，费劲挤上公交车的时候还不小心碰到了别人的早饭，辣油蹭了一袖子。

"算了，算了。"钟灵秀挽着梁舒的胳膊，用眼神示意，"这位是？"

这位长得不错，个子也高，但是配梁舒的话还是有些不行。她心里默默给这个人打了个及格分。

不过，这也正常，连魏宇澈在钟灵秀心目中也只是个及格分。

在钟灵秀看来，这世上基本没什么人能配得上她这位优秀的姐妹。

"我记得你，钟灵秀。"在她惊讶的目光里，高啸寒继续说，"我是高啸寒。"

"高……高啸寒？"钟灵秀觉得有些不可思议，又去看梁舒。

这都什么跟什么啊？

梁舒给了她一个眼神，示意之后再解释，接着说："我们继续看展吧。"

几个人都难得默契地一起闭了嘴。

高啸寒跟魏宇澈心里有事，跟着梁舒寸步不离的。钟灵秀可没有什么必须留下的理由，所以没待一会儿，就去别的展区了。

火花在两个男人的眼神碰撞下不停闪烁，硝烟弥漫。

魏宇澈不想跟他浪费时间，学着梁舒去看展品，很快脱口而出："为什么这个和尚这么瘦啊？"

高啸寒嘴角不自觉地扬起，"打搅看展"是梁舒本人特地提过的减分项。他得意地在心中代替梁舒给魏宇澈画了个"叉"。

“这是瘦骨罗汉，又叫雪山大士。”没有生气，也没有埋怨，梁舒在柜子前抬起头，语气淡淡，“他还有个更为人熟知的名字，叫释迦牟尼。”

魏宇澈小声地“哇”了一句：“他是佛祖啊？”

“准确来说，是佛祖在人间最后的样子。”梁舒娓娓道来，“传说他静坐思考，不避风雨，坚持不懈达六年之久，身体也变得极度消瘦，筋骨暴露，终于在痛苦中得道，参透成佛。后来有人用这个故事告诫世人，凡俗之身如能经得起苦行的考验，便可修成正果。”

她容貌清丽，单薄的背挺得笔直，头发扎在脑后，垂下的几缕散落在脸颊边，白净的侧脸明媚、英气。

魏宇澈看得有些出神，语气也不自觉地带上惊叹和崇拜：“你怎么什么都知道？”

梁舒瞥他一眼，抬脚往下个地方走，说：“因为我会用百度。”

魏宇澈：“你等等我。”他说着，追了上去。

梁舒回头瞪他，比了个噤声的动作：“小点声！别吵到其他人。”

魏宇澈点头如啄米，跟在她身侧，像只笨手笨脚的鹌鹑。

高啸寒就在原地看着他们走远。他不能说话，魏宇澈却可以和她聊天。

他无奈笑了笑，内心既郁结又觉得荒诞。

展览分两场，上午这场的重心都放在类似于笔墨纸砚、漆具、刺绣等展品上了。

除了那尊惊艳的金漆瘦骨罗汉外，再没有什么竹雕能让梁舒眼前一亮了。

饶是如此，她还是看完了所有的展品，细细地观察着不同原料雕刻出来的成品细节，想着这个图样如果用竹子来做，应该如何下刀，用什么手法。

她用手指代替刀，虚虚地比画着，颇有种仙侠剧里御剑飞行的大侠风范。魏宇澈懒散地站在她的身侧，将高啸寒完全隔开来。

在一群安静看展的人里，他们这几个人的举止就显得相当怪异。

钟灵秀转了一大圈回来，兴致勃勃地给梁舒介绍，说前面就是文房四宝的展区了。

这些东西跟雕刻关系不大，梁舒的心情也放松了下来。

主办方也是有心的，专门设立了一个“民俗美术区”，用来展出虽没有名气但技法不错的作品，东西不多，却比较杂。

梁舒留心看了底下的人物介绍，大多是各地一些协会里的人，也不算是完全的素人，只不过手法确实还有待提高，几个竹编收尾都十分仓促，甚至还不如刚才她买的两个钥匙扣。

四个人踩着中午闭馆的时间点出来，饿得前胸贴后背。

魏宇澈在沣西最负盛名的五星级酒店订了一桌饭，但由于打车过去还要二十分钟，被梁舒一票否决，将那顿饭挪到了晚上。

“那咱们现在去哪儿吃啊？”魏宇澈挂断电话后问。

“你们对档次没什么要求吧？”她的视线在几个人的身上扫了一遍。

钟灵秀挽着她的胳膊，捏着嗓子道：“没有，没有，你去哪里，人家就去哪里。”

高啸寒也摇头。

魏宇澈咳嗽两声，清了清喉咙。

梁舒却直接跳过了他，说：“那行，我们走吧。”

“欸，你怎么不问我啊？”魏宇澈不乐意了，“我的意见不重要吗？”

梁舒轻轻“嗯”了一声，问：“你有意见？”

“当然了，我想吃沣西特色菜，不要跟风那些网络噱头，但是也不能就在路边，好歹是头一顿，我想……”

梁舒保持着微笑，眼里却写着“再多就烦了”。魏宇澈的声音越来越小，就像个漏了气的玩偶，很快就瘪了下去。

他又咳了一下，似乎是在否认自己刚才的长篇大论，说：“没……没有。”

“早这样多好啊。”梁舒似笑非笑地看他一眼，“你说是吧？”

魏宇澈觉得自己此刻除了点头，说任何话都是有可能被暗杀的。

玻璃门一被拉开，冷气便迎面扑来。

饭馆老板此刻正坐在餐桌旁，看清楚来人是梁舒后，笑容带了几分真心实意。

梁舒说明来意，希望尝尝沣西的特色菜。

阿姨一听，立刻将手里的活丢下，系着围裙去后厨忙碌了。

四个人硬是坐了张大圆桌，钟灵秀挨着梁舒，魏宇澈跟高啸寒则分坐在她们的两侧，谁都不愿意搭理谁。

高啸寒说：“没想到你在这儿也有熟人。”

“不熟。”梁舒接过魏宇澈烫好的餐具，“刚认识。”

钟灵秀回头看桌上的竹编，感叹道：“老板好厉害的手艺哦。感觉跟刚才展览里的没什么区别。”

跟那些繁复的华丽炫技相比，老板的手艺虽朴实，却极为生动，无论是器皿还是挂件，看上去都颇为赏心悦目。

“那倒不至于吧。”高啸寒说，“外观上可能相似，但手法上的差异还是高下立判的。”

“能不能别抱有偏见，展览柜里的不一定就是好的。”魏宇澈反驳说，“懂不懂什么叫‘高手在民间’？”

“我懂，但你觉得高手有这么容易就被我们遇上？”高啸寒的语气也冷下来，多了些针锋相对的意味。

“世界上的巧事那么多，谁说得清楚呢。比如你老师，不就恰好认识展览主办方，恰好得到了两张赠票吗？”魏宇澈说。

高啸寒说：“你也是啊，一砸钱就砸中了沣西的这场展览。”

魏宇澈摇头：“我不是凑巧，我是特意的。”

他前所未有地直白，说：“毕竟有些人连是人是鬼都说不清楚。万一我们家梁老板出了什么事，谁赔得起呢？”

钟灵秀悄悄地在梁舒耳边说话：“他们俩什么情况？”

她怎么感觉有点像宠妃在争风吃醋呢？尤其是魏宇澈那句加了重音的“我们家梁老板”，真是怎么听怎么暧昧。

还是说，在自己不知道的时候，这几个人之间发生了一些这样那样的故事？

梁舒见怪不怪，给她倒了杯水，说：“不用管，这两男的发疯。”

魏宇澈低头：“梁舒，我可听见了啊！”

有没有良心啊，他这是为谁着想啊？

“哦。”梁舒点点头，“你们继续，吵到哪儿了？”

被她这么一打岔，谁还能吵下去啊。

高啸寒却铁了心地要争出个所以然来，说："可以当成展品的东西都是有标准的。梁舒，你觉得呢？"

"狭隘，太狭隘了。"魏宇澈评价道，"展品有标准，但是艺术没有，高医生的眼光未免太狭隘了一些。"

"我问的是梁舒，你接话倒是挺快的。"高啸寒装不下去了，冷冷道。

魏宇澈发挥装傻的本事，起身接菜，一边把新上的菜转到梁舒跟前，一边说："仗义执言只不过是我不值一提的一个优点罢了。"

高啸寒还想反驳，梁舒拿起筷子，谁也不看，淡淡地问："还吃不吃饭了？"

这话翻译过来就是"闭嘴吧"。

于是，发疯的俩男的，都选择了消停，埋头吃饭，都不再说话了。

钟灵秀在一旁看着，心想，真的好像老师教训两个不听话的小学生啊。

有了威严的"梁老师"镇场子，饭桌上陷入了安静。钟灵秀不敢乱开腔，她现在还一头雾水，等着谁来给她解释解释这是什么情况呢。

只是她的期待终究是要落空了，还没等她拖住梁舒询问什么，那个曾经的"忧郁少年"就开了腔。

"梁舒，不好意思，我要回医院了。"

梁舒眉头一蹙，毫不掩饰自己的不悦。迄今为止，自己想知道的东西，他可还什么都没说呢。

高啸寒看了一眼手表："或许你可以送我去高铁站。"

魏宇澈不屑地笑出声："高啸寒，你有没有搞错？你让梁舒送你？"

梁舒没有迟疑："好。"

"你听听人家都拒……你说什么？"魏宇澈一顿，大受打击地看着她，"你疯了？！"

高啸寒推了下眼镜，一副胜利者的姿态，露出清浅的笑来："那就麻烦你了。"

他拉开玻璃门，率先迈步出去。

梁舒示意他稍等，从冰柜里拿出早上买的东西，一股脑地塞到魏宇澈的怀里："喏，少爷，你要的特产。你带去酒店吧，放在这儿不方便。"

见她把自己说的话放在心上，魏宇澈还是很开心的。但一码归一码，他嘟囔着说："你送他干什么？他又不是没钱打车。"

"我有事。"梁舒直视着他的眼睛，语气难得认真，"一些只有他才愿意告诉我的事情。"

她在暗示魏宇澈。

比起高啸寒的主观讲述，她更愿意听魏宇澈说清楚事情的来龙去脉。只要他愿意说，她就会无条件相信。

可魏宇澈的脑子一时间并没有成功转动，他瞪大了眼："什么？你竟然跟他有秘密了？"

一种被背叛的感觉席卷心头。这才几个小时啊，他们就能聊成这个样子？这要是再让他们单独相处，那岂不是连未来在哪里买房都计划好了？

他愤恨地说："那我也要去。"

梁舒无语了。她是犯了什么蠢，才会想到用暗示这一招的？

她再也不想多说，瞥了他一眼，警告道："别跟过来。"

魏宇澈就真的顿住了脚，只是表情相当难看。

为了确保不出岔子，梁舒亲自将他跟钟灵秀送上了出租车。

高啸寒靠在树上点了支烟，夹在指间，却并不抽，只看它燃着，整个人看起来有些颓废。

梁舒闻不惯烟味，离得远了些，点开打车软件，说："你买的几点的票？"

"没买呢。"高啸寒弹了弹烟灰说，"我只是想跟你单独待一会儿。"

她蹙眉，声音也变得冷起来："我以为你是真的有事。"

"是有事。"高啸寒凝视她的眼睛，她对着自己的时候始终都是这样不远不近的，仅有几次的波澜也都是因为另外一个人而起。

他好像真的有些失败，不管是以前还是现在，总比不过魏宇澈。

"放心吧。"他敛着眉眼，笑了笑，"我知道你为什么来，不会食言的。"

出租车里，魏宇澈的头都快扭断了。但任凭他如何心有不甘，还是阻止不了出租车离那两个人越来越远。

钟灵秀说："既然你这么想留下来，就让师傅靠边停车不就好了，反正梁舒也看不见。”

“算了。”他收回视线，自己的不甘心跟梁舒的意愿比起来，明显后者更重要。

“欸，那个人真是高啸寒啊？”钟灵秀揪着头发比画了一下，“刘海老长的那个？”

魏宇澈不咸不淡地“嗯”了一声。

“啊。”钟灵秀惊呼出声，紧接着发挥她出色的推理能力，把前几天梁舒来问自己的事跟眼下的情况联系了起来。

魏宇澈听得一愣一愣的，在她要把两个人往暧昧的方向扯的时候打断她：“你等一等，你是说，梁舒问了你，高啸寒为什么被开除？”

钟灵秀点点头：“是啊。我当时还纳闷怎么突然提到他呢，照理说，她都不应该知……”

“你告诉她了？”

“是啊。”

“怎么说的？”

“就实话实说呗。你们俩打架，他被开除什么的。”

魏宇澈深深地吸气，扶着额头，说：“师傅，掉头，回刚才那个地方。”

司机师傅用带着沣西口音的普通话说：“这都到酒店门口了。”

“回吧，您的表继续打就成。”

钟灵秀有些蒙：“怎……怎么了？”

“你自己联系前后想一想，你传达给梁舒的意思，到底是高啸寒打架被开除了，还是因为我，他才被开除了？”

钟灵秀一愣，反应过来，连连摆手：“我可不是这个意思啊。”过了半天，她又小声补充，“可确实是因为你跟他打架啊。”

虽然那件事之后，魏宇澈就被停课了，等回校之后，风头过去了，梁舒也回来了，自然再没人提起。可大家都隐隐觉得，要不是魏宇澈，人家高啸寒也不会被开除。

魏宇澈不知道该从哪里开始解释了：“总之，先回吧。”

现在，高啸寒单独跟梁舒在一块，谁知道他会说些什么。

如果只是控诉魏宇澈是害他被开除的元凶，那倒不是什么问题。

魏宇澈真正害怕的是高啸寒会将自己头脑发热讲的那些事全部抖出来，包括到底为什么会打那场架。

窗外的景色一一从眼前掠过，热浪好像有了形状似的，一层层地叠着往上涌，将思绪也一并带到高中时那些普通的日子。

似乎每个青春期的孩子，在面对父母不融洽的关系时，可以选择的应对方法都非常有限，而高啸寒选择了最蠢的那一种。

诚如当时的流言所讨论的那样，他是惹了事才转学过来的，只不过他并不是小偷，而是揍了一顿偷拿他东西的同学，总之，是不大光彩的。

新班级的同学因为那些传闻都不怎么敢跟他说话，只有魏宇澈不是，他口无遮拦地表达了自己的好奇。

那个时候高啸寒深陷孤傲的剧本里，觉得自己是同龄人里异常清醒通透的异类，跟同样标榜自己“与众不同”的魏宇澈一拍即合。

两个人胆子都大，一个属于有根基的“地头蛇”，一个属于会找事的“黑马”，总之，他们一起在校外打架，那段时间也挺风光的。

尽管魏宇澈声称自己是“混世”的，但除了打架和逃课以外，他既不抽烟，也不喝酒，连骂人都是翻来覆去的那一句“是不是有病”，听上去就很没劲。

两个人逃了晚自习溜出去上网，魏宇澈指着公告栏给他认梁舒，说：“这狗贼就是我同桌。”

高啸寒看了一眼她照片下的成绩：“这么能学？”

“不止呢，她还会画画，小时候在少林寺待过，现在还能玩刻刀。竹刻，你知道吗？徽州竹刻，今年才入选的非遗，老难了。她去比赛了，全国总决赛，得有个把月才能回呢。”

魏宇澈滔滔不绝，话里话外比提到自己在巷子里一挑四的“光荣战绩”时还要骄傲。

“哦，那是挺厉害。”

“那是相当厉害。”魏宇澈不满意他的用词，强调了一下。

高啸寒没说话，沉默片刻，说：“那我也跟你说件事。隔壁班的郝月，我喜欢她。”

认识郝月，是一件很巧的事情。

转学来的第一天，因为没有校服，他们俩一起被检查风纪的老师拦在门口，等着他们的班主任来捞人。

高啸寒早就习惯了，满不在乎，郝月羞得满脸通红，却仍强装镇定。她抠着手指，像一只虚张声势的纸老虎，问他："喂，你叫什么？"

那个时候的喜欢来得如此简单，并肩时的几分钟心动都震耳欲聋。

但他并不敢去跟郝月说话。

魏宇澈听后，笑话他竟然还是个纯情的人。

高啸寒说："你不懂，我这样的，跟她那种好学生，是比不了的。"

魏宇澈并不理解，说这有什么。

他帮高啸寒将郝月从教室里叫了出来，从中牵线，让他们聊天说话。

郝月没有看起来那么高冷，很快就跟他们熟悉起来，双人组变成了三人行。

高啸寒一天比一天开朗，魏宇澈也计划着要把他介绍给梁舒认识。

梁舒嘴上凶，但其实是最不会对人抱有偏见的那个。

这份开心，一直到魏宇澈碰见高啸寒跟社会青年一起将拳头对准了同学的那天而烟消云散。

事情的起因是同学在背后说他们是一群小混混。领头的社会人士听见了，二话不说就把人揪了过来。

高啸寒没有动手，只是无动于衷地站在旁边。

魏宇澈突然领悟到了他爷爷捏着嗓子经常唱的一句歌词——爱恨就在一瞬间。

他自认为是个没什么道德底线、离经叛道的人，但看到高啸寒冷漠的面孔的时候，却发现有些事情自己还是无法接受。

"魏宇澈，你就确定他们真的会是你的朋友吗？你分得清好坏吗？你能守得住底线吗？"梁舒曾经的话在耳边响起。

事情的最后，魏宇澈出了头，高啸寒也二话没说就站在了他这边，帮忙让同学脱了身。

可魏宇澈心里清楚，有很多东西都被摧毁了。

不管如何相似，底线不一样的人是做不成朋友的。两个人大吵一架，各自怄气。

到这里，事情都还没有到不可挽回的地步，魏宇澈嘴上说得严重，却也只是冷淡了些而已。

直到郝月递上了“最后一根稻草”。

她委托高啸寒，希望他帮自己给魏宇澈送一封信。

信封上贴着一对挨在一起的小人，郝月耳朵通红，眼底写满羞涩。送信是什么意思，信里又会是什么内容，已经很明显了。

之后的事就像梁舒知道的那样，高啸寒宣布跟魏宇澈决裂，用那个年纪的人能想到的最“硌硬人”的法子——“横刀夺爱”。

魏宇澈是不在乎这些的，但他看不惯高啸寒这样“先主动又冷漠”的行为。

他先退一步求和未果，却得到一番冷嘲热讽，接着在高啸寒说出那句不该说的话的时候，他动手了。

十几岁的年纪，他打起架来才不管什么分寸。

而恰巧，教导主任从隐蔽的小路经过，将打得昏天黑地的两个人逮了个正着。

“那是我最后一次机会。”高啸寒摘下一片叶子，指尖掐出汁液，“李主任叫来了我爸妈，他们对我彻底失望，我就这样退了学。”

虽然后来并没有丧失读书的机会，但他绕了很大的圈子，才成了今天这样。

如果不是魏宇澈，他可以少走很多弯路。

梁舒听出言外之意：“所以，你的意思是，魏宇澈故意找你打架，其实偷偷给教导主任通风报信，抓了你的现行？”

他点点头。

梁舒扑哧一声笑了出来。

高啸寒蹙眉，他不喜欢梁舒此刻的态度，好像根本没把他所受到的伤害当成一回事。

“对不起，我不是故意的，但你的想象力实在是太丰富了。”梁舒一开始还惴惴不安，此刻却是完全放下心来。

“咱们现在来捋一捋。”梁舒正色道，“是你先说喜欢郝月，魏宇澈才好心帮忙的；是你袖手旁观当帮凶，魏宇澈才会跟你疏远的；也是你先受不了郝月是因为喜欢魏宇澈才跟你做朋友的这种屈辱的感觉，从而开始搞那些所谓的报复的。

“魏宇澈在整个过程中只有过两次主动行为，一是主动跟你做朋友，二是在你言语攻击的时候先动手。你现在对魏宇澈的怨恨来自一种揣测——他提前设套让你被抓住。”

“且不说这种揣测完全出于主观，也不说魏宇澈至今都不知道你爸妈会因为那一次找家长就让你退学，单从他的智商考虑，你觉得他能想出这种点子吗？”

就魏宇澈那缺心眼的样子，他能耗费时间和精力做这种事？

高啸寒说：“那是因为你不知道他是为了谁动的手，你也不知道他当时到底有多喜……”

“梁舒！”

高啸寒话还没说完，就横插进来一道声音。魏宇澈从出租车里奔出，连车门都来不及关。

“你怎么又回来了？”梁舒的心情不是很妙，她想不通为什么一到关键时刻，剧情就会被打断，谁在这儿卡 bug 呢！

“我来送你。”魏宇澈的语气不容置喙，看着高啸寒说，“我送你去车站。”

“你来得正好。”高啸寒被梁舒说得也在气头上，“不如你来告诉梁舒，当初到底为什么会找我打架，又为什么会被主任抓到。”

魏宇澈拒绝回答，抓着梁舒的手要走：“别扯这些没用的，走吧。”

高啸寒抓错了重点，冷笑道：“看见了吧，梁舒，都这样了，你还相信他没有告状是吗？”

“什么？”魏宇澈满脸疑惑。

梁舒回过头来看他，说：“是，我相信。”

高啸寒被气笑了：“好，好得很。”

“你别在这里阴阳怪气，你到底有什么想说的？”魏宇澈不想继续打哑谜，将梁舒拉到身后，直视着他质问。

“魏宇澈，你自己做的事情都不敢承认是吧？”

“我不敢承认什么了？打架，我认，你不是也动手了？还有呢，还有什么？”

“我真是低估了你脸皮的厚度，这种话都说得出来。”

“高啸寒，你没道理就人身攻击是吧。你以前做的那些事叫校园霸凌，你好意思怪我？”

“我做错了事情，我道歉了，你道歉了吗？”

“我道哪门子歉？”

“装蒜是吧，主任为什么会抓住我们打架，你不知道吗？”

“我知道什么。”

梁舒被吵得头疼，往两个人中间一站：“都别吵了。多大的人了，还当自己是高中生，没成年呢？！”

热浪随着怒气升腾，两个人不说话，但看向对方的眼神中仍满是怒意，似乎下一秒就要扭打起来。

“那个……”

气氛剑拔弩张之时，抱着特产的钟灵秀艰难地开口：“我好像知道。”

“教导主任……”她腾出手来抓了抓脸颊，声音有些忐忑，“是我叫去的。”

钟灵阳那时头磕到课桌上了，晕晕乎乎了半天没缓过来。钟灵秀在医务室陪了老长时间，心慌得不行。班主任在上公开课，她只能联系教数学的教导主任。

她在电话里没说清楚，教导主任还以为出人命了，从树林抄近道去医务室，跟魏宇澈等人撞了个正着。

高啸寒模糊地想起来，教导主任当时似乎真的很着急，着急忙慌地让他们俩自己去办公室等他回去。只是没走两步，他接了个电话，人也冷静不少，回过头来，直接拎着他们俩走了。

“那个电话也是我打的，钟灵阳是骗我玩的，眼看事情不好收场了，才坦白的。”钟灵秀越说，底气越不足。

因为按照高啸寒的逻辑来看，这件事的源头在她跟钟灵阳身上。

高啸寒有些恍惚，仿佛看到世界以自己为圆心，一圈接一圈地暗下去。

一种从未有过的感觉翻涌上来，荒诞、可笑、难堪、尴尬。

过往的日子里，所有不堪、怨恨的念头如同走马灯一一掠过，就像一个巴掌，狠狠地抽在了他的脸上。

揭穿一切的钟灵秀看着高啸寒失魂落魄的背影，小声说：“他不会出什么事吧？”

他记恨了那么久，结果发现是一场乌龙，这事搁在谁身上都得崩溃吧。

“他都这么大了，管他呢。”梁舒说。

前前后后耽搁了这么久，现在离下午场开始也没多少时间了，他们几个人干脆又进了饭馆，坐下吹空调。

老板一直很热心，更是自动把那些特产塞到了冰箱里。

梁舒客气地跟她说了“谢谢”，回头找人算账：“你们俩是什么情况？”

“别看我啊，我就是个打酱油的。”钟灵秀立马撇清自己。

魏宇澈：“你别谦虚了，你就是推动关键剧情发展的NPC。”

一针见血，直接从底层逻辑驳倒了反派的那种。

“又是你的主意？”梁舒还对没有下文的“打架原因”耿耿于怀，瞪了魏宇澈一眼，“我不是跟你说了别跟着我们吗？”

“我没跟啊，我这是返回。”魏宇澈用行动证明，人只要脸皮厚到一定程度，别人就对他无可奈何。

“那你告诉我，干吗跟人家打架？”

魏宇澈只当没听见，扯着领子抖了抖，嘴里念叨着：“好热啊。”

恰在此时，老板舀了冰镇的绿豆汤端给他们，几个人不约而同地起身接过，弯腰道谢。

“不客气的，不客气的。”老板挥挥手，随口一问，“你们都是来看隔壁那个展览的吧？”

梁舒说是专门来看竹刻的，但总觉得上午的展览不够精彩。

老板问她什么样的才算是精彩。

梁舒如实说，觉得上午那些展品都太中规中矩了，有的技艺不好，有的虽技艺纯熟，却又少了些“劲”，倒像是炫技。

这种“劲”有点玄乎，不是那种波澜壮阔的冲击，更类似于细节的震撼。

就好像你拉开窗帘往外望，清新湿润的风扑面而来，树叶沙沙作响，油菜花静默开放。抬头看，悬在夜空中的皎洁月亮流下莹白的光。在那一瞬间，你觉得世界好大，自己好小，人生海海，似乎也就是那么回事了。

没有什么惊心动魄的冒险，也没有劫后余生的跌宕，你只是在一个寻常的夜晚，打开窗户，看见了月光。

可惜的是，这回的展览并不认可月光，它更像是一个被商业淘洗过了头的秀场。

老板停下手里的活，像是鼓起勇气一般，说：“小姑娘，你有没有兴趣收瓷胎竹编？”

梁舒一愣，很快反应过来——她这是把自己当成收货的人了。

“我们是全手工做的，不是机子货。”老板见她迟疑，连忙解释道。

魏宇澈说：“不是，阿姨，主要是我们也不……”

梁舒放在桌面下的手按住他的腿，使了个眼色。

她的手很冷，贴在自己的膝盖上竟生出一丝火热，魏宇澈背部紧绷着，心一紧。

梁舒却无知无觉，只是抬头说：“阿姨，我记得瓷胎竹编主要是四川那边在做吧？”

“是的，是的，我就是四川人。”老板说着从脚边箱子里翻出一个竹编盒子来。

她将其打开，里面放着一整套的茶具。

梁舒眼冒金光，迅速从包里掏出湿纸巾擦干净手，这才起身双手接过来仔细瞧，表情郑重，一丝不苟。

白瓷的胎面水润剔透，竹丝依胎成形，紧贴瓷面，找不到一点接头的地方，深浅相隔，仿佛是从白瓷里长出来一般。

“这还是我以前做姑娘的时候带过来的，这些年不怎么回去了，沣西又不产瓷竹，就只能编些寻常的东西。”老板有些局促地解释说，“但是这个真的很好的，是我们家上人（方言，指家里长辈）做的，六几年的时候，还有人出一百二十元要买呢。上人舍不得，就一直留到了现在。”

梁舒毕恭毕敬地将茶盏放回盒子里，说：“阿姨，您这个，我可能收不起。”

瓷胎竹编，她见识过的自是不如竹刻多，但还是可以鉴别优劣的。眼前这套茶具的品质实属上乘，就是放到上午那场展览里，也是足以让人赞上一句的。

“不用钱，不用钱。”老板脸上几次浮现羞怯，斟酌再三，说，“其实之前隔壁的那个展览说过要收民间手工艺品，我也拿去报了名。但是他们说我家上人没有职称，不符合规定，所以就没能参加展览。”

这年头很少有人愿意出高价买那些没有名气的无名氏的东西了，尤其是当比赛名次和学历也成为判断因素之后，民间手艺人就更难突破这层桎梏了。

“小姑娘，我看你人很好，选东西也看眼缘，十分难得。如果你能把这个收了去，做展览或者只是放着，能让别的人看到也是很好的。”

她自己默默无闻地待在这家小饭馆里就算了，让上人做得这么好的东西蒙尘，不被人看见，到底觉得有些可惜。

干这一行的，多的是为了糊口，但也有人是想让其他人见识见识手艺的精湛。

梁舒沉默半晌，报出了价格：“五千元。”

下午的展览比上午更让人失望，尤其是看着那些不是很好的东西被放在精致的玻璃柜里的时候，梁舒的心中就涌起一股荒唐的感觉。

“大小姐，你是不是太冲动了点？”钟灵秀还在耿耿于怀，“人家都说了不要钱，你非要花五千元干吗呢？钱多了不舒服？”

梁舒小声说：“人家说不要就真的不给了？那我也太不是个人了。”

钟灵秀跟她说不通，又找同盟：“魏宇澈呢？你怎么不说话？”

“我？”魏宇澈姿态放松，站在梁舒身边，“我觉得梁舒说得对。”

钟灵秀有种被背叛的感觉：“大哥，有没有搞错啊？你不是说门外汉还花大价钱搞收藏的，十个有八个是脑子不好使吗？”

魏宇澈一脸无所谓：“我说过吗？没有吧。”

“算了，算了，我先回酒店了。”钟灵秀谁也说不动，把工作牌摘下，挂在梁舒的脖子上，“我现在满脑子都是那套五千块钱的茶具，我还是打车把东西全拿回酒店吧。”

梁舒没拦她，支使魏宇澈将她送上车。

钟灵秀对这些东西向来提不起兴趣，要不是因为对梁舒有滤镜，她根本不会耐着性子待到这个时候。

“欸，你就这么由着梁舒瞎闹，也不制止？”钟灵秀边走边说，“她一天累死累活才挣多少钱啊？这来一趟就花了五千元，半个月白干了。她看到竹刻什么的就不理智，你也不理智吗？”

“你都说了她不理智，谁能拦得住？”

钟灵秀叹了口气：“这要是这样继续下去，我怕她还没从那个什么比赛里拿到名次，就先饿死了。”

“不会。”魏宇澈说，“有我在。”

“你？你在管什么用？你给钱，她会要？”

以梁舒那种死倔的性子，能接受魏宇澈掏钱救济就有鬼了。

“我不给钱，我帮她卖货。”魏宇澈说，“那么多公司开年会要准备礼物，送竹刻很不错。”

“你能找到几家来？能赚几个钱？”

魏宇澈将账算给她听。

就算一个竹刻赚五十元吧，他们家公司千八百个员工是肯定有的。除了年会，还有各种节日、员工福利和生日，算一算，一年赚个二十来万不是问题。

钟灵秀微笑：“打扰了，我忘记了，你是富二代。”

“但是吧，梁舒不需要。”魏宇澈的声音懒懒的，回望道，“她那个人啊，只要想做，在哪里都能闯出个小世界的。”

梁舒站在玻璃柜前，抬头看着展品出神，灯光好像薄纱般落在她身上，给她蒙上一层朦胧的光晕。

魏宇澈想起那年，他去看她领奖，在台下递给她白衬衫。

他似乎是在那个时候就下定了决心——他要做梁舒的后盾。

他知道这只是自己的一厢情愿，更知道凭梁舒的实力，永远都不会有需要自己的那一天，可那又怎样呢？

她能够回来，能够接受他待在身边，对他而言，就已经足够满足了。

展览的东西不算好，但排场很大。

梁舒叹了口气，止不住心底的酸劲：不知道自己什么时候也能办一场展览，不光展出她自己的，还有那些虽没有名气却精妙绝伦的作品，比如梁晟的东西，又比如饭馆老板的瓷胎竹编。

“很简单啊，我算了一下，这些东西成本不高，场地好解决，灯光我有办法搞定，你也不用担心。”

魏宇澈的声音在耳边响起，梁舒这才意识到自己竟不自觉地将心里的想法说了出来。

真奇怪，她跟他待在一起，无论多么“羞于启齿”的想法都可以脱口而出。

“哪有这么简单的，办展览的目的不在于炫耀藏品，而在于传播。光办起来有什么用，要有人来看才行。”梁舒对此并不乐观。

民间的作品很多，也不乏特别好的作品，但问题在于，谁愿意来看一群野路子的作品呢？

其实想想也挺正常，与其花时间赌一赌没名气的人有好货，不如选那些有口碑保证的，起码不会踩雷。

魏宇澈说：“可是，如果不做的话，这些东西不都浪费了？”

“是啊，所以必须要有个噱头才行。”梁舒环抱手臂，“你觉得如果我混上个工艺美术师的话……不，如果我拿到‘竹天下’金奖的话，能不能评上协会的职称，申请成为非遗传承人？”

魏宇澈说：“可以。我查过了，非遗传承人的申请条件里有要求获奖这一条。”

梁舒偏头看他：“啧，你还查过啊？”

“那是当然，我也是个合格的投资人好不好？”

“魏宇澈，你老实跟我说，你做投资的标准到底是什么？”梁舒一本正经地问道。

比起趋利避害的利益往来，他的投资实在是太不够严谨、公正了。

魏宇澈没回答这个问题，想了想才说：“梁舒，其实我很多时候都很羡慕你，因为我从小到大一直都在瞎混，完全不知道自己在做些什么，又该做些什么。念书的时候，大家说我是二流子；长大了，我做投资，大家又说我做慈善。人家都说人都有迷茫期，可是我都快三十岁了，好像还在迷茫着。”

“你别瞎说，你才二十五岁。”梁舒严谨地反驳。

魏宇澈笑了，眉头舒展开，继续道：“可就在今天，就现在，我好像突然明白了一件事。”

“什么事？”

“我做的事情并不是全无意义的。你想推广竹刻，饭馆的老板想上人的手艺不被蒙尘，这些东西都值得被大家看到，但现实中有太多的因素阻挠。而我，我有钱，也有能力做到这件事，我想做的是帮你们实现这些愿望，又或者换句话来说，我的梦想是帮你实现梦想。”

展厅的灯光柔和，映得他眼中的光芒如水般温柔。

梁舒转开眼，喉咙有些紧，缓了一会儿，假装随意地说道：“行吧，那以后等我出名了，就把这些东西统统展出来，告诉大家，我们才不会被工业打倒。竹刻是很好的，竹编也是很好的，还有很多就快消失的手艺也是很好的。”

“嗯。”魏宇澈低低地应了一声，说，“你也是很好的。”

仿佛一阵电流蹿过脊背，梁舒抿了抿嘴唇，没说话，耳朵红得像要滴血。

得益于赞助商的身份，在展览快结束的时候，魏宇澈和梁舒被邀请去吃饭。

梁舒一看就不愿意去，人都懒得过来，让魏宇澈自己去拒绝。

他客气了几句，随后说他们还有别的约，就不赴宴了。

“那好吧。”负责人也没继续客套，说，“祝您约会愉快，也期待下次您跟您的爱人再度赏光。”

魏宇澈嘴角一扬，心想这人还挺有眼光的，跟对方握手告别时都多了些真心。

“好，有机会我一定再跟她一起过来。”

展览结束，两个人打车回了酒店。

钟灵秀先过来酒店这边，疯玩了一下午，说什么都不肯再出去了，嚷嚷着要休养生息。梁舒任由她去了，自己跟魏宇澈下楼到了餐厅。

星级酒店的环境是出了名地好，预订的位子靠着落地窗，窗外就是沣西的夜景。她在上林待了这么久，再看城市高楼大厦的霓虹，竟有种不真实的感觉。

梁舒饿得厉害，也不顾什么用餐礼仪，一顿风卷残云，之后摸着肚子看着魏宇澈。

魏宇澈福至心灵地擦了擦嘴，拿起手机。

二十分钟后，两个人坐在马路牙子上，身前的大红塑料凳上放着一碗面，在路灯下冒着热气。

夏夜和烧烤摊的适配度太高了，他们俩过来时菜品几乎都售罄了。

梁舒的头发盘着还是有点碍事，于是问旁边桌的女孩借了根皮筋，将头发扎了个马尾，碎发也都扎了起来，露出光洁的脸庞。

魏宇澈手里拿着一次性筷子，打趣说她这模样像学生妹。

梁舒懒得搭理他，往面里浇了点醋，嘟囔道："应该早点来的，不然不会只剩一碗面。"

还是小份，总觉得两筷子就捞没了。

"那怎么办？明天再住一天？"

"它只是一碗面，还不至于让我多停工一天。"

梁舒要了个一次性餐盒，分了一半的面给魏宇澈。夜风清凉，一口热面条下肚，将饥饿感唤醒得更加彻底。

"以后别给我整五星级酒店了。"梁舒嘴里嚼着面，"我西餐都快吃吐了。"

"知道了。你是中国胃，吃不来洋餐，那还待那么多年不回来，是不是脑子不好？"

梁舒只当作没听见，腮帮子鼓鼓的，像松鼠一样——面汤随着面条被吸进嘴里，溅到下巴上，看上去有些滑稽。

魏宇澈嘴角抑制不住地扬起，放下筷子抽了纸巾，故作嫌弃地伸手给她擦嘴："多大了，吃饭还漏东西呢！"

他起了逗弄的心思，手逐渐跑偏，轻轻掐住她的脸颊。

“你行不行？往哪儿擦呢？”梁舒往后躲，恼怒地瞪着他，“魏宇澈，你幼不幼稚！”

“没有啊。我是觉得你这里也有点脏脏的，尽职一点。”他扶住她的后脑勺，眼神充满恶趣味，语气一本正经，“别躲呀，等下擦不干净了。”

梁舒低头要给他的头来一下，奈何角度不对，没捶到对方不说，手里的面还差点被掀翻了。

魏宇澈毫不掩饰地笑起来，眉眼少见地温柔，还泛着宠溺。

梁舒的耳根一阵热，说不清楚是恼羞成怒还是什么，将头一伸：“好啊，那你干脆给我舔干净好啦。”

不等魏宇澈给出反应，刚才借出皮筋的女孩吃完饭准备跟男朋友撤了，好心过来让他们去坐。

梁舒抬起头，连声道谢。她想站起来，但魏宇澈的手还放在自己的脑后，这会儿一动不动，不知道在想着什么。

“走了，手拿开。”她催促着，魏宇澈像是才反应过来一般，连忙收手。

蹲的时间太久，梁舒站起来时还有些晕，魏宇澈连忙伸手扶了她一把。

腰间火热的触感，一下子就让她想起他喝醉的那个夜晚，脸似乎也烧得更厉害了些。

梁舒故意埋怨道：“你刚才想什么呢？都没能站起来跟人家说‘谢谢’，没礼貌。”

“我在想……”魏宇澈低头看她，清亮的眸子如墨，声音也低下来，调笑中透出些许认真，“要不要给你舔干净？”

一种奇异的感觉从心头掠过，梁舒后脑勺一麻，低头狠狠地踹了他一脚：“你想得美。”

魏宇澈站在原地，拍了拍裤子上的灰，看着她气呼呼的背影，笑了。

他可不就是想得美吗？

两个人并排坐着。

梁舒的心跳迟迟慢不下来，反而有愈演愈烈的趋势，她叫住上菜的阿姨，要了两瓶啤酒。

她酒量还可以，但是喝酒特别上脸，一大口下去，不到五分钟脸就一定通红，眼下正好可以借此遮掩一下。

要是被魏宇澈发现自己竟然因为他脸红心跳了，他还不知道要得意成什么样子呢。

等不到泡沫下去，她就咕嘟嘟喝下一大口，冰冰凉凉的液体带着麦芽的香气，还带着些涩，一举攻入胃里，很快变热了。

魏宇澈咂舌："你慢点喝，不至于渴成这样吧？"

梁舒笃定以魏宇澈的脑子猜不到这些，更不知道自己会"出此下策"。可现在她不仅心虚，还发慌，谁晓得会不会脑子一抽，突然做出某些不合时宜的举动。

今天发生的事情实在是太多太杂了，搅和在一起，让她身心俱疲。

她叹了口气，抱怨说早知道会这么难搞，就不来了。

魏宇澈笑她吹牛："你来不了只会更加后悔。"

这话也没错，一件事情有很多种选择，而不管选择了哪一条路，走得轻松还是疲惫，人都会忍不住去想、去后悔。

人生啊，就是由很多个"如果当初……"的后悔组成的。

"不是吧，梁大小姐，这才喝了几口酒，你就醉到开始讲大道理了？"魏宇澈看她，"你不是'夜店小天后'吗？"

"胡说八道。"梁舒不敢去看他的眼睛。

魏宇澈就着晚风喝酒，突然意识到这是一个很好的机会。

他抓住梁舒的手腕，阻止她继续喝，说："这样喝多没劲啊，咱们来整点彩头。"

被触及的肌肤微微发麻，梁舒垂着眸子，看他修长的手指，心一紧，没说话。

"那我就当你默认了。"他握着她的手指将杯子放下来，"我们一个人问一个问题，回答上来，对方喝酒；回答不上来，自己喝酒。诚信游戏，不准说谎。"

"幼稚！"梁舒话是这样说，心里却蠢蠢欲动，毕竟有关魏宇澈的事还剩下一个疑点没解开。

“反正就剩下一瓶了，喝完就拉倒。”魏宇澈毫不在意，晃晃瓶子，又加一把火。

梁舒顺势松口：“行，那我先问。”

魏宇澈倒了杯酒，给她一个肯定的眼神。

梁舒突然有些紧张，不自觉地舔了下嘴角，说：“你为什么跟高啸寒打架？”

魏宇澈一愣，就要去拿酒。

梁舒先一步把杯子拿走：“不带这样的，这才第一个问题就要赖皮？”

“行、行、行。”魏宇澈语气无奈，转头拿了肉串，眼中闪过一丝得逞的光。

真要论起耍赖，她梁大小姐才是当仁不让。现在她自己说了不准耍赖皮，之后的问题，他还不是都躲不过？

魏宇澈为自己的机智点了个赞，说：“之前跟你说过了，自从发生郝月那件事后，每一个对我流露出一点意思的女同学，都少不了他在里头乱七八糟地搅一通。”

那天魏宇澈实在是看不下去了，让高啸寒停止这些无聊的游戏，可是他并不在乎。

高啸寒笑笑，问他：“魏宇澈，你是不是怕了？你怕得太早了，梁舒还没回来呢。等她回来，你再看我能不能把她也骗得团团转。”

梁舒瞪大了眼：“他哪里来的脸？”

魏宇澈当然知道高啸寒没这个本事，但他还是生气了，冲动之下挥过去的第一拳，成了打这场架的导火索。

“所以，你是因为他说了我，才动手的？”

魏宇澈嘴硬地说：“不是，我是看不惯他。”

“少爷，我们可是说好了的，要说实话。”梁舒凑到他跟前，不给他退缩的机会。

魏宇澈的耳朵红了又红，几不可闻地“嗯”了一声。

梁舒露出笑容，眉飞色舞道：“啊，看不出来呀，你平时处处跟我作对，实际上竟然这么……”她突然顿住，平日里惯说的那句“喜欢我”的调侃，这会儿不知道为什么却堵在嗓子眼里怎么都说不出来了。

梁舒举起杯子，喝了一大口，将犹疑遮掩过去。

“到我了，是吧？”魏宇澈看着她放下酒杯，“你之前为什么不刻竹刻了？”

“倒酒吧。”

“等一等，我不问这个了。我换一个还不行吗？”魏宇澈拦住她，“你为什么这么好奇我跟高啸寒的事情？关心我吗？”

这个问题明显好回答多了，梁舒稍稍正色，说：“因为我挺不服气的。”

意料之外的答案，但是从她嘴里说出来，又显得非常合理。

梁舒一脸认真：“我不喜欢他整天一副你亏欠了他的样子；我也不喜欢他整天怨天尤人，把你想得穷凶极恶；我更不喜欢看见你遇到他时一边咬牙切齿、严防死守，一边耷拉脑袋、少根弦似的。他想轻松站在道德制高点随便指责你对他的人生造成负面影响，也得看看前因后果，更得看看这小狗身后的主人是哪一个。”

她这一番话说得掷地有声，魏宇澈说不感动是假的。这么多年的相处，感情是日积月累的，他们之间的信任并不是三言两语就能瓦解的。

但一码归一码，魏宇澈还是表达了自己的不满：“可凭啥我是小狗啊？”

梁舒才不管他，指了指杯子，豪情万丈：“喝！”

魏宇澈甘拜下风，一口干了，又倒酒，便听她问：“你现在是不是特别讨厌高啸寒啊？”

魏宇澈手托着腮想了一会儿，摇摇头，认真地说：“其实没有。”

长大后，再度回望，他知道自己有做得不对的地方——没办法心平气和地沟通，一早知道问题，却视而不见，让这场不成熟的对垒伤害了很多无关的人。甚至在不知情的情况下，他还险些影响高啸寒的人生。

“今天听他那样说，我觉得其实我也挺活该的。当年确实是因为我先动手，那场架才打起来的。”魏宇澈诚恳地说。

“那你是不是后悔动手了？”梁舒继续问。

“这是第二个问题了。”

“至于这么斤斤计较吗？”梁舒瞪他，连喝了两杯，“好了，我多喝一杯，行了吧？”

“我后悔没有小心点；后悔没有把人提溜到外面再谈；后悔让主任

逮住；后悔因为赌气所以没有替高啸寒在他父母面前解释解释。但是——”魏宇澈的视线停在她脸上，“我不后悔动手。不管重来多少遍，当他说出那种话的时候，我就会动手。”

他从来不是会计较利益得失的商人，做事全凭一时心意。但凡事总有例外，他的例外就是梁舒。

他会后悔自己在这段友情中处理某些事的方法欠妥，会后悔因为自己小孩子般的赌气让他们都陷入不妙的处境，但关于梁舒，他永远不会后悔。

梁舒觉得胸口有什么东西长了出来，像藤蔓，一点点蔓延，直伸到魏宇澈的脚下去。

酒不多了，剩下的，两个人刚好各一杯。

又轮到魏宇澈，他语气尽可能地不正经，说：“你离开的那些年，有没有想我啊？”

他的手紧紧地攥成拳，风吹起额前的头发，眼中跃动着的光亮闪闪的，似乎带着认真和期盼。

梁舒的脸烫得厉害，已经分不清楚是酒精导致的还是什么原因。她移开视线，说：“当然有了，想到你犯过的蠢，我简直不要太快乐。”

不是意料中的答案，但对他而言已经足够满意了。他将杯子举起，喉头泛起甜来。

梁舒决定放个大招，想了半天，一拍手，说：“高三那年你的情书……”她的语速很慢，一字一字，“是给谁的？”

魏宇澈正在吃串，听到这话，被呛了一下，剧烈地咳嗽起来。

梁舒连忙去拍他的背，揶揄道：“都已经是青春往事了，你至于这么紧张吗？”

魏宇澈好半天才缓过来，止住咳嗽，双眸幽深又亮，嗓子哑哑的：“你真的想知道吗？”

梁舒心里突然变得没底，开始不确定自己应不应该知道。她收回手，装作浑不在意地说：“哎呀，你不想说就算了，游戏嘛，开心就……”

话还没说完，她便听得魏宇澈突兀地笑出了声。他将仅存的酒一饮而尽，酒的泡沫在嘴里破裂，有些苦。

梁舒有些手足无措，像是预见了什么事情一般，心跳逐渐快起来。

惩罚的酒已经喝下，他却还是开了口："给你的。"

"从来都只是给你的。"从来就没有别人。

魏宇澈视线下垂，敛下的睫毛将清亮的瞳仁遮住。

梁舒好像看见那些藤蔓抖动了一下，从胸口敲开了一条缝隙，一种奇怪的感觉很快冲到身体的每个角落，将理智统统消灭。

天地变得好小、好小，唯一的那点空隙被魏宇澈填得满满的。

在沸腾的炭锅里，在喧嚣的烟火中，梁舒做了一个决定。

她放下筷子，双手捧起魏宇澈的脸，闭眼，吻了上去。

很快梁舒就清醒过来，只碰了一下对方的嘴唇就拉开一段距离。

四目相对，一个人满眼错愕、后悔，另一个人却晦涩暧昧。

魏宇澈不肯给她机会反悔，很快便追上来，扣住她的脖子，阻止她后退的动作，不容置喙地将这个吻加长。

发酵麦芽的苦涩在吸吮间变得甜津津的。

滚烫粗糙的指腹摩擦着肌肤，像落入湖面的石子，荡开一圈又一圈涟漪。

魏宇澈的动作算不上轻柔，侵略中却又带了一丝克制，像是要把这些年蹉跎的时光全补上。

他已经等得太久。

地上，啤酒瓶子倒了，骨碌碌地滚到他们脚边，邻桌的人骂骂咧咧地起身到这边来捡。

梁舒仿佛大梦初醒，猛地一下将他推开。

暧昧烟消云散，取而代之的是震惊与尴尬。

他们就像是冲刺终点前跑丢鞋了的运动员，狼狈又窘迫。

看着魏宇澈那湿润还泛着光的唇瓣，梁舒现在脑子里就一个想法——现在装死还来得及吗？

她偏头朝向另一边，满腹懊恼，不明白刚才是抽什么风，怎么就色欲熏心，这么没出息呢？

在男女关系上，梁舒不是愣头青，可跟好朋友来这一出，她还是开天辟地头一回。

她偷偷地用余光去看魏宇澈。

那张素来漫不经心的脸上染上红晕，一直蔓延到了脖子。

魏宇澈不知道要说什么，想找点事干来缓解一下尴尬，可桌上空荡荡的，酒杯见了底，菜也吃光了，于是只能接连抽纸巾。

唰——唰——唰——

一张又一张，没完没了。

梁舒忍不住了："你干吗呢？"

魏宇澈一惊，抬头直视前方，下巴绷得紧紧的，一副正人君子的模样，好像刚才的孟浪只是错觉。他说："嗯……擦一下桌子。"

两个人再度陷入沉默，直到有人问他们吃好了没，可不可以在走的时候把位子给他们，二人才起身离开。

他们俩走得一个比一个快，跟逃命似的——回酒店，进大门，进电梯。

梁舒走得快，想想又觉得这样显得自己很没底气，于是放缓下来。

魏宇澈始终跟在她的旁边，她期待魏宇澈能说些什么缓解一下尴尬的气氛，又怕他会说出什么自己不想听到的话。

她正矛盾着，已经到了房间门口。

梁舒顿住脚步，摸出手机准备给钟灵秀发信息让她开门。

"那个……梁舒。"

"嗯？"

"我刚才说的话，你听明白了吗？"魏宇澈还是问了。

梁舒的脸有些烫，装傻说："什么话？忘记了。"

她如此表现，他一点都不惊讶，而是坦然地说："我说的不只是从前，现在也一样。"

梁舒含糊地"嗯嗯"了两声。

魏宇澈也不想逼她回答，刷了房卡，又转过身来，对着她的背影慢吞吞地问："我需要断片吗？"

梁舒浑身僵硬，清了清喉咙，故作淡定："要不然……断吧？"

心里掠过一些失望，魏宇澈"哦"了一声："那我回去了。"

“嗯，晚安。”梁舒眼睛眨得很快，始终不敢转身，保持着掏手机的动作像是被点了穴一样。

“啊，我的意思是，断片的人，嗯，就是你，嗯。”她顿了顿，叹了口气，总算组织好语言，“你早点睡。”

“嗯。”魏宇澈的声音依旧低低的，“晚安。”

大门关上，他背靠墙望着天花板上的廊灯，摸了摸嘴唇。

那里的触感一如往常，但他清楚有什么东西已经不一样了。

梁舒亲了他。

这个认知就好像LED屏上的滚动字幕，不停地在他的眼前循环播放着。

但很快，这份狂喜又被刚才的“断吧”两个字冲散了。

梁舒对自己应该不会是全无感觉的，可他又怕她只是感觉到了就亲了，等感觉没了，再反悔躲着自己。那样还不如他主动提供一个解决的方法呢。

可是，魏宇澈按了按胸口，还是觉得好失落啊。

这种情绪急需纾解，他在手机里翻来翻去，悲哀地发现自己竟找不到一个人来分享这份心情，也找不到一个靠谱的人来给自己出出主意。

这些年，他愣是没认识一个靠谱的情感导师。唯一一个还算可以的，在半年前卷了他的钱跑路了。

太失败了。

魏宇澈懊恼了一阵，将衣服脱了，挂起来，去洗澡，热水冲去疲乏，也冲散了很多情绪。

他擦着头发走出卫生间，拿起茶几上的手机，来电显示 “大小姐”三个字，差点让他以为是幻觉。

“喂。”

熟悉的声音从听筒里传来，确实是梁大小姐。

魏宇澈咽了口口水：“喂。”

“开门。”

“什么？”

梁舒语气平静：“我在你房间门口。”

魏宇澈差点咬断舌头，换下来的衣服已经塞进了洗衣机，眼下他除了内裤，其他什么都没穿。

“你……你等等。”

他头皮发麻，扯了浴袍穿上，又把挂着的内裤取下来藏起，然后才急匆匆地开了门。

梁舒的嘴唇抿得紧紧的，脸上的红色还未褪去，目光隐隐有些烦躁。

魏宇澈小心翼翼地开口：“怎么了？”

梁舒将他推了进去，反手把门关上，将手机举起来，按下语音播放键。

“我感觉我必须睡觉了，我吃了点安眠药强迫自己睡觉，不然我估计得通宵熬夜了。你回来以后如果发现我叫不醒，不用担心哈，该干什么干什么。”

钟灵秀计划得相当周到，但问题是，她人在里面，房卡也在里面，梁舒压根进不去。

梁舒打了好几个电话，钟灵秀都没接。

她又到楼下找前台，但房间是拿钟灵秀的身份证开的，她还没来得及登记，按照酒店规章，工作人员也没法给她开门。

于是，她敲响了魏宇澈的门，无比坦然地坐在床边的沙发上，拨通前台的电话，问他们有没有多余的被子。

五星级酒店的服务很到位，不一会儿就有人按响了门铃。

魏宇澈正在玄关给梁舒倒热水，听见声音时还一脸发蒙，刚打开门就被塞了一床被子。

服务员脸上带着职业化的微笑，将另外两个袋子放在被子上：“这是您要的睡裙和女式内裤，祝您入住愉快。”

魏宇澈看着透明袋子里的黑色蕾丝花纹有些蒙——女式什么来着？

“啊，真的有啊。”梁舒走过来，一脸理所当然地拿过内裤，当着他的面撕开包装，再看了看尺码。

魏宇澈一愣，迅速将脸别到一旁，脚步匆匆地往沙发那边走，但刚才那一眼却仿佛将那款式烙在脑子里一般，挥之不去。

梁舒将睡裙跟内衣分别洗了洗，放到不同的烘干机里。五星级酒店就这点好，各种智能家电配备齐全。

玻璃房里，热气氤氲，梁舒松了一口气。她刚才楼上楼下地折腾了一遭，这会儿说冷静谈不上，说放肆又有点过了。但她就是觉得，从那个鬼迷心窍的吻开始，心里就一直躁动着。

或许是这么些年被压抑的欲望，突然找到了一个宣泄的口子。虽然这个口子出现得挺不合时宜，但她无比确定，比起出门去另外再开一间房，她更想跟魏宇澈待在一起。

（未完待续）

番外

乌川往事

一

梁舒对魏宇澈算不上讨厌，却也绝对称不上喜欢。

在她看来，这货脑子笨、行为蠢，除了一张脸长得不错，没有其他优点。

以前他天天瞎混，时不时在自己面前刷存在感，现在又不知道是抽了什么风，说要跟着自己好好学习。

学习就算了，因为他真的是个笨蛋。

梁舒黑着脸，一巴掌拍在他的头顶：“又错了！复数是纯虚数的充要条件是什么？是其实部为零且虚部不为零！”

“你能不能耐心点！我两年没学习呢！”少年揉着脑袋，漆黑的眸子里全是不服气。

“我让你不学习的？”

一招制敌。

魏宇澈嘴角抽搐，半晌没说出话来。

他认命地撸起袖子，气呼呼地重新扑到试卷上。

梁舒嘴角紧绷，放下笔，又给他一拳。

魏宇澈哀号一声，不敢相信地看着她：“又干吗？”

“你的呼吸声吵到我了。”

魏宇澈：“……”

他忍！

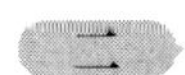

为了不被梁舒继续说笨，魏宇澈暗地里花了很多工夫。

在跟着她学习之余，他还让苏梦华给自己请了个家教。

家教老师看完他刚做的卷子，不吝夸奖，说他越来越好，夸他聪明。

魏宇澈目光如炬，恨不得现在就冲到隔壁院子，把梁舒拉过来，让她也听听别人的肺腑之言。

每次补习结束，魏宇澈都要等梁舒房间的灯亮了，才敢送老师出去。

好好的一件事，被他一弄，显得特别偷偷摸摸。

苏梦华问为什么，魏宇澈说他不想让梁舒知道。他不能让她太得意。

他要做那种“看似一点不学却总能考得不错”的人，反正要嘚瑟一回。

苏梦华欲言又止，过了一会说：“那你加油。”

这个嘚瑟的机会，他没等太久。

第二次全市模考，魏宇澈比头一回进步了一百五十多名，顺利地挤进了全校排行榜前五十名，一跃成为他们这个小圈子里考得第二好的（第一好的当然是梁舒）。

公告栏前，面对钟灵阳惊讶又崇拜的目光，他淡定地点点头：“侥幸而已。”

梁舒从他身后走过，轻笑一声——伤害很大，侮辱性也很强。

魏宇澈没忍住，扭头道：“梁舒，你笑什么！”

“笑你运气好。”梁舒一脸无辜，“不是你自己说的吗？”

魏宇澈：“……”

他永远找不到话反驳“梁式逻辑”。

等回到座位上，梁舒将本子递给他：“这个笔记，你帮我带给张老师。”

“谁？”魏宇澈心一惊。

梁舒：“张老师，你的家教。”

“你是什么时候……知道的？”他有些结巴，一瞬间脸涨得通红。

如果说刚才他还为自己的成绩得意，那现在就是觉得羞耻了。

两个人无缝辅导他一个，他还是只考了这么点分，梁舒还不得笑掉大牙。

“一开始就知道啊。”梁舒轻飘飘地瞥他一眼，笔尖在草稿纸上写得飞快，“张老师是我跟阿姨一块选的。”

魏宇澈：“……”

敢情他这段时间千防万防的行为，从一开始就没有必要呗。

三

作为小伙伴里的智力担当，梁舒是想跟他们上同一所大学的。但显然，除非她高考放弃一门，不然这个想法基本不可能实现。

“好伤人。”钟灵秀捂着胸口，“你就不能鼓励我一下，说我努努力，也可以吗？”

梁舒从善如流：“你当然可以，只要你努力，绝对可以。我说的是魏宇澈。”

窗边趴在桌上睡觉的魏宇澈：好气哦，他招惹谁了？

钟灵秀对此非常满意，说：“这还差不多。说吧，让我听听，你想考哪里，我掂量掂量要付出什么样的努力。”

“蔚大。”

钟灵秀抬头望天，忽然也不是很想要这个鼓励了。

梁舒殷切地看着她：“怎么样，跟我一起去？不然，我一个人多无聊啊。”

钟灵秀双手抱拳：“侠女好抱负。我还有事，告辞。”

说完，她笑嘻嘻地跑开，梁舒要去追她，腰间却猛地受力。

魏宇澈不知什么时候已经醒了过来，他将手肘撑在窗台上，托着脸，另一只手揪着她的衣服，整个人都懒懒的。

“喂，你说你要考哪里？蔚大？”他昂着头，刚睡醒，眼睛看起来湿漉漉的。

阳光永远是最好的滤镜，明媚又张扬地洒在他的身上，不止映出了密密的睫毛，还照出了脸颊边缘细小的绒毛。

梁舒费了好大的劲才从那张脸上移开视线。

“对啊。”她说，“有什么问题？”

魏宇澈脸上掠过复杂的表情，有惊讶，有不安，有期盼，有懊恼……

似乎经历了好一番思想斗争，半晌，他松开手，露出一贯以来漫不经心的笑：“没问题啊。考吧，梁舒，做你想做的事情。我相信你。”

越到后面，语气越发正经。

梁舒有一种奇异的感觉，就好像有虫子在她的胸口蜇了一下，不止被蜇的地方麻麻的，连心跳也变快了。

她排斥这种异样的感觉，于是蹙起眉，毫不客气地反驳：“废话，那是事实，用得着你相信吗？”

四

高考越来越近，每个人的心里在紧张之余又压抑着一种即将解脱的快感。

在这种复杂情绪的催化下，总有人做出一些不怎么理智的举动。

梁舒总能在桌肚里发现很多不属于自己的东西，有时候是甜牛奶，有时候是巧克力……每天就像开盲盒一样，而这些都毫不意外地被魏宇澈拿去了。

“这种来历不明的东西，少吃。”他将巧克力塞进嘴里，狠狠地咬下一块，教导她。

梁舒本来也没打算吃。

体育委员走到桌边，梁舒好一会儿才把他的名字记起来，问他有什么事情。

一段扭捏的开场白，附加一道简单得要死的题目。

梁舒扫了两眼，得出答案，思考要怎样给出一个稍微复杂点的解题思路，以免伤害到他的自尊。

“太难了吗？没关系。”体育委员见她面露难色，非常贴心地安慰，“我不着急的。”

后桌的魏宇澈笑了。

下一秒，他看见梁舒拿起笔，在纸上写出一个公式，接着用冷静无比的嗓音说：“往里一套就可以了。”

体育委员：“……”

魏宇澈（心里默默地笑）：“哈哈哈——哈哈哈。”

体育委员道：“谢谢你，梁舒，我请你吃饭吧。”

“不用了。”梁舒才不想跟怀疑自己智商的人一起吃饭。

身边有一个笨蛋就够了，再多的话，她会被传染的。

她收拾好书包，回头对魏宇澈道：“送我回家。”

五

高考成绩跟梁舒预估的大差不差，蔚大是稳了。

钟灵秀去了省会的重本大学，钟灵阳的学校在她隔壁，虽然只是个二本院校，但跟姐姐也算有个照应。

魏宇澈则是实实在在地超常发挥了一把，超了一本分数线整整三十分。

苏梦华简直不要太感动，一年前的这个时候，她还在给他选大专学校，谁知道现在竟然要在好大学里给他认真地挑一挑了。

可魏宇澈并不开心，连在庆祝的饭局上也挤不出一个笑容来。

明明是最惊喜的当事人，表现得却像落榜似的。

他的眼神时不时地落在梁舒身上，越发暗淡。

梁舒不明白为什么。

她跟在他身后，从包间里跑出去。

夏天燥热，蚊虫在门口的富贵竹上打转。

梁舒跟着走了几分钟，没忍住，抓住他的胳膊：“魏宇澈，你为什么不开心啊？”

魏宇澈默默挣开她的手，又用那种眼神看着她：“你考了多少分？”

梁舒报出成绩。

魏宇澈垂眸，在心中计算着什么，半晌，有些失神，道：“你怎么考这么多分？”

梁舒说：“因为我学习了啊。”

他嘴唇颤抖着，眼中毫无预兆地滚下两行热泪来。

梁舒蒙了。

魏宇澈喃喃道：“你考这么多分，我可怎么办啊？”

梁舒慌了，又是手忙脚乱地给他擦眼泪，又是好声好气地安慰他没事，他的成绩够上重点大学了，叔叔阿姨是不会怪他的。

他的眼泪却落得更急，声音哽咽着，重复那个问题：“我可怎么办啊，梁舒？”

我要怎么办才可以不跟你分开啊。

他张开手臂抱住她，几近贪婪地闻着她头发上的香气。他知道，不久以后，这种味道就会离开他。

时间、距离，会带走熟悉的一切。

温热的泪水接连落在颈窝。

“没关系的，你已经很厉害了。玩了那么长时间，还可以考这么多分。”梁舒轻轻地拍着他的背，声音温柔，“没关系的，魏宇澈，你现在已经不是笨蛋了。”

我是啊，梁舒。

我就是全天下最笨的笨蛋啊。

我不知道自己要付出的代价会这么沉重。

对面店铺的音响传来一阵旋律，是陈洁仪的《喜欢你》——

“我喜欢这样跟着你
随便你带我到哪里
你的脸，慢慢贴近
明天也慢慢地慢慢清晰……”

魏宇澈头一次知道，这首歌居然这么哀伤。